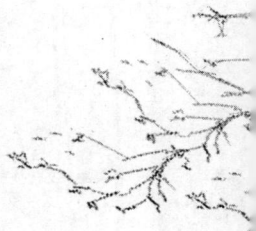

北京时间

荆永鸣 著

北京出版集团公司
北京十月文艺出版社

上部

1998

—

1999

1

北京时间比乡下的时间过得快。在遥远的记忆中，乡下的时间总是被老土墙挡着，那是一寸一寸地挪。北京就不一样了。太阳就像挂在陀螺上，一转就是一天，一转就是一个月……转眼间，我和妻子来到北京已经三个多月了。

然而，时间越快，我反倒觉得越是难熬。确切地说是夜里难熬。说起来难以启齿，自从来到北京之后，我和妻子一直住在餐馆里。

我们的餐馆不大。八张散桌，一个包间，包间旁边有个四平方米的小耳房，外加一个油乎乎的厨房，仅此而已。当时，北京所有的餐馆差不多都有两种功能：白天是餐厅，夜里做宿舍。我们的餐馆也不例外。白天经营米饭面条水饺和各种家常炒菜；晚上打烊了，休息了，店门一关，兵分三路：男伙计睡前厅；女服务员住包间；我和妻子就在那间四平方米的小耳房里——下榻。整个餐馆，从里到外，横七竖八，到处都是放倒的人体!

有句话，睡在哪里都是睡在夜里。其实不一样的。累的时候不用说，倒头便睡，人就是一块呼吸着的肉，灵魂尽可以乘着梦的翅膀，到处遨游；醒着的时候就不一样了，想干点什么都不方便，极其别扭。为此，我曾不止一次建议妻子，到外边去租间房子，哪怕再小点，再破一点呢，都可以，没关系，只要关键时刻能让人喘几口粗气就行。可我妻子不同意。她总是以"餐馆刚开业，是死是活还看不出个上下呢"为理由，一次次推诿说：

"还是等等吧，看生意能不能稳定下来。刚跑出来创业，这么点困难都克服不了哪行啊，你说对不对？"

我承认她说得对，有道理。但一想到夜里的处境我就很烦，总觉得她的"道理"太注重理论而忽略了实际。而实际一点的话我又不能说，也没法说。是啊，困难，困难——不就是困觉的时候有点难吗？她身为女人能够克服，且苦口婆心地做我的工作，我一个大男人还能说什么呢？那就挺着呗，熬着呗！

可以想象，北京的夜晚是那么的迷人。宽阔的大街上车水马龙，森林般的高楼大厦，处处炫耀着霓虹灯的深夜之美。然而，近在咫尺的这一切都属于别人的奢华，是别人的热闹，和我这种背景的人没有任何关系。每天夜里，我躺在四平方米的小屋里，狭窄，寂闷，感觉就像躺在棺材里。一种不太真实的情境中，我神思恍惚，常常不知道自己身在何处。

2

我的故乡在北方。自从我的先辈从山东逃荒到辽西，一个半世纪以来，我们一家几代人都住在一个很小的山村里，靠天吃饭，日出而作，日入而息。"死在锅前，埋在锅后"——像魔咒一样，禁锢着我们家庭中几代人的命运。在我很小的时候，父亲曾跟我说过一句话，我至今还记得：人是活的，有本事，你可以从这条山沟里蹦出去。

事实上，这也正是我父亲一生都没能实现的理想与愿望。在当时那些兵荒马乱的年月里，他曾做过多次闯荡世界的尝试，全部失败而返。最后一次则被日本人抓了壮丁，用闷罐车拉到东北，卸在一个叫虎林的地方，修了四个多月的地下工事。最后赌命般地逃了回来，他就再也没有了"蹦出去"的念头。最后，像他的父辈一样，在那个小小的山村里慢慢变老，负疾而终。

我的命运远远好过父亲，因为时代不断变化。高中毕业之后，一个偶然的机会，我到附近一座国有煤矿当上了工人。一干就是二十年。这期间，我从事过许多不同的行当，由矿井到地面，从工厂到机关，后来还熬上了一个科长级别的小头头。一步一个台阶，可谓步步高升。只是没过多久，改革就来了。先农村，后城市，从沿海到内地，一浪高过一浪，像潮水般席卷着中国的大江南北。几年之后，我们这座偏远的煤矿也开始活跃起来了——不是因为改革的春风姗姗来迟，而是煤矿行业出现了不景气：煤炭滞销，职工拿不到工资。一些不甘寂寞的人开始审时度势，纷纷跳槽。在我认识的一些熟人当中，有人去了海南，有人去了深圳，还有身边的几个同事干脆扔掉铁饭碗，在当地做起了煤贩子。眼看着走出去的人个个混得都不错，有人甚至摇身一变就成了大款——于此之下，周围一些安分守己的人，开始对自己老守田园的生活方式产生了怀疑，并由此变得浮躁起来。

其中也包括我。如果说，我的浮躁和骨子里的血液有关，也未尝不可。坦率地说，我不是血统论者，可当时我的确是想起了我的祖先——在那兵荒马乱民不聊生的年代，作为山东的一介农夫，他携妻带子，步履艰难地穿过无边无际的华北平原，一路逃难到了遥远偏僻的辽西，是何等的艰辛，又是何等的血性啊！现在，时代不同了，改革了，开放了，国家允许百姓自由流动了，我怎么就不能出去闯一闯呢？正是基于这么朴素的一问，却令我的血液一次又一次地激荡起来（或许，这真是一种遗传的力量也未可知）。在那种日复一日的平庸环境中，我越发觉得那些让我尽职尽责的工作——是那么的琐屑和无聊。在这个可以自主命运的时代里，我再也不想"埋头苦干"了，再也不想去充当由他人指派给我的角色了。于是，我决定辞职，到外面的世界去走一走，闯一闯，看能不能干点有意思的事。

消息传出之后，在我周围引起了不小的轰动。有劝阻，有鼓励，也有百思不得其解的莫名其妙。甚至，还有人怀疑我是不是犯了什么不可告人的错误，是不是金蝉脱壳，想溜呀！一个外号叫老豆角子的人，没事儿喜欢串办公室，他经常拐着那双罗圈腿穿过一条长长的办公楼走廊，到我们的办公室里来聊天。那是个浮躁的悲观主义者，整天哀叹人活着没劲，却羡慕那些有钱的暴发户。他善于把自己的不顺心传染给别人，老是用我们那点可怜巴巴的工资说事，引诱我们骂那些当官的，同时他自己也骂。用现在的说法就是个典型的"愤青"。就是这么一个人，听说我要辞职的时候，他当着我的面，一惊一炸地叫好，鼓励我，不断地给我打气，但在背后，他却对于我的决定嗤之以鼻——说穿了就是吃我的醋。他酸溜溜地跟别人说："下海是需要本事的。除了会写几个字儿，他能干个鸡巴啥？会吃！"

庆幸的是，这话传到我的耳朵里时，我一点没生气。相反，老豆角子的讥讽，不但给了我一种刺激，同时还给了我一种启发呢：对啊，他不是说我会吃嘛，那我就开个餐馆呗！

话是这么说，对于这个决定我还是前思后想，差不多酝酿了两个多月。这期间，我妻子也不得不参与进来了——在此之前，她是极力反对的。

"好好的工作不干，辞什么职，有病啊？"

"正因为没病，我才不想干了。"

她看着我，可能觉得我的话有点绕吧，琢磨了半天说道：

"不管咋说，我不同意。如果你真的想走，你自己走，反正

7

我是不去。"

"也行。要是我失败了，再回来老老实实过日子。如果我能在外边站住脚，你去与不去，你说了算。"

由于反对无效，同时又觉得把我一个人放出去没把握，不放心，她只好"嫁鸡随鸡，嫁狗随狗"，豁出去了。接下来，她开始用一种比较积极的态度和我一起探讨，反复磋商。当我们认为一切条件都已基本成熟的时候，我们便毅然登上了开往北京的列车。

这是我四十年人生中的重大转折。我至今还记得那个晚上的情景：在哐哐当当的山区列车上，我把一个硬邦邦的帆布旅行包（里面装着十万元人民币）枕在头下，怎么也睡不着。在一种颇有点悲壮感的情形中，我突然意识到，我的身下不正是我的祖先当年走过的路吗？不同的是，我们的路径正好相反：我的祖先是徒步往北走，我是坐着火车往南行；前者落脚在一片丘陵的荒山僻壤，后者去的则是繁华的京都。这之间，一个半世纪的家族变迁，简直就是一部卷帙浩繁的长篇小说啊。

到了目的地，我才发现一切都没有想象的那么顺利。在偌大的北京城里，如果是旅游观光，会有玩不尽的地方供你随便挑选。想要找一处安身立命之地，却不是一件容易的事。其实我们的目的很简单，就是想用从亲戚朋友手里筹到的十万块钱，量力而行地开一家普普通通的小餐馆。但没承想，就是这么个简单的计划，实施起来却非常困难。我和妻子住在西直门附近

8

一家地下的小旅馆里，满北京城里找起了餐馆。每天都是乘兴而出，败兴而归。转让的餐馆不是没有，但不是太大了——接收不起，就是太小了——看不上眼；好不容易碰上一个大小合适的，位置又不好，偏。总之一连几天过去了，一点头绪都没有。一天，我们遇上了一个很小的房屋中介公司，便想碰碰运气。一个四十多岁的男人立刻明白了我的意图："您不就想找一餐馆吗？有哇，多大的都有。"

"去看看行吗？"

"行啊，先交二百块钱劳务费。看成了付一个月的租金；看不成，劳务费不退。"

"不退呀？"

"不退。"

"不退就不退吧。"

"怎么着？上车？"

车子是个破夏利。一路上开得嗡嗡响，好歹没散了架。到了地方一看，餐馆还在营业呢。地段，内外装修，厨房设施，餐厅的桌椅板凳都挺好。可一问转让费，眼球差点没蹦出来："这么个小餐馆要五十万？这不是讹人吗？"

话一出口，手里夹着香烟的女老板眉毛都竖起来了："嘿！您怎么说话呢？想租就租，不租拉倒，什么叫讹人？这事儿您可得说清楚！"

遇上这样的茬儿，你不气蒙就怪了。心里想："去个屁的吧，谁给你说清楚？我不租了总行吧！"

于此之下，那二百块钱的"劳务费"，就这么打了水漂儿。事后我和妻子才恍然悟出这是个骗局，是个圈套。那天晚上，窝在那家地下小旅馆里，我们饭都没有吃。我妻子的脾气又上来了，她用最后通牒般的口气告诉我，再给我三天时间，如果还是找不到个落脚的地方，她会立刻买票，回家！

不知道为什么，世界上的许多事情，往往都是在最后时刻才发生转机——这就是所谓的天无绝人之路吧。就在妻子向我发出最后通牒的第二天，我们路过一条胡同时，无意中我发现一家餐馆的窗子上贴着一张机打的广告：

"本店转让。"

我的眼睛立刻亮了。

我们进去看了看。餐馆不大，有八十多平方米的样子，临街的一面有三个大玻璃窗，光线很好，整个餐厅显得特别豁亮。此外餐馆的装修，设施，及总体感觉都不错。餐馆的外观也可以，仿古设计。房檐和门头都是那种黄色的琉璃瓦顶，两端翘起的灰色脊檐上，还蹲伏着一排形态不一、叫不上名字的压脊走兽，整个门脸看上去古色古香。周边的环境也不错。餐馆的右侧是一个居民大杂院；左手边则是一座古老的府门，设计讲究，尺寸很大，穿过宽敞的门洞，院里是一家事业单位的职工医院。重要的是，虽说它被夹在一条狭窄的胡同里，但向东不过二百米，出了胡同口，就是北京著名的商业中心——繁华的王府井大街。

我和妻子里看外看，同时背着那个四十多岁的老板不停地交流想法，都觉得这个店还行，是我们看过的所有转让餐馆中最顺眼的一个，可以接！

但当时，我们并没有表示出很看中的样子。而是给这家餐馆挑了一大堆毛病之后，才正式坐下来，开始和店主面对面地讨价还价。我们把转让费从八万压到了六万，再从六万讲到五万的时候，店主脸都变了。这个四十多岁的男人，一巴掌拍在桌子上，用一口浓重的东北话说道：

"兄弟，啥也别说了，你再加五千行不？五万五！你们要就要，不要就当咱谁也没见过谁！说实话，我这个店转了一个多月了，天天有人来看店，我还没碰上一个像你们这么能说的！"

说毕，他率先站起身来，用双手提了一下裤腰，同时转过脸去，一副不再理我们的样子。

看着对方像受了委屈似的一脸悲伤，我们已经不可能再说什么了。我和妻子互相看了一眼，最后一咬牙，像押宝似的把这个餐馆兑了过来。

紧接着，我们开始收拾店里的一切。

这时候，我们才发现这个小店糟透了。厨房里到处是蟑螂。不锈钢的灶台上积了一层油垢，厚厚的，一铲子下去，又黑又黏。存放各种物品和调料的小仓库，更是乱七八糟。混浊的空气中有老鼠味，后来果然发现了老鼠的粪便——在墙角里，在货架上，这一堆儿，那一堆儿，到处都是，不细看还以为是荞麦粒儿呢。我妻子恶心得一个劲地干呕，有好几次差点吐出来。她满腹怨愤，一边清理着那些发霉的破破烂烂，一边骂着前一任老板："不如个猪！餐馆开成这个样儿，不黄摊儿就怪啦！"

就这样，我和妻子，另加几个新招聘的员工，边干边骂。后来用了整整十天时间，从上到下，从里到外，总算把个小店收拾得干干净净，有模有样了。

万事俱备之下，我和妻子商量哪天开业的时候，我的心里突然有了一种莫名的紧张。说起来也正常，此前我和妻子谁都没做过生意，纯属新手上路，哪能不紧张呢。然而越是紧张越有事儿，就在开业的头一天，我突然受到了一次意外的打击。

"嘿！那个餐馆是您接啦？"

"是啊，它原先的生意还行吧？"

"行呀，怎么不行？好着哪！"

我们餐馆西边儿有个大杂院。院门口有一个很大的门洞。门洞里有个老头——七十多岁的样子，半躺半坐在一把高靠背的竹椅上，他手里慢悠悠地把玩着两个紫红色的核桃。在后来六七年的时间里，除了吃饭之外，每个白天的所有时间——无论冬夏，哪怕是下着倾盆大雨，或飘着鹅毛大雪——他都会像一尊守护神似的坐在这个门洞里。他姓杨，胡同里的人都叫他老杨头儿。

从老杨头儿的介绍中得知，我接过来的这家餐馆，最初是由一个北京人开的。那还是 90 年代初期。当时，整条胡同就这么一家餐馆，生意火得不行，面条卖到十块钱一碗，还有人排队吃！但只两三年的光景就不行了。头一个人挣足了钱，就把餐馆转给了第二个人；第二个人赔了钱，又转给第三个人；就这么转来转去的，现在转到我手里，已经是第六家了。

"瞧着吧，谁干都是个坑！"

听了老杨头儿的话，我半天说不上话来。在兑店之前，我和妻子里察外看，却偏偏没有咨询一下这里的邻居。太鲁莽，太迫不及待了！

可是店已经接过来了，除了后悔已经没有别的办法。我总不能把五万多块钱从那个东北人手里要回来。再说，对方拿到钱之后早就走了，茫茫人海，上哪儿去找呀？这时候，幸亏我妻子还挺镇静。她安慰我说：

"你别听那个老头儿吓唬！生意在人做。他说这个不行，那个赔钱，胡同里有那么多餐馆，人家不都在干着吗？"

我想了想，不无道理。那天中午，我从胡同东口一直观察到西口。在这条不过三百米长的狭窄胡同里，我数了一下，大大小小，一共有九家餐馆。正是饭口时间，每家餐馆都在按部就班地运转着自己的生意，勺子敲打锅沿的声音叮当乱响，炒得满胡同里都是香味。对于我们来说，这既是一种竞争，同时也是一种激励。我想，即使赶鸭子上架，也总得试一试。

第二天，恰逢五一国际劳动节，妻子问我，这个日子开业行不行。

我说："有啥不行的，说该死该活，就这么定吧。"

我们新的生活，就这么提心吊胆地开始了。

头一个月，赔钱。

第二个月，亏本。

第三个月，打了个平手。

到了第四个月，一算账，居然有了利润！

虽说微不足道，我和妻子还是被那点蝇头小利鼓舞得异常兴奋。俗话说得好，芝麻开花节节高。只要生意一天比一天强，我们就有希望把这个小店做起来！

那天夜里，我躺在床上，隐隐感到了某种渴望，感到了一种从没有过的放松。人在放松的情境下和处于紧张状态中一样，往往想做点什么，以此释放或调整一下情绪。只是，这间只有四平方米的小卧室，要想做点什么还真是困难。也不是说它太小，而是周边的环境不行，门外睡着男伙计，隔壁住着女服务员——虽说处于三个不同的单元，而中间不过是隔了一层很薄的石膏板，通常，伙计们嘀嘀咕咕的说话声，都能听得清清楚楚，这无疑是一种障碍。要想跨越这种障碍，的确需要一番勇气。话说有一天深夜，我正和妻子试试探探地"跨越"，门外的餐厅里突然传来一声恐怖的叫喊：

"我杀了你！"

当时没吓死！那是真正的毛骨悚然。刹那间，我的汗毛都立了起来，脊背"嗖"地一下冰凉。我甚至忘记了呼吸。在凝固的空气中，我保持着一种古怪的姿势一动不动。屏息敛气地听了半天，餐厅里没有任何动静——黑暗中，只有此起彼伏的酣睡声。至此我才断定，那一声无厘头的叫喊，可能是哪个伙计在噩梦中发出的呓语。居然这么巧合，实在是荒唐！

这件事，不仅让我作为男人受到了一次非常危险的惊吓，同时也让我妻子受到了前所未有的打击。趁此，我又一次建议她到外面去租一间房子。当时她想了想，终于下定决心似的说道："那就租吧！"哪知第二天她就变卦了。而且还是那一套："我想了想……租房子的事儿，咱还是缓一缓再说吧，想创业，不吃点苦哪行啊。"

这就是我妻子。我在煤矿要辞职出来"创业"的时候，她就极力反对。终于接受我的建议来到北京之后，我发现她那种"创业"的劲头比我还足。在她看来，生意可以压倒一切，或者说高于一切，只要能把生意做起来，什么样的苦都是暂时的，也都可以忍受。

不过，话是这么说，有的时候她也挺委屈。有一天，我在黎明前醒来，发现她正坐在床上默默地流泪，似乎已经哭了许久。

我问她怎么了。

她说没怎么的。

我说："没怎么的你哭啥？"

她说："我就想……这日子啥时候是个头呢。"

其实，这样的问题我也曾不止一次地问过自己。每一次，那种随之而来的渺茫和沧桑感，都迫使我不敢去做过多的设想。说真的，我也想象不出来。现在既然妻子提了出来，我只好把

15

最坏的打算告诉她:"实在不行,大不了卷簾子回家,不干了。"

对于我的这种想法,妻子似乎早已深思熟虑。她长出了一口气,惆怅地说道:"……真要是那样,不得让老家的人笑掉大牙。"

我明白了。如此看来,平时她那种"创业"的劲头,也不仅仅是为了挣钱,同时也是为了脸面,为了和虚荣很难区别的一种尊严。可话又说回来,在睡觉这个问题上又何尝不牵涉到尊严!而我们维护这种尊严的办法只能是挺着,熬着。事实上,这样的一种"维护",不但伤害到了我的自尊,而且已经构成了一种折磨。我讨厌这种折磨。有些时候,我在心里还总是怀有一种莫名的恐惧——唯恐夜深人静的时候会突然响起那句令人毛骨悚然的喊叫:"我杀了你!"

有段时间,我几乎撑不下去了。我从煤矿来到京城,原本是想换一种活法,或者说是为自己的生活开辟一片新的天地。哪想到,繁星闪烁的宇宙,留给我的空间是如此的狭窄。每天夜里,囚在一间四平方米的小屋里,让我寂寞难熬,如坐针毡而又不敢轻举妄动。天气却越来越热。小屋里只有巴掌大个小窗。窗外的后院里有一棵梧桐树,树上雄蝉们引诱雌蝉交配的叫声,急切得像是下了油锅,而且一浪高过一浪,从小窗传到屋子里,叫得人心烦意乱。门是绝对不能开的,外边睡着伙计。整个屋子闷热得像蒸笼。尽管那台小电风扇"嗖嗖"地转(我真担心它把脑袋甩掉了,再飞到我们的头上来),还是热得不行,根本无法入睡。只有实在困急了的时候,才能睡上一小会儿。可一觉醒来，别说是汗流浃背呀，连耳朵眼儿里都灌满了汗水！然而，为了刚刚开始的生意，确切地说，是为了脸面和尊严，我们又必须得挺住，把一个又一个这样的日子支撑下去。

后来我发现，在我们这条胡同里做生意的人，除了两家餐馆的老板是坐地户，其余全是外地人。他们的居住条件和我们差不多，有的甚至还不如我们。胡同里有一家面馆，店主是一对年轻夫妇。安徽人，男的高个子，长得瘦；女的白白净净，很有气质地戴着一副精巧的眼镜（我估计她是个大学漏子）。在生意上，小两口儿配合得非常默契。男人拉面，女人炒菜，外加一个打杂的小伙子和一个胖墩墩的服务员。白天，他们把一个很小的面馆做得红红火火；到了晚上，夫妻俩却在店里各睡一边：男人和小伙子搭伴，妻子和服务员一双，中间拉上一道布帘。就这么住。还有个叫胡冬的小伙子，在我餐馆对面租了一个墙角，做烧饼。烧饼做得极好。但住的地方却是大杂院一户人家腾出来的煤屋子。据我餐馆里的一个伙计说，那个小屋的门口又窄又矮，得把身子弯成九十度才可以钻进钻出。总之许多人就是在这样的条件下做着各自的生意。他们的生存环境，与他们抱着美丽憧憬来到的这个大都市似乎格格不入。令人困惑的是，他们过着如此艰难的日子，却个个显得精力充沛，信心十足。看到别人的艰难，不仅给了我们一些安慰，同时也让我们产生了一种自励。

"人家都能坚持，咱们就不行？"

我妻子是个自尊心很强的人。在过日子方面，她一向喜欢和别人较劲——有的时候哪怕是比吃苦。

就这样，在一种过渡性的状态中，我们又在那间小屋子里坚持着住下来。两个月之后，溽热难熬的夏季过去了。到了秋天，我妻子终于主动提出到外边去租一间房子了。需要说明的是，不是她熬不下去了，也不是因为我们餐馆有了比较稳定的收入，而是高大脑袋的一句话，让她受到了刺激。

高大脑袋是个精力充沛、热情饱满的人。在煤矿，我们是住在同一栋楼房里的邻居。他比我大三岁，我很崇拜他。他是个妇产科医生。一个男人为什么要做妇产科医生？这是个有趣的问题，也是个谜。遗憾的是，在煤矿的时候我从没有跟他探讨过这样的话题，只是觉得他的职业挺好的，很神秘。平时我喜欢跟高大脑袋说话，喜欢听他聊天。一见面，我还喜欢拍着他的肩膀悄悄地问他，又把谁给看了。或者说："高大哥，你今天又看了几个？"

这时候，他就会用一种鄙夷的目光盯着我：

"你个小崽子，眼热了是不是？告诉你，哥们儿看一百个可以当标兵，你多看一个那叫犯错误！知道不？"

我就嘿嘿地乐。

如果说，脑袋大的人一般都比较聪明、智慧，高大脑袋应该算一个。他不仅是个出色的妇产科医生，同时还喜欢琢磨政治，而且特别爱看闲书。下班回来，他常常在腋下夹着名人传记，《纲鉴易知录》《历史在这里沉思》，或握一本《乡镇经济研究》杂志。有天晚上，我去他的值班室里聊天，他语重心长地说道："老弟啊，国家的形势要变了。"

我问他怎么个变法。

他说："打个比方，用不了几年，只要有钱，谁都可以把这座医院大楼买下来！"

现在看，这无疑是一句稀松平常的话了，可当时正是 90 年代中期，那大楼可是国企的，国企是国家的，你想买就能买？做梦啊？

我说："这你可吹大啦！"

他说："你不信？咱走着瞧！"

没料到，几年之后，他的话果真应验了——倒不是说真的有人买下了那座医院大楼，而是说公有变私有、变民营、变股份制等经济模式，在中国已经成为一种普遍的事实。这件事，让我对高大脑袋特佩服！一个偏远煤矿的妇产科医生，他对国家形势看得咋就那么准呢？我到了北京之后，也常听一些人谈论国家大事，说这事这样，那事那样；谁该上去了，谁该下来啦……听口气犹如板上钉钉儿。可从后来的情况看，他们预测得一点都不准，就像那种常常出岔的天气预报，说："明天有大到暴雨……"第二天却风和日丽，一个雨点儿都没落。挺尴尬的。

书归正传。那年秋天我从北京回到了煤矿。有天晚上，几个不错的朋友请我吃饭。刚走进一家餐馆，我就碰上了高大脑袋，他一把拉住我的手，钳子似的握！当时的高大脑袋已经是一家私人医院的大股东兼院长，身份变了，人没变。他还是过去的样子，不仅脑袋比一般人大一圈儿，身材也魁梧。能喝酒，只要眼角上带着血丝，至少一斤白酒灌下去了。他红着眼睛看着我，问我啥时候回来的，话未说完，便钳着我的手，硬往一个包间里拉。

包间里一大桌男女，已经喝得乌烟瘴气。有认识我的，便一惊一炸地迎过来，和我握手，寒暄；不认识的，就坐在那里生着眼睛看着我。一阵小小的骚动之后，高大脑袋伸出两只手掌，向下压了压，意思是"大家静一静"，他要讲话啦。高大脑袋喜欢在这样的场合讲话，口才也好，随便扯出个话题就能滔滔不绝。他首先把我向在座的人做了介绍。接着，他便称赞我是个敢闯敢干的人，能顺着时代的召唤走，跑到人生地不熟的北京去创业，令人钦佩！与此同时，他还特别称赞了我的吃苦精神，因为不久前，他趁出差北京的机会，曾到餐馆看过我一次，对我在北京的情况也算是比较了解吧。说到我和妻子住宿的地方，他巡视了一下众人说："你们可能想不到，就这么大个小屋……"

他伸开两只胳膊往回一搂，比画着，同时回过头来看着我问："几平米？"

我说四平米。

"啪"地一下，他像拍蚊子似的往脑门儿上拍了一掌。

"妈的！这记性……对了，四平米。你们说，四平米的屋子，一张小床，两口子咋睡觉吧。谁说对了，我喝一杯酒！"

半天没人吱声。后来，还是两个女人说话了。不知道为什么，女人对于这种竞猜式的提问或"互动"，总是显得比男人更积极、更有兴趣一些。

一个说："挤着睡呗。"

另一个说："轮着班儿睡？"

对于这种毫无想象力的猜测，高大脑袋看都不看她们，他失望地摇摇头，甚至很不满意。

"不对，都不对！你们思考问题的能力咋这么差呢。跟你们说吧，人家两口子是摞摞儿睡！"

他停顿了一下，又继续说下去："头半夜，是他在上边，他媳妇在下边；后半夜，是他媳妇在上边，他在下边……"

几秒钟的静止之后，在场的男男女女"哄"地一下，可没乐死。跟着一阵七长八短的笑声，我也乐了。坦率地说，我并没感到有什么难为情。都是不错的哥们儿，开句善意的玩笑没什么，很正常。当时，还没等走出那个包间呢，我就把这事儿抛到脑后去了。

再次想起高大脑袋这句话，是我回到北京之后的事了。那天夜里，我躺在床上怎么也睡不着，便不由自主地回忆着这次回到老家时所遇见的一些人和事儿。想着想着，我禁不住扑哧一声笑了。

我妻子问我咋的了。

我说没咋的。

"那你笑啥？"

她用胳膊撑起身子，诧异地看着我。

这时候，如果我再说没笑啥，因此而产生的后果就不好了。想想看：假如有人在你身边莫名其妙地笑了一下，又说没笑啥，你会怎么想呢？我是个心理素质很差的人。重要的是，我从来不喜欢在一些无聊的问题上制造悬念，折磨别人。于是，我就把高大脑袋那句调侃的话原原本本地告诉了她。

我妻子听后也乐了。她沉吟着说："这个高大哥啊，他可真流氓。"

接着就再也没有了下言。很长一段沉默之后，四平方米的黑暗中，我听到的是一声悠长的叹息。

第二天早晨，我还没有起床呢，我妻子就很认真地叫着我的名字，她说有个事儿想跟我商量商量。

我问她啥事儿。

她说："我考虑了半宿，要不咱去租个房子？"

我说："租不租都行，无所谓。"说真的，我都习惯了，麻木了。

她说："租！"

我用她以前对我说过的话提醒她："租个小点的平房也得六七百。"

她说："那也租！"

3

90 年代的北京，租房很困难，不像现在。现在有租房网，有大大小小、星罗棋布的中介公司，信息铺天盖地，你想租哪个地段的房子，哪个价位的房子，只要在网上一搜，"哗"就会出来一大片，让你可着劲儿地选！那时候不行。互联网还不像现在这么发达。中介公司也少，信誉还差，就像我找餐馆时遇到的那家，干脆就是骗子。说是有房源，并煞有介事地带着你去看房，其实都是假转让，假出租，是提前找好的托儿，是圈套！当然，这个世界上到处都是圈套——钻不钻，全凭你的智慧，也在于"吃一堑长一智"。比如，这一次租房，我就没去钻骗子公司的圈套。我钻的是胡同。

北京的胡同闻名于世。一是数量之多——就像这个城市肌体中的毛细血管，不计其数。按老杨头儿的说法，有名的胡同三千六，无名的胡同赛牛毛，多了去了。二是历史悠久，底蕴深厚，甚至一砖一瓦都经历了几百年的风雨沧桑。三是命名奇特，比如耳朵眼儿胡同，鸦儿胡同，石老娘胡同，闷葫芦罐儿胡同，烟袋斜街……非常有趣儿——其实，还不止有趣，一提到这些胡同的名字，往往会唤起你对于历史岁月的种种遐想。从外观上看，虽说每条胡同都是一样的灰墙灰瓦，但却有着各自不同的趣闻与掌故。它们是北京普通百姓的生活据点，是京城历史发展与演化的重要舞台。几百年来，胡同里的一砖一瓦，一木一石，都沉淀着老北京文化的精髓，叠印着这座古老城市的流年碎影。

——当然，我上面所作的描述，都是我在许多年之后的感受，是我现在的感受。在当时，在1998年那个秋天，这一切都和我毫无关系，也丝毫没有引起我的兴趣。我只是为了寻找一处栖身之地，在我餐馆附近的一些胡同里转来转去。什么大纱帽胡同，南口袋胡同，磁器胡同，取灯胡同……寻寻觅觅的，一连转了好几天，没找到一家出租的房子，倒是遇见不少戴着"治安"红袖标的老头老太太。

有人说，北京的老头和老太太，是全国思想觉悟最高的老头和老太太，是嗅觉和视觉最敏锐的老头和老太太，是最具有参与精神的老头和老太太，这话绝不为过。后来我发现，无论国家和政府有没有重要的会议，也不管是不是重要的传统节日，他们总是佩戴着派出所和居委会发的"治安"红袖标，在胡同里值勤，或在胡同里溜达，或在自家门前的小马扎上坐着。大概因为老发现不了什么可疑的目标，他们常常显得寂寞。

我在胡同里串来串去的时候，就经常会遇到这样的老头老太太。狭路相逢，他们一律用警惕的目光看着我。每当这时，我就赶紧迎过去，弓着身子，讨好地叫着大叔或大妈，问附近有出租房子的没有。

客气的说：没听说。

冷漠的说：不知道。

热心一点的，把眉毛都扬起来了："想租房啊，您得去找中介公司，知道吗?"

白扯。一点有用的信息都没有。

后来我才知道，想出租房子的人不是没有，而是有关部门管得太严，而且有明文规定。房子不能任意出租——尤其不能出租给不托底的人，不明身份的人。不三不四的人更甭说，万一闹出个贩毒吸毒，卖淫嫖娼，杀人越货等刑事案件来，房主要负连带责任。轻者罚款；严重的，没收房子的都有。于此之下，一向遵纪守法、谨小慎微的北京市民，即使有房子没人住，空着，锁着，哪怕让蜘蛛在各个角落里忙忙碌碌地结网呢，也不敢轻易出租，更不敢到大街小巷去张贴小广告。不像后来，小广告铺天盖地，到处都是，害得那些城管人员怨声载道，整天捏着那种塑料的大可乐瓶子，往上滋水，洇，然后，再用小铲子或小刀片之类的工具，细着眼睛一张张地清除。好不容易清理出个模样了，差不多啦，本以为明天扫扫尾就彻底 OK 了呢，可第二天一看，又是花花绿绿的一层。气死！

我租房的时候，北京的大街上还没有那么多"牛皮癣"。胡同里更少。偶尔发现电线杆或厕所的墙壁上贴着巴掌大一张小纸，我都会眼睛一亮，凑到近前一看，却是："包治各种性病，尖锐湿疣，一针就好！"令人沮丧。

我妻子也沮丧。

她说："北京怎么这样啊，有钱都花不出去。"

我说："还是钱少，有个百八十万的试试，卖楼的人多的是，打个电话，说不定就会有专车来接你!"

没想到，我一句话竟把她说恼了："你想租就租，不租拉倒，少跟我抬杠行不行?"

其实我说的都是实情。

就在我们一筹莫展的时候，倒是胡冬给我提供了一个信息。

"大哥，我听说你想租个房子?"

"找了好几天了，没有。"

"嗨，你咋不早说?"

我看着他："你有啊?"

胡冬到这条胡同的时间比我早几个月。我没接手这家餐馆之前，他就在对面的墙角卖烧饼了。坦率地说，在很长一段时间，我对这个东北人没什么好印象。他不仅剃个光头，前胸上还文了一条张牙舞爪的青龙。按说，这也没什么，充其量也不过是个人审美趣味上的另类与超前。如今你看，在人来人往的大街上，别说光头比比皆是，什么红头发、绿头发、鸡冠头、阴阳头等种种怪异的发型，犹如雨后春笋，全都造出来了。而且尽可以摇头晃脑，招摇过市，那是一种时尚，是酷!可十几年前不一样。人们的个性化追求还很单一，不像现在这么多元，这么变了态似的夸张。当时，大多数人的审美观念都很保守——比如我，只要见到剃光头，或前胸后背文着这样那样野兽的人，我就会作出这样的判断：这不是一个搞前卫艺术的人，就是个流氓!

正是基于这样一种狭隘的认识，第一次见到胡冬时，我就觉得这家伙肯定不是个好鸟。闲下来的时候，他喜欢站在我餐馆外边，歪着光头往窗子里瞅——四目一碰，即使他冲着我友好地一笑，我也会漠然地把目光移开，懒得理他。直到有一天，他和嘎子发生了一场冲突之后，我对这个人的看法才完全变了。

嘎子是附近有名的痞子。他二十多岁，个子不高，瘦，走路的时候腰部不动，两条腿拐得像个哈巴狗。就是这么一个人，身边儿却总跟着那么一两个长得不错的女孩子，真是奇怪。嘎子不在我们这条胡同里居住，但他总到我们这条胡同里来。据老杨头儿说，别看此人年纪轻轻，已经进了三次局子——老资格了。总之，是个惹不起的茬儿。那次据说是因为嘎子买烧饼时，胡冬找错了钱并由此发生了争执。我没想到，长得瘦猴似的嘎子居然敢动手，并且像猴子一样敏捷，三句话不到，他一个单手"锁喉"，就把胡冬龇牙咧嘴地抵在了墙上。这时候，我以为胡冬会用一招儿"反掰腕"摆脱困境，紧接着一场激烈的反击就要开始了呢。结果却令人失望。我眼瞅着胡冬卡得脸红脖子粗，气都喘不上来了，他还用一种变了声调的假嗓子，像唐老鸭似的说了好几声"对不起"。真是滑稽！

至此我才知道，这个剃光头刺青龙的家伙，别说是流氓呀，啥都不是！眼看着被嘎子放手之后，他红着眼圈不断地抚摸着自己被掐疼的脖子，我倒觉得这个家伙有点可怜巴巴的软弱，甚至是窝囊。

此事之后，我不仅对胡冬进行了新的估评，还渐渐发现，那些亮着光头，文着青龙呀，老鹰呀，虎头呀，蝎子呀，或者在手腕上刺着"忍"呀，"恨"呀之类的人，搞前卫艺术的不多，真正的流氓也少。相反，他们大部分是从乡下进入城市而且涉世不深的小青年。他们之所以剃光头，或在身上文一些这样那样的凶恶猛兽，除了反叛他们在乡下承受的传统压抑，追求另类，甚至有意表现出一种"恶趣味"之外，还有另一层意图：就是他们想以此充当自己的"护身符"。因为他们太懦弱，不自信，害怕遭受他人的欺侮，便模仿影视剧里的一些角色，有意把自己装扮成一种流氓恶棍的样子。具有讽刺意味的是，这种伪装起来的流氓到底是外强中干，在真正的流氓面前，他们是那么软弱无力，几乎不堪一击。

正因为这种"不堪一击"，我才与胡冬渐渐有了接触。原来他是个不错的小伙子。说话慢声慢语，粲然一笑，更露出一个好看的虎牙。讲到过去一些事，或形容一个人不如意的处境时，他喜欢用"可悲惨"这个词。他做的烧饼也好，有咸、甜两种，色泽金黄，看上去挺硬，咬一口酥脆。偶尔，我会用他的烧饼给我餐馆的伙计改善一下早餐，这样一来，我们便开始有了交往。

那天，我们蹲在我餐馆门前聊天。胡冬告诉我，在我餐馆北边的一条胡同里有个甲32号院，院里有间房子对外出租，不知道现在租出去没有。我问他是怎么知道的。他说两个月前他曾在那间房子里住过。我问他为啥不住了。胡冬挠了挠脑袋，吞吞吐吐地说道：

"……也不为啥，就是和院里的人闹了点意见，说起来可悲惨……算啦，不说了，一说我就来气……"

不说就不说。别人不愿意说的事，我从来不喜欢刨根问底。

我跟着胡冬潜入甲 32 号院的时候，正是北京人上班的时间，也是那些不上班的老年市民去菜市场买菜，或者是出去遛弯儿的时间。院子里空无一人。我们一进大门，就在"左手第一家"找到了胡冬所说的房子。这是一间倒座儿房。门外边围着一圈木板栅栏，栅栏门上没有锁，只用一个小铁钩挂着。我们进入栅栏之后，胡冬站在门口侧着耳朵听了听，又敲了敲门。没有动静。他凑到旁边的窗户前，用两只手遮住玻璃的反光，往里窥视了一会儿。

他说："没人住。"

我说："真的吗？"

胡冬侧过身子，把窗户让给我。我用同样的方式往屋子里看了看，遗憾的是窗子太小，角度也不对，只看得见屋子里的一小部分。胡冬索性地说："反正没人住，干脆进去看看得了。"

我看着他："你有钥匙？"

胡冬转过头去，贼着眼睛向院子里看了一圈。然后，他转身从栅栏的木板缝里抽出了一截小钢锯条，冲我诡秘地一笑。他说这就是他原来备用的"钥匙"，并解释说，他在这里住的时候，总习惯把钥匙锁在屋里，把自己锁到门外……说着，他把手里的小锯条顺着锁边的门缝熟练地插进去——上上下下地滑动着，找感觉，捅。这时候我突然害怕了，万一被人撞见，我们岂不成了溜门撬锁的啦？于是，我赶紧压低声音告诉他："算了算了，别捅了，我不看啦！"

话音未落，胡冬手里的锁把儿"咔"地转了一下，门开了！

从进去到出来，也不到十秒钟。我太紧张了。屋子是长条形的，中间打了个隔断，被分成里外两个小间。里边有一张光板的双人铁床。外边放着一对很旧的布艺单人沙发。此外，就是糊了报纸已经显得很旧的四堵墙壁了。当时，一种强烈的侵入感，迫使我草草地看了几眼，便催促着胡冬赶紧离开。

谢天谢地。我们带上门，又从大杂院里溜出来的时候，总算没碰到一个人。

4

接下来就是联系房主。那人叫方长贵。我第一次给他打电话，就觉得那是个既认真又啰唆的人。我问他是不是有房子要出租。他先说没有，接着又问我听谁说他有房子要出租。我告诉他说是胡冬。他想了半天，才突然想起来似的说："嘿！是那个卖烧饼的小胡啊，他怎么跟您说的啊？"

我想跟他介绍一下经过，又觉得没什么必要，便直奔主题地说："方师傅，咱长话短说吧，我只想问一下，你的房子出租还是不出租？"

"我没说出租啊?！"

我心想，不租我还跟你磨叽个啥？我二话没说，"啪"地放了电话。

刚转过身去，电话响了。我以为是订盒饭的呢，却还是那个浑厚的京腔儿："怎么还断线儿了呢……您贵姓？"

我告诉了他。

"姓刘啊，这姓好！张王李赵遍地刘哇。"

我心里想，这扯到哪儿去了。

接下来，他又问我是什么地方的人，多大年龄，做什么工作的，租房子是一个人住，还是夫妻两个人住，等等。啰里啰唆，比人口普查还详细！但毕竟是急于租房子，我还是不厌其烦地作了回答。从对方不断插话的口气上，我听出他对我的"自然情况"还是比较满意的。他告诉我，再考虑一下，然后给我信儿。

等了两天，一直没有消息。

我妻子有些着急了，她说："出租个破房子都这么磨叽，好像往外嫁女儿似的。你打个电话问问，他租就租，不租拉倒，总不能在他这一棵树上吊死！"

我说："我都打过两次了，没人接。"

她说："那就再打一次！"

到了中午，终于打通了。这次对方倒是挺痛快，不再问这问那了，但还是不说他的房子到底是出租还是不出租。他只是让我定个时间、地点，见了面再说。

下午，方长贵准时来到我们餐馆。小平头，大个子，身材魁梧，长得随随便便，甚至有点粗糙。不过人倒是蛮和善，至少比在电话里给我的感觉要好得多了。我们聊了一会儿家常，他又问了一些我们餐馆的基本情况，才切入正题。他直言不讳地告诉我，说他的房子原来出租过几次，都闹得挺不愉快，本来不想出租了，麻烦！但一看我们是踏踏实实做生意的人，还成，靠谱儿，他可以把房子租给我们。我问到租金是多少，方长贵摆出一种公事公办的样子，说道："您先甭问这个，回头再说。怎么也得先看看房子是不是？"

其实，房子已经没得说了，我心里有底。尤其是和我们餐馆里那间四平方米的小屋子一对比，我妻子一进门眼睛就亮了。她看了看我，说："还行，挺宽绰的。"

谈到租金多少，方长贵开出的条件是：每月六百，两个月一付，上交租。我和妻子交换了一下意见，觉得可以，没超出我们事先的预测，也就没再讨价还价。

回到餐馆，我按照方长贵的意思草拟了一份协议，用复写纸誊好。双方在协议上签了字。我预付了两个月的房租。方长贵点了点钱，又在桌子上把钱仔细戳齐，一折，装进上衣口袋里，完事大吉地说道："成，这就齐活了！"

他掏出烟来，扔一支给我，又自己叼一支在嘴，点上。他吸了一口烟，然后稍显踌躇地说道："还有个事儿……得跟您商量一下。"

我问他什么事儿。

他说："您能不能弄条烟啊？"

我说："……烟啊？这好办，你说吧，抽什么牌子的！"

方长贵告诉我，不是他抽，而是他琢磨了半天，觉得我租房子这件事最好是跟赵公安打个招呼，表示点意思。

他一提"公安"两个字，我心里禁不住一沉。说实话，自从在北京开起了这家餐馆，因为人生地不熟，我心里始终有一种卑微感和紧张感。特别是一见到戴大盖帽的人就有点怕：怕警察，怕城管，怕工商税务和卫生防疫站的人……为此，我曾不止一次痛骂自己是胆小鬼，窝囊废，又没干过什么坏事儿，你怕个鸟！只是不管在背后怎么给自己打气、壮胆，到了真章儿还是不行，心里总有一种战战兢兢的惶恐与不安。这简直就是个谜。

我疑惑地问方长贵："租房还得跟派出所打招呼啊？"

方长贵说不是派出所，是院里的一个邻居。

我问他："院里还住着个警察？"

方长贵笑了。他说不是警察，是人名儿，他姓赵，名字叫赵公安。

"明白吗？"

我点了点头。其实我还是不明白，既然不是公安，而是院里的一个邻居，我租的又不是他的房子，干吗跟他打个招呼，还要表示点意思呢？

方长贵看出了我的心思。他用一种很无奈的表情解释说："赵公安这个人，怎么说呢，有点各路。当然，也不能说他有多坏，就是挺事儿的，像个事儿妈，我担心您住进去之后他瞎搅和。"

我沉吟着说:"是这样……"

方长贵说:"看您的,其实不意思也行,没关系。不过我得跟他打个招呼。"

我说:"该意思就意思吧。"

当时我就到餐馆胡同的小卖铺买了一条"万宝路",是外烟儿,混合型,有劲,在当时也算是挺够档次的了。我递给方长贵说:"那就麻烦你给他送去吧。"

方长贵一怔:"这哪成啊!您得跟我一块儿去,烟得您亲自给他,往后有个什么事儿就好说话了,您明白我的意思吗?"

我想了想,有道理。

在路上,方长贵又突然想起来似的说:"对了,您住进去之后,就说我们是亲戚。"

方长贵的意思我明白。前面已经说了,当时有关部门在房屋出租方面管得很严,无论单位还是个人,出租房屋必须向几个部门申报,先办手续。不但麻烦,还得纳税。一般情况下,房主都是和出租人私下签订协议。前提是,租房的人必须是遵纪守法,老实可靠。更重要的是,还不能让邻居们有什么说道儿。所谓民不举官不究吧。

我非常配合地答应道:"行,啥亲戚呢?"

方长贵想了想:"您比我小吧?"

我说:"我四十。"

他说:"您瞧,小两岁呢……就说我是您表哥吧。"

我爽快应允。

这毕竟是一种很平等的称呼。

赵公安的家在院子的西北角。是厢房，坐西朝东。这是我第一次走进北京人的家里。屋子不大，也就是十几平方米，光线很暗，物品都很陈旧了，而且显得非常零乱。屋子中间拉着一个灰色的布帘。布帘半开半合，我注意到里边是一张双人床，床上蜷缩着一个很胖的女人，看样子是在睡觉。也许是睡着了，也许是不愿意参与我们的事儿，在装睡，总之我们进屋之后，床上的人一动没动。布帘的这一边，靠墙放着一张单人床，墙上贴着一幅球星贝克汉姆的彩色画报；地中间是一张撑开的折叠式小圆桌。桌上摆着一盘粉丝，一盘白菜，两盘羊肉片。地上一只铜火锅刚生着炭火，整个屋里弥漫着一股生烟味。赵公安正在忙乎着晚饭。他五十多岁，身体瘦弱，一双眼睛十分灵动，对于我们的不期而至，显然有些意外和吃惊。他"嘿"了一声道："是长贵啊！"

方长贵笑着说："好，赵哥是亲自下厨！"

赵公安搓着两只手，哈哈一笑："今儿不立秋吗？我点了个锅子。"

方长贵说："您这是贴秋膘呀，好，赵哥还真是讲究！"

我注意到，屋里有三只折叠的小圆凳，但没有多余的空间，我们又不能坐到人家的饭桌上去——就只好站着说话。方长贵向赵公安简单地介绍了我的情况，说我是他的表弟，在附近开了个餐馆，内蒙古人，两口子特老实，不惹事儿，想在他的房子里住一段，并说了一些"往后在一个院儿住着，麻烦赵哥多多关照"之类的话。说着，他看了我一眼。我意会到他的意思，把手里那条"万宝路"递给了赵公安。

赵公安怔了一下，小眼睛又是很吃惊的样子："嘿，您客气！"

然后他转向方长贵："长贵啊，您这就不对了，都是街坊邻居不是？干吗这么客气！"一脸愠怒。

方长贵迎合着他的客气："我就说嘛，赵哥人不错，用不着客气，可我这个表弟是个讲究人儿，他说头次见面，不表示点儿意思哪成啊……得嘞！一条烟呗，赵哥就甭客气了。"

我心里一阵温热，觉得方长贵是不是我的表哥并不重要，重要的是，他让我第一次感受到了城里人对一个外地人的呵护——这种感觉挺好的。

回到餐馆已是傍晚，正是吃晚饭的时候。我告诉厨师做几个菜。既然成了房东与房客的关系，我总得请方长贵吃顿饭，这也是情理之中的事儿。方长贵并没有过多的客套，他只是告诉我少弄菜，别浪费，上个花生豆，再随便弄两个什么菜，喝点儿酒，聊聊天，就齐了。

第一次喝酒，我就看出方长贵是个喜欢喝酒的人，杯子一端，便满脸快活。他告诉我说，他曾在内蒙古草原插过队，回城后一直在一个高低压开关厂工作。几年前厂子破产了，他买断了工龄，现在是赋闲在家。平时养养鸽子，钓钓鱼，也是闲不着。有时候，还参加一些赛鸽活动。

"对啦，去年夏天我还去过你们赤峰。"

我问他感觉怎么样。

"一个干净的城市，挺凉快！草原上的达里湖太棒了，一点污染没有。我们在那里吃过一次鱼宴。你猜怎么着？嘿，那叫一个鲜！"

那天，我把从中"牵线儿"的胡冬也叫过来了。开始胡冬还扭捏着，有些拘谨，直到几杯酒下肚之后，人才放松多了。他开始主动给方长贵敬酒，而且一口一个"老房东"地叫着，一副诚恳、谦卑的样子。后来两个人越说越热乎，你一言我一语地扯起来，我才听明白了：原来胡冬之所以从那个院里搬出来，并不像他当时讲的那样"和邻居们闹了点意见"，而是被赵公安撵出来的！

据说，当时胡冬在方长贵的房子里已经住了一个多月。他每天守着那个烧饼摊儿早出晚归，与院里的人没有任何往来，倒也相安无事。直到有一天，院里的一个老太太突然发现，院子里住进来的这个陌生人，不仅剃了个锃亮的光头，光着膀子在院里洗衣服的时候，前胸上还刺着一条张牙舞爪的青龙！这些都成了一种危险的信号。此事一经传开，街坊邻里就骚动了。

"真的吗？"

"我亲眼瞧见的！"

"嘿，老方家招来个什么人呀！"

"就是啊，怎么什么人都往院里招呀?"

"甭急，明儿我就叫丫滚出去!"

当天晚上，胡冬就接到了方长贵的电话，让他赶紧找地儿，说他的房子不能租了，邻居有反映，万一闹到居委会或派出所去就麻烦啦。胡冬问方长贵哪个邻居有反映。方长贵告诉他，别的邻居倒没什么大事儿，主要是一个姓赵的，叫赵公安，那人多事儿……不过方长贵又告诉胡冬："您别吱声，明儿我过去一趟再说。"

胡冬是个心里装不下事的人。他一想到方长贵让他赶紧找地儿，就闹心了。结果当天晚上他就找到了赵公安，决定先主动交流交流，沟通一下。想起来也是，自从住进来之后，每天光顾忙生意，跟院里的人一句话都没说过，实在是应该检讨的事。人与人之间不交流，不沟通，想保持一种井水不犯河水的心态，看起来还真是不行啊。

没想到，一沟通却掰了。

不管胡冬怎么表明他的身世，并求情似的让"赵师傅"多多关照，赵师傅不但不理他的碴儿，还烦了。他伸出一只权威性的手掌，在胡冬面前果断地一挡："得，谁的房子您找谁去!跟我说不着，知道吗?"

按理说，赵公安的话也没错。可胡冬心里明白，根据方长贵的说法，这事就是赵公安从中作梗。他心里本来就憋着一肚子气，加上赵公安的态度不是很好，后来三说两说，两个人竟然吵了起来。

吵了几句之后，胡冬发现他根本不是赵公安的对手。不管他觉得自己的话多么占理，多么有劲，赵公安只凭一句话，就把他问得张口结舌了："我就问你，想怎么着吧？"

　　胡冬气得忍无可忍，又觉得有劲没处使。他对准赵公安的眼睛，一动不动，阴冷地逼视着他。当时，在一些外地人中，曾流传着一种普遍的说法，一旦遇上那些不讲理的城里人你不能怕他——你越是怕他，他越逞能；你一瞪眼，他就尿了。胡冬是个东北人，又年轻，血气方刚。我估计他的眼锋肯定是硬了点。在我的想象中，他又是个光头，前胸还刺着一条张牙舞爪的青龙，的确会给对方造成一种威胁。没想到，城里人的性格也不尽相同。赵公安偏偏不吃这一套。在胡冬的目光中，他的确是看出了某种威胁的意味——或许，也恰恰是这种威胁，反而刺激出了赵公安的一种激情。据说他当时就不让了，毫不示弱地盯着胡冬："怎么着？想打架是不是？"

　　说着，他两手交叉，揪揪巴巴地扯住自己的上衣下摆，把一件灰色的老头衫儿从脑袋上捋了下来，往地上一甩！摆出一种赤膊上阵的架势，然后"啪啪"地拍着自己搓衣板似的胸脯，声音响亮地告诉胡冬："有种，你往这儿打！"

　　胡冬不吱声。

　　赵公安的声音又高了些："哎，来呀，有种打呀！"

　　他这么虚张声势地一叫板，街坊四邻全出来了。

　　"怎么回事儿？"

　　"有理讲理，干吗要打人呀？"

"是啊，这可不是撒野的地方，知道吗？"

面对这种七嘴八舌的声讨，胡冬呆若木鸡地立在那里。他不知道事情怎么会突然变成了这样，用他现在的话说："我招谁了还是惹谁了呀？"

真是纠结。

那天晚上，胡冬缩在那间黑暗的屋子里，既孤单又委屈，他一声不吭，眼泪都流下来了。第二天，方长贵好说歹说，跟赵公安一个劲儿地赔不是，这才把事情压住。否则，就被赵公安告到派出所去了。不去派出所的赵公安，绝不是无条件地妥协，他告诉方长贵，那个像流氓一样的房客，必须从院里搬出去！

据胡冬讲，他当时的处境"可悲惨"，要不是徐大妈（一个慈眉善目的老太太，就住在我餐馆西边的一个大杂院里）把家里一间小煤屋租给了他，那段时间他就得露宿街头了。

胡冬说得可怜巴巴，方长贵却不以为然。他说赵公安那人的确是挺事儿的，但反过来说，也怪胡冬自己不注意形象，挺好个小伙子，既不是斑秃，又不是鬼剃头，弄个光葫芦瓢儿干啥！

"听说你在前胸上还刺了个什么青龙？"

他用审视的目光看着胡冬，然后语重心长地说道："小胡啊，不是我今儿说你，年轻轻的，好好做你的生意，在身上瞎折腾个啥呢！"

方长贵一番话，说得胡冬脸红脖子粗。他不好意思地笑着，出于一种下意识，他一个劲儿地去摸自己的脑袋。其实，这时候胡冬的脑袋上已经长成了一头乌黑的短寸，而不再是那种被刮得很亮的光头了；至于那条青龙，如果不是特意袒胸露腹，也是不易被人发现的。尽管如此，他还是被方长贵揪住了一身毛病似的，好一顿上课！

接着，方长贵把话题转向了我。他说不管谁对谁错，小胡的事儿已经过去了，不说了。踏踏实实住我的房子，如果院里的邻居有什么说道，别跟他们计较，给他打个电话，他来处理！

我连连点头，却心有余悸。心想，早知道那个院里有这么多的说道，那房子我还真是不租了。

酒席间，方长贵不断夸奖我餐馆的菜做得真棒，好吃。仿佛是作为一种回报，他给我讲了许多艰苦创业的道理。他说既然到北京来发展，就得多吃苦，踏踏实实地奋斗，往好了整，往大了干！他还试图引用拿破仑那句名言，但没有成功，最后说成了："不想当大老板的人，做小生意也是马马虎虎，不灵！"

他举了个例子：说几年前在前门，也就是他住的那条胡同，来了一对温州夫妻。俩人拿着五千块钱到北京来做生意，可在火车上被人割了包，分文没剩。到了北京，没有地方落脚，就在他们那条胡同的一个墙角里住了好几天。后来两口子给一家商店打工，卖皮鞋，一干就是五六年。

"现在怎么着？人家公母俩已经开起了自己的鞋店，哪是小啊，两层楼！"

说到这里，他一动不动地看着我，又看看胡冬。似乎是想检验一下这个例子在我们脸上有没有产生一种"震惊"的效果。

我只好用"震惊"的表情回报他。坦率地说，即使对他的话题兴趣不大，我也必须保持一种"饶有兴趣"的样子，至少是对这位老兄苦口婆心的一种尊重。

与此相反，胡冬就坦率多了。我注意到，在方长贵说这话的时候，他总是一种心不在焉的样子。方长贵的话音一落，他还说了一些"人比人得死"之类的话，很没志气。

方长贵敏感地捕捉到了这一点，这让他的一番好心好意仿佛受到了打击。他看了看胡冬，又转过头来看着我，恨铁不成钢地说道："您瞧丫这操性了吧？一点上进心没有！"

说完，他再一次看定了胡冬："您哪，别人学不了，也得跟我这个兄弟学学。看人家，一上手就是餐馆的老板，还有个谦虚劲儿。瞧瞧你！好，搭棚子卖绣花针——买卖不大，架子可不小。怎么着？卖几个破烧饼还牛了逼啦？"

胡冬满脸通红，但依然可贵地笑着。我觉得场面有点难堪，便马上岔开话题，算是打了个圆场。胡冬勉强撑了一会儿面子。后来他假装喝醉了，掐着脑袋一声不语。待了一会儿，他又突然想起似的说要去买什么面粉，便提前退了席。

胡冬走后，我赶紧端起酒杯。

"方大哥，咱们再整一口？"

"什么叫整一口呀，干了它！"

说完，半两的酒杯，一饮而尽。

当时，一瓶五十六度的北京二锅头已经下去了，方长贵还依然沉浸在一种酒犹未尽、兴犹未尽、言犹未尽的状态之中……说实话，我真是有点陪不起了。陪不起我也得陪着——毕竟，我是餐馆的主人，他是我的房东，我总不能说"行了行了，差不多了，别喝啦，我餐馆的伙计们该休息了……"初次见面，有这么说话的吗？

我妻子看出我有些支撑不住的样子，她不时地凑过来，给方长贵敬一杯酒，并就此搭讪几句，问他住在什么地方，回家坐几路车，末班车是几点，等等。言外之意我都听出来了，而方长贵却浑然不觉。

他大大咧咧地说道："爱他妈几点几点，我不坐丫的啦，我打车回去！"

方长贵喉音很重，说话有一种嗡嗡的回音。我总是想，这样的嗓子比较适合于唱美声。遗憾的是，他却偏偏选择了喝酒，而且相当能喝。特别是啤酒，四两的玻璃杯子，一扬脖便喝了个精光。其实那不是喝，而是倒，好像没经过喉咙就直接倒进了肚子里。

那天晚上，我们先是喝了一瓶北京二锅头。胡冬走后，我们两个人又喝了十瓶啤酒。我们边喝边聊，一直熬到夜里十二点，方长贵才突然梗起脖子，像是抑制不住，又像是很费劲地打了几个响亮的啤酒嗝说："兄弟……呃……差不多了，今儿就这么着吧。"

当时我真有一种谢天谢地的感觉。

送走了方长贵，我长长松了口气。

我妻子则唠唠叨叨地说道:"酒腻子!你还叫他有时间就过来喝点呢,烦死了。"

话未说完,她突然盯着窗外一怔,小声地说道:"可毁了,他怎么又回来啦?"

我回头一看,果然,方长贵已经摇摇晃晃走进了餐馆。我赶紧迎过去,问他是不是忘了什么东西。方长贵呵呵一笑,嗔怪地说道:"我忘了,您怎么也不跟我要哇!"

他举起手来——

这时候,我发现他的手指上捏着一个很小的东西。仔细一看,竟是一把光秃秃的钥匙。

5

甲 32 号院离我的餐馆不远。快走的话,十多分钟就到了。

这是一条很小的胡同,长不过三百米,中间拐了一道九十度的急弯。由于胡同狭窄,除了一家小卖店,就再没有别的商户了。行人也少,特别僻静。胡同两旁全是一些青砖灰瓦的民房。房子高低错落,大小不一,给人的感觉很杂乱,甚至有些挤挤巴巴。

其实从历史上看,北京人在住房方面是极为讲究的。特别是清朝时期,可以说是达到了鼎盛。当时的北京城,除了有名的紫禁城、无数的皇家园囿以及大量的王府衙署之外,更多的建筑，就是那些数不清的四合院了。所谓四合院，就是东、西、南、北四面都有房子，围合在一起，使整个庭院形成一个"口"字形。整个建筑，以"前堂后寝、长幼有序、尊卑有别"的礼制进行布局。通常情况下，一座典型的四合院，都设有门楼、正房、厢房、耳房等等。据说，正房要由长辈人居住；晚辈人住厢房；位于正房两侧的耳房，一般会作为卧室或者书房。从规模上说，四合院有大、中、小三个等级。小的四合院为一进院落；大的四合院为三进院落，四进院落，甚至于五进院落。比较讲究的四合院，还要养花卉，置奇石，种植海棠、石榴，摆设金鱼大缸。屋檐下有用圆木或方柱撑起的游廊，并设有很宽的栏杆充当坐凳，以便春秋佳日或闲暇之时，坐观院中美景。从某种意义上说，这样的四合院，建筑精巧，尺度开阔，就像一座很大的露天起居室，亲切、宁静，能把天地人心拉近。院子里，通常住着三世同堂或四世同堂的大户人家，几代人生活在一起，互相交流，其乐融融。

从旧的布局上看，甲 32 号院就是一座老式四合院。据院里的邻居讲，在清朝年间，这里曾住过一位武官。如今大门外的胡同里还残留着一块不完整的上马石，只是不见了清朝的人和马。这个古老的院落，留给现在的已经不是当年的古色古香。伴随着时间的推移和历史变迁，院里"天棚、鱼缸、石榴树"的景致已全然不在，就连当初的整体格局业已面目全非。原来的"二进式"院落，不知在什么年代，出于什么原因，被隔成了一前一后两个院子。一些不同年代翻盖，或新建的房子则高低不等，大小不一。有的小库房、小煤屋甚至是用砖头砌成的。走进院子里，给人的感觉零零乱乱，到处是门、厨房、煤棚，还有某户人家用来淋浴的小木板屋，等等。屋宇式的门楼下，两扇木制大门，厚重、古旧，原有的红漆已经剥落了，斑驳着一种烟熏火燎的底色。

院里的居民都是坐地户，并且大都是上了年纪的老人。我在想，现代生活把年轻人带进了高楼大厦，上了年纪的老人，似乎比较适合于住在这种古老的大杂院。或者说，这种古老的大杂院，也比较适合老一点的人来衬托。

1998年秋季的某一天，我捏着一把像通行证似的钥匙，正式走进了甲32号院。打开房门，一股潮气扑鼻而来。屋子里又脏又乱。蜘蛛网在顶棚上摇摇欲坠。老式的双人铁床下，塞满了几任房客遗留下的破破烂烂：男女塑料拖鞋，洗脚盆，小孩玩具，空鞋盒子。我想，可能是先搬走的人没有把它们带走，后搬进来的人又懒得把它们扔掉，结果是越积越多。墙壁上挂了一层尘土，不知糊过多少层的报纸已经发黄，并有原先的房客留下的各种物件与痕迹：没边框的小镜子；两年前的旧日历；用圆珠笔记录的电话号码；靠床的地方，歪歪扭扭地写着裴多菲的两句诗：生命诚可贵，爱情价更高。另一面的墙壁上，则写着一句莫名其妙的话：我是你爹。在床垫底下，我还发现了一个很小的日记本，上边没名没姓，写的也不是什么日记，而是一本收入与支出的生活流水账。圆珠笔迹，字大而扭捏。我翻了翻，其中一页是这么写的：

1997 年 11 月 30 日

本月收入（纯挣）：3584 元
支出方面
房租：500 元
还老张 150 元（请城管吃饭）
二人生活费总计：552 元 5 角 8 分
给阿福寄上半年上学费用：200 元
买裤头两个：10 元
皮鞋一双：50 元
感冒药：16 元 2 角
小芳往老家寄钱，借 200 元
以上共计：1678 元 7 角 8 分
3584 - 1678.78 = 1905.22
存入 1500 元
余：405.22 元，做流动资金

这些不同的物件和信息，既朴素又动人。它让我发现了生活的丰富与多彩，同时给了我多少关于生命的想象！我在想，原先的房客，无论他们有着怎样不同的生活烦恼、不同的生活激情、不同的生活目标和不同的生活信念，对于这间小屋而言，

都已成为过去了。我们是现在。作为暂时的栖居之地——这间
小屋，将会赋予我们一种全新的意义，并给了我们无限的期待。
收拾它的时候，那种心情与感觉，就像是在布置我们的洞房。
我们整整忙碌了两天，里里外外，从上到下，把屋子做了彻底
的清理。然后，又添置了几件简单的家具，便迫不及待地住了
进去。

　　有了正式睡觉的地方，我才体会到北京的夜晚真是不错，
连做梦都是快乐的。回想起此前在餐馆那间小耳房里所熬过的
那些个夜晚，从某种角度上说，几乎就是白费！

　　住进甲32号院之后，作为临时的房客，我们知道融入不了
它的主体，那些老住户也不会因为一个外地户的到来而改变什
么——包括他们的喜怒哀乐，包括他们的过去、现在和将来。
更主要的是，我们必须吸取胡冬的教训。因此开始的时候我和
妻子都非常低调，甚至怀有一种鸠占鹊巢般的不仗义，尽量躲
着院里的人，默默地、小心翼翼地生活。

　　我和院里人的接触，源于一个扎着羊角辫的小女孩。她叫
楠楠，长得干净、漂亮，是隔壁家李大妈的外孙女。当时她正
在附近的一所小学里读书，每天放了学，由李大妈的老伴儿接
回来；到了晚上，再被她妈妈骑着自行车接走。那年国庆节，
我把女儿小玉从乡下的姥姥家接到了北京。刚见面，两个孩子
就成了朋友。她们一个黑，一个白；一个偏胖，一个略瘦；只
有年龄相同，都是九岁。

有一天，我听见两个孩子在院里的自来水龙头下洗手。

楠楠的声音："知道吗？饭前便后必须洗手，手上的细菌可多啦。"

小玉问："啥叫细菌？我手上咋没有？"

楠楠说："啥叫细菌你都不知道？就是活着的东西，特别特别的小，用显微镜才能看得见。"

两个孩子洗完了手。

楠楠的声音："这水真凉！"

小玉不以为然："这水还凉？我姥姥家的水才凉呢。"

"为什么呀？"

"那是井里的水。"

楠楠问："井是什么样子呀？"

小玉说："你连井都没见过？就是在地上挖的洞，可深可深啦！往下一看，特黑特黑的，啥都看不见！"

"哎呀，吓死我了！那人掉不下去吗？"

"咋掉不下去呀？我们班里的刘小柱还掉下去过呢，差点儿没淹死，后来学习一点都不好了，考试净得大零蛋。"

"哎呀，是不是把他摔成笨蛋啦？"

"不是，我们老师说，他脑袋里进水了。"

两个孩子天真的对话，使这个古老的院子充满了童趣。我在屋里忍不住笑了。同时心里涌出一种说不出的温情与感动。怎么说呢，住进这个院子之后，每天从一个大门进进出出的有十多个人，能说上两句话的人都少。不是不想说，而是作为一个外来户，我总觉得和那些原住民之间隔着一种什么东西，说不出来，也看不见，却很坚硬。但是孩子却可以凭借她们的纯真，轻而易举地穿越了它。如此看来，如果能像孩子那么单纯与透明，我们眼前的世界肯定是另一种样子吧。

此后，我开始用一种比较积极的目光吸收着院子里的一切。一段时间之后，我知道了甲 32 号院里算上我们共有七户人家：两户正房，两户西厢房，两户是"倒座儿"，靠近门洞还有一间东厢房，却总是铁将军把门，一直没人居住。又过了一段时间，我便理清了哪个女人是哪个男人的老婆；哪个男人和哪个女人是单身，鳏寡一人。起床最早而又秃了顶的那个男人，他叫海德宝；那个细高个、总追着一只足球走路的小青年，是赵公安的儿子……

我最先熟起来的，是对门的李大妈。那是个圆盘大脸的老太太，姿态端庄，仪容高贵。我攀谈了几句，却是个挺爱说话的老人。聊过几次之后，我知道了她有一个儿子，一个女儿。儿子在一个派出所当所长，女儿和姑爷在街道办事处工作。两个子女住的是楼房。她和老伴儿也有个两居室，在潘家园，一直空着，她和老伴儿谁都不愿意去住。

我说："是啊，老年人都不喜欢住楼房。"

李大妈摇摇头说："不是不喜欢，主要是接收不到地气，"她用一种神秘的语气小声道，"这院儿风水好，过去是一个武官的宅子。"

我乐了。

"您老在这儿住了有年头了吧?"

"敢情!我来到这院儿的时候,还是个姑娘呢。"

李大妈告诉我,她老伴儿新中国成立后从外地调到了北京,在纺织部工作,当时就是为了跟她结婚才要到了这个房子。她感慨地说:"那时候我才二十三岁,现在都六十六岁啦,你算算有多少年了吧。"

我算了算,确实不短了。而李大妈的老伴儿也有七十岁了吧?那是个不怎么爱说话的老人,青白发,板寸头,言语不多,做事仔细。每天下午,睡过午觉之后,他会为老两口的休闲或纳凉作一些必要的准备:他先是把一个很小的方桌摆到院外,然后回到家里,拿出两个小马扎,摆在小方桌的旁边。这时候,李大妈一手拿着两个蒲扇(防蚊用),一手端着个大号茶缸子,从院里走出来,老两口往小马扎上一坐,沐浴着胡同里秋末的暖阳,一直坐到傍晚。

李大妈的外孙女——也就是那个扎着羊角辫的楠楠,喜欢吃东北的锅包肉。偶尔李大妈会带着小女孩到我的餐馆去要一个外卖。最初我和妻子说啥不收李大妈的钱,说送给孩子吃了。

李大妈却执意不从。她言语认真,表情十分严肃,几乎要生真气的样子,说道:"不行不行,干吗这是!你们做的是生意,不要钱哪成?你们再这么客气明儿我就不来啦!"

说着,她会从兜里掏出一个很小的圆形钱包,打开拉链,一边找钱,又像是自言自语地嘟哝说:"有钱。"

面对李大妈的如此执着,我和妻子只好作罢。后来我发现,北京人特别注重人情世故，越是年纪大的人，越是讲究礼数和规矩，可称得上是礼尚往来的典范。打个比方：假如你给他一根针，他就会变着法儿地还给你一条线，绝不占你的便宜。

6

同时熟起来的，就是赵公安了。那是个短小精悍的人，说话高门大嗓，声音洪亮，笑声爽朗，给人的感觉他生活得总是那么愉快。见了面，离老远就会打个招呼，并不止一次地叮嘱我："有事儿您说话，都是一院儿里的邻居，甭客气！"

挺让人感动的。

不过，这只是最初的印象。没过多久，我发现赵公安这个人还真是有点"各路"。从性情上说，我觉得这是一个属于躁动型的人，好说，好动，还好斗。通常情况下，只要他不到街上去，我在屋子里就会经常听到他的声音，和街坊打招呼啊，逗闷子啊，今儿个气温是多少度啊……或者，拖着那架两个辘轳的小购物车从菜市场一回来，他就会跟院里的邻居骂骂咧咧地抱怨，说土豆涨了五分，白菜涨了一毛，"黄瓜都他妈八毛一斤啦……"琐琐碎碎，一地鸡毛。如果再来上一句："今儿遇上一傻逼，真他妈搓火儿，我差点没抽丫的！"——那保准是他在外边又和什么人吵架了。总的说来，我觉得这个瘦小枯干的人，可能是肝儿不太好，心浮气躁，碎嘴子，喜欢批评所有的人和事儿，不管说什么，都像是憋着一肚子气似的，总之是啥也看不惯。

他甚至看不惯自己的儿子。

其实，那是个非常不错的小伙子。他叫涛子，十八九岁，长得很帅气，长瘦脸，大眼睛，个子要比赵公安高出半头。平时，他总是穿一套深蓝色的运动服，利落、朴实，透出一身的青春与活力。据说，涛子在一所职业学校读书，他学的是建筑，喜欢足球，似乎到了迷恋的程度。只要你见到这个小伙子，保准就会见到足球。有时候，你刚要出院门或进院门，一只足球会"嗖"地通过院门口射到你腿上，吓一跳！紧接着涛子就会出现在你面前，一缩脖，抱歉地一笑。我注意到，涛子是个不怎么爱说话的孩子，至少是不喜欢和大人们说话。这个年龄段的孩子很奇怪，他们对大人都不同程度地抱有一种天然的抵触。但涛子喜欢唱歌。有段时间，他走里走外的，总是哼唱一首外文歌曲。那首歌很好听，给人的感觉很轻松，还有一点很浪漫的味道。我不懂外文，还是能听出那是前不久在法国世界杯开幕式上的主题曲：《我踢球你介意吗》……

我当然不介意。相反，我倒觉得是年轻人就应该这样。活泼一点，青春一点，挺好的。试想，这么个灰砖灰瓦的院子，本来就是一副老气横秋的样子，假如院里的人每天都绷着个脸，进进出出，一句闲话不说，一点声音没有，甚至连走路都轻手轻脚地走猫步……岂不让人联想到古堡里的幽灵？那倒是一件恐怖的事。

但介意的是赵公安。在我住进这个院子不到两个月的时间里，他和儿子就已经发生了好几次冲突。

"国家花了那么多钱，都没培养出一个会踢球的，你他妈瞎踢什么呀！"

——这是大前提，是引子。随后，他就会痛斥涛子没出息，不务正业。"连个大学都考不上，还他妈整天抱着个足球当事儿干，将来就是个戳狗牙的货！"

在他这么骂骂咧咧的时候，涛子要么一声不吭，要么就是抱着他的足球，把身子一拧，走人。那青春的背影里有一种愤怒的不屑与悲壮。只有到了万不得已的时候，涛子才会反驳几句。有天下午，我听见赵公安又训斥涛子了，还是"不务正业"那一套，而且越说越尖刻："我告诉你丫的，再不好好学习，将来就是当上市长，你他妈也是个庸官，是个棒槌！"

从经验上说，像涛子这般年龄的孩子，尤其是男孩子，最怕有人挫伤他们的自尊，哪怕你是个当爹的也不行！果然，听到这么一句没边没沿的话，涛子开始反击了。而且，也绝不是个善茬儿。

"我是棒槌，那你去当啊。"

"我……"

"你能，你多能呀。"

"我他妈抽你丫的！"

"我要是你，就先抽自个儿一耳光，问问自己是怎么活的，再教训别人。"

"你他妈再说一句?!"

"我说完了。"

父子俩唇枪舌剑,吵得十分有趣儿。我在屋子里听着,不禁哑然失笑。如果是在我们老家,在煤矿,作为邻居,我会毫不犹豫地去劝一劝,开导一下那个当爹的:孩子有孩子的爱好和乐趣,别老是挖苦他,你越是挖苦,越容易造成他心理上的叛逆……可这是在北京。我觉得还是多一事不如少一事的好。怎么说呢,生活在大都市里的人,尤其是生活在天子脚下的人,他们或多或少都有一种优越感。作为外乡人,还是少说为佳。否则,哪怕一句话露了怯,说不定就会被人教训上一顿。我已经有过这方面的教训。

那还是我在煤矿工作的时候。有一次,我带着单位的一辆破卡车到北京来买复印机。晚上进了城,被马路上的交警拦住几次,又罚了几次款就不说了。当我们来到一家招待所门口时,又被把大门儿的老头拦住了,问我们是干什么的。当时我很生气,便理直气壮地告诉他:"我们是住宿的!"老头这才收回他伸出的一只手臂,很不情愿地放我们进去。可我们的车子刚走出几米远,老头又急匆匆地追了过来,敲着车窗玻璃,愤愤地喊了一句:"怎么说话呢?那叫住宿!知道吗?"从此我才知道,在北京,这个"宿"字的发音是"素";而不像在我们老家那样,所有的人都念"许"。

我举这么个小小的例子,不是说赵公安像那个老头似的那么较真儿,那么好为人师,而是说赵公安这人有个特点,你跟他聊天特费劲。你说啥，他堵啥，甚至，你就是顺着他的人情说好话，他也总能找个理由来杀你个回马枪。

秋末的时候，北京一连下了好几天冷雨，又赶上了一场大风降温，地上突然出现了霜冻。黄色的落叶粘在路面上，滑叽叽的，一不小心就会把人撂个跟头。说起来有趣，那天早晨，赵公安是在房顶上被撂倒的。屋子漏雨了，得修。没料到，他刚用砖头把一块塑料布压好，人就闹了个侧摔。我眼瞅着他顺着陡峭的房顶差点出溜到地上，没把人吓死！回到地面的赵公安也是一脸苍白。他骂骂咧咧地说，房管所那些个傻逼，前几天就告诉他们来修房子，到现在连他妈兔子大个人儿都没见着，他要是从房上掉下来，非去找他们算账不可！

后来，说到这房子至少有一百多年的时候，完全是出于同情，我附和着说："这么老的房子别说得修呀，按理说都应该拆了。"

没想到，赵公安却突然掉转矛头，他盯着我说："这您可说错啦！在北京，您不能说房子年头长了就应该拆掉，故宫都五百多年了，到现在也没拆哪！"

说完，他率先为自己的话哈哈大笑；笑完，又把这话重复了一遍，好像他突然发现了一个真理似的，还问了我一句："您说是不是啊？"

真是拧巴。

这就是赵公安。在许多时候，他就是这样出其不意地把你逼入一种无话可说的境地，并以此获取一点微小的快乐与满足。

56

但我却并不觉得有趣儿。我发现，他不仅说话太臭，噎人，还总是愤世嫉俗。有一回，说起他原先工作的那个灯泡厂破产的事儿，他立刻显出一种无奈而愤怒的神态，说好好的一个厂，多少年都一直盈利来着，说个不行，"啪嗒"就散了架了，虾米了。

我看出了他神态上的言犹未尽，便迎合着问了一句："那是怎么回事？"

"怎么回事？跟您说吧，全是被那些当官的给祸害败的。他们自己吃饱了，捞足了，结果害得老百姓全都下了岗！"

我问他什么时候下的岗。

"快他妈两年啦。"

"没再琢磨着干点啥？"

"干点啥？"

他看着我，抬杠的话张口就来："北京的厕所都让你们外地人包了，我他妈的干啥去呀！"

赵公安说话是那种典型的京腔京韵，他把那个"干"字说得很重，声调也拉得很长。听起来很无奈，同时又给人一种壮志难酬的感觉。

在我看来，这完全是一种强词夺理。不错，随着改革开放之后的人口大迁移，进入城里的外地人的确不少，而且越来越多。可再多也不致抢了你赵公安的饭碗呀。退一步讲，即使没有外地人承包，清理厕所的活儿你干吗？搬砖运瓦扛沙子和水泥的活儿，你吃得了那份苦吗？做金融，搞科研，几天鼓捣出

57

一个软件的活儿你又干不了。说到底，无非是大事做不来，小事又不愿意做罢了。

后来我发现，在北京这个城市里，抱有赵公安这种心态的人还不少。为此我曾把外地人和城里人做过比较。我发现这是两个完全不同的群体。像我们这样的外来人，是跟随时代的步伐闯入了城市，我们用自己的方式寻求生存之路，什么样的苦都能吃，敢冒险，有时候胆子还很大。城里人头脑聪明，见多识广，坐拥天时地利，较之于我们这些处于陌生环境中的外地人，他们无论做点什么，都有绝对的优势。非常遗憾的是，他们却把这种优势当成了优越，当成了资本，两手一抱，肩膀一端，反倒什么也不做了，也不屑于做。于是他们便成了都市里的闲人。他们显得无忧无虑，而又无所事事，唯一的乐趣就是聚到一起侃大山，逗闷子，用最底层的语言和粗俗的用词，位卑言高地发一些时鲜的评论：小到南方水灾，大到国际战争；说到天气，少不了骂骂气象台；谈政治，总要恨铁不成钢地埋怨一通政治局——好像他们个个都是安邦治国齐家平天下的行家里手。而一旦扯出柴米油盐的话题，则能琐碎地道出早市上大蒜涨了一毛，土豆涨了五分……最可悲的是，眼睁睁看着身边的外地人没日没夜地拼搏、奋斗、挣钱，对照自己悠闲拮据的生活，他们又突然"醒过腔来"似的牢骚满腹，认为外地人抢了他们的饭碗，抬高了城里的物价……

必须申明，我并不是说所有的北京人都是这么一种活法，这么一种心态。绝对不是。只要你是个善于观察的人，你就会发现，在北京这个地方，越是那些无所事事的底层的人，他们那种高谈阔论、愤愤不平的劲头就越足；而那些具有一定学识与文化素养的人，反而看不出他们身上有多少皇城子民的影子。他们知道什么是糟粕，而且能够自谴自励。且不说那些文韬武略、充满智慧的北京人，他们顺应时代，锐意进取，仍然是北京城里诸多行当里的能手与精英，退一步说，即便是在那些普普通通的底层市民中，也有许多值得我们学习的榜样和典范。

比如，冯老太太。

冯老太太也是甲32号院里的老住户，那是个七十多岁的孤寡老人。听院里的邻居说，这个冯老太太很有钱。但我却没看出她"很有钱"的样子。她住在院子的西北角，那是一间很小的耳房。十几平方米的屋子，在中间打了个隔断。外边用来居住，里边那一间，则在临街的墙壁上开了个窗口，做成了小杂货店，卖一些真空包装的香肠、面包、榨菜咸菜和牙膏牙刷之类的生活日用品。同时，在靠近窗口的地方放了一张小木桌，桌上摆了一部公用电话。从早到晚，冯老太太就坐在那个小木桌前，看着胡同里的来往行人，等待着一些零零碎碎的小生意。那种孜孜不倦的生活态度和生意精神，真是不错！

说了这么多，我还是想转回到赵公安身上。在我看来，这个尚属年富力强的人，精力充沛，而又坐拥天时地利，他完全可以干点什么。即使吃不了大苦，也可以学学冯老太太。可赵公安不那么看。他甚至对冯老太太的"生意精神"嗤之以鼻。有一回，我在小卖店买了一包卫生纸，刚转身要走，又被老太太从窗口里探出头来叫住。

"还没找钱哪，您怎么就走啦？年轻轻的什么脑子呀！"

她嗔怪地说完，便咯咯直乐。这时候，赵公安正坐在门口那块上马石上喝茶。他往冯老太太那边迅速地看了一眼，又把一只手拢在嘴上，像是对我传达一种神秘而重要的信息似的，他说道："快死的人了，都倒计时了，卖一卷儿纸还那么高兴，我可真是服了她啦！"

在赵公安的眼里，谋生似乎成了一件很庸俗的事。

我们住的那条胡同里有棵老槐树。不知什么年代、什么人栽种的，树干高大沧桑，树冠绿荫如盖，差不多遮住了整个胡同。（后来我注意到，在北京的胡同里有许多这样的老树，它们树龄都超过了许多人，甚至几代人的生命。像那些古老的建筑一样，任何一棵老树，都不愧为这个城市历史的一部分。）俗话说，前人栽树后人乘凉。在我们胡同那棵老槐树下的空场上，每天早晨都有几个老头在那里抖空竹。据民俗资料介绍，空竹也称"胡敲""地铃""风葫芦"；抖空竹也叫"抖嗡"，或者"扯铃"。据说，在过去那是一种庭院游戏，后来经过加工提高，作为杂技项目登上了艺术舞台，成了"中华民族文苑中一株灿烂的奇葩"。如今，你在市井里看到的抖空竹，其实就是一种自娱自乐的运动，而且大都是一些中老年市民在胡同或公园里，仨一群俩一伙地抖。

我发现，有两个老头抖得特别娴熟。只见他们一手执一根两尺多长的小木棍儿，两棍儿之间系一根很细的线绳，把线绳在空竹轴上绕两圈，一提一送，不断地抖动，使空竹越转越快，发出铮铮的响声。间或，他们还能玩出几个花样儿：抢高儿、对扔……最精彩的是，他们把空竹抛到空中，落下来，用棍儿接住，让它在木棍儿上不断地旋转，接着，再突然一挑，让它跳到另一根木棍儿上，继续转动——据说这叫"鸡上架"。此外，什么"仙人跳"啦，"满天飞"啦，一招一式，都玩得连贯流畅，漂亮！

相比之下，赵公安就逊色多了。我注意到，另外两个老头的空竹都是"单轴"，赵公安抖的则是"双轴"，可能是他抖得转速不够，那只空竹不但发不出响声，还常常失败地掉到地上……不过，赵公安却抖得非常认真，而且毫不气馁，用他自我解嘲的话说："阴天儿打孩子，闲着也是闲着。瞎抖呗，要不干啥去呀！"

可没过多久，在那几个抖空竹的老头中，已经没有了赵公安的影子。一问，才知道他早不玩了，歇活儿了。

"有什么劲呀，您说是不是？"

知道赵公安这个人倍儿杠头，不好交流，我便尽量躲着他。但毕竟是在同一个院里住着，而且已经混得很熟了，低头不见抬头见，有时候想躲都躲不了。况且，赵公安是个耐不住寂寞的人，只要逮住机会，哪怕素不相识的人，他也会主动地搭讪几句，并表现出一种超乎寻常的热情。有一次在厕所里，我听见他蹲在那里，一边吭吭哧哧地用功，一边跟一个陌生人搭讪着说话："外地的吧？"

"辽宁的。"

"来旅游啊？"

"办点事儿。"

"带手纸了吗？"

"带了。"

"没带您说话，北京人好客，知道吗？"

当时我正站在小便池前撒尿，听了这话，竟禁不住一哆嗦一哆嗦地笑。

我发现，通常情况下，赵公安总是把一些无聊的时间安排得悠闲而精致。平时没事，他喜欢拎着一个挺大的玻璃茶罐子，趿拉着拖鞋，迈着八字步走出大杂院，往门外的那块上马石上一坐，用屁股压着那段沉甸甸的历史，把手里的小收音机鼓捣出新闻或者评书连播——然后，他就亮着那双机敏的小眼睛东张西望。一旦哪院里出来个邻居，离老远，他便京腔京韵地招呼上了："吃了吗？"

他把这个"吃"字说得很重。

或者："哪遛去哇？"

再或者："王师傅，那个破班儿还上哪？快歇了得啦！"

他把那个"得"字的腔调拉得很长。

这就是老北京人说话的特点：抑扬顿挫，慢条斯理，轻松随意，活泼，俏皮，同时还透出一种古道热肠。

我住的房子紧临院门口，靠东边的那面墙上，有个很小的窗子，正好开在了那块上马石的上方。在很多的时候，不管赵公安跟谁说话，逗闷子，我都听得清清楚楚。隔墙听话，只闻其声，不见其人，原本会有一种特殊的感觉，只是因为都是久住一起的邻居，所问所答，无非是前天或者昨天的重复，平庸、琐屑，我便觉得索然无味。有天早晨，我听见赵公安突然冒出了一句话，倒是很新鲜，很有趣儿。

他说："哎，我说宝堂，你的鸭子是男的还是女的啊？"

宝堂是个有点怪异的人。他四十五六岁，长得粗粗拉拉，没工作，喜欢养玩儿物。说起来这也是一种传统了，是老北京人的一个乐儿。据有关资料记载，从明朝开始，居住在北京四合院里的皇城子民，上至王公贵族，下至平头百姓，不分地位高低，都素有豢养玩儿物之好。比如养鱼，养鸟，养虫，养兽。其中兽的种类最多，猫猫狗狗的不用说，还有什么鹰、龟、猴、鸡、鹅、隼等，啥都养。不管养什么，都是为了以博雅趣儿，图个乐儿。其中最流行的是斗蛐蛐，这不仅是男人的爱好，连官人和富家的小姐也会躲在家中的庭院里斗。据民间传闻，明代皇帝朱瞻基就是迷恋蛐蛐的"发烧友"。他每年都会下达指令，让地方官员和普通百姓进贡优良的蛐蛐，倘若进贡的蛐蛐次一点，甚至有被杀头的危险。当时，民间里还流传过一首歌谣："蟋蟀曜曜叫，宣德皇帝要。"到了清朝，慈禧太后也有着同样的雅趣。每年到了白露之后，她就会到花园里去赏听蛐蛐鸣叫，特别是蛐蛐交配时发出的"弹琴"声，让她流连忘返，乐此不疲。此外，每年到了重阳节之时，她都要在颐和园里开设蛐蛐斗场，玩个痛快。

现在已不是大明和前清盛世。时代不同了，但老北京人的这一"雅好"，却在市井民间流传下来。记不得是在哪条胡同了，我曾遇见过一个八十多岁的老爷子，喜欢养鸟。他在自家门外的胡同里拉了一根很长的铁丝，在铁丝上挂着十几个精致的鸟笼子。近前一看，有百灵，有黄雀，最多的是虎皮鹦鹉。其中，有两只黄色的小鸟，圆眼尖喙，形如弯月，非常可爱。我问老爷子这叫什么鸟。老爷子眉毛一耸，"这鸟不知道啊?"我说不知道。他告诉我这叫玉鸟，过去是宫里养的玩意儿。老爷子的话说得轻描淡写，但他的神态却意味深长，分明像一首诗歌："旧时王谢堂前燕，飞入寻常百姓家"啊。

不过，宝堂养的玩儿物略有不同。他养的是一只乌鸡和一只鸭子。有趣儿的是，那两只普通的家禽，竟然被宝堂驯养得非常听话，仿佛有了思想。你可以想象，一个男人肩上蹲着一只乌鸡，身后跟着一只摇摇摆摆的鸭子在王府井大街上招摇过市，是一种什么样的情景——我当时的感觉是：太好玩了，这简直就是个奇人！

后来我听说，宝堂养的宠物，还不单单是那只听话的乌鸡和鸭子。有一次，我看见他蹲在胡同里的一棵槐树底下，默默地哭泣，脸都哭歪了。对门儿的李大妈挤眉弄眼地告诉我，说他的一只小白兔死了，昨天埋在了树底下，今儿个是在那里悼念呢。她还告诉我，宝堂是光杆儿一人，年轻时结过一次婚，没几天就离了，此后再也没找过。我在想，这么一个有趣而复杂的人，内心深处肯定隐藏着一个无比丰富的情感世界。至今让我感到遗憾的是，在我们做邻居的两年多时间里，我却从没有和宝堂说过一句话。有时候，我们会在胡同里碰个脸对脸，我很想跟他点点头，搭讪几句，可他总是扛着他的乌鸡，引领着那只鸭子，目视前方，旁若无人地从我身边走过去。

最初，我觉得这个人不太正常，说白了，就是有点儿"二"。那天早晨，我听见赵公安问他那只鸭子是男的还是女的，没想到，宝堂的回答像他那只摇摇摆摆的鸭子一样，既顽皮而又风趣儿。他用一种略带沙哑的嗓音说："鸭子肯定是公的嘛，妓女才是母的哪！"

这话让我琢磨了半天，才明白是怎么回事。我笑着想，这个宝堂，真不愧是与时俱进啊。当时我正准备到餐馆去，便想趁此机会和宝堂搭个话，认识一下这个有趣的人，也好为以后的交流作个铺垫。可当我锁上门，再从院里出来的时候，宝堂和他的鸭子已经不见踪影。只有赵公安正一个人在上马石上像个佛似的坐着呢。

他看着我说："嘿，怎么才到店里去哇？"

"回来拿点东西。"

"我就说嘛，都什么点儿了，还在家里头晃荡呀。怎么着？餐馆的生意还成吧？"

"凑合吧。"

"对了兄弟，啥时候请我喝酒啊？"

"我不是说了嘛，啥时候都可以，没事儿你就去呗。"

"嘿！您不请我怎么去啊。"

"我现在就请，走吧。"

"得了吧，瞧您那样儿就不怎么真心。"

话音刚落，便是一串快活的笑声。

实话实说，我的确不怎么真心。倒不是我舍不得一顿酒，而是我觉得赵公安这个人的性格不好把握，平时就很难说到一块去，我又不知道他的酒品咋样，万一在酒桌上弄个不欢而散，还不如不请呢。因此我只是哼哼哈哈地答应着他，并没有真心邀请他的意思。至于赵公安，虽说他在话头儿上步步紧逼，但目光中却总是流露出一种很欢快的神情，而且说过了，也就拉倒了，并不认真。

问题是，这种不认真的话他老说。这就讨厌了。

有些事情就是这样，长痛不如短痛。我心想，还不如干脆来个了断呢。几天之后，我郑重其事地向赵公安发出了邀请。没想到，不请他的时候他老是磨磨叽叽，真要请他，他反倒耿直上了，甚至还吃惊地一怔：

"嘿！干吗呀兄弟？一院儿里的邻居，有事儿尽管言语，喝什么酒哇！您说是不是？"

当时我解释了半天，说啥事儿没有，就是一块坐坐，聊聊天。到最后，我甚至把"你不去就是瞧不起老弟"这样的话都说了，他还是不去，大有一种"君子不食嗟来之食"的劲头。我们老家有句俗话："请客不到，恼死主人。"我生气地想，不去拉倒，我还不请你了呢！

7

时间很快，一晃就到了冬天。从视觉的意义上说，我喜欢北京的冬天。夏天里，满城的各种树木和花草，密密匝匝，太蓊郁，太繁复，加上又热又闷的天气，总给人一种透不过气来的感觉。冬天则是一个"删繁就简"的季节。空闲的时候，你可以沿着故宫外边的筒子河慢慢行走。高高的城墙和角楼之上，天空宁静而肃穆；河边上，那些落去叶子的老槐树，在冷风中抖动着黑瘦的枝丫，遒劲、疏朗，给人一种骨感之美，远远看去，在如水的天空下，很有一种老照片的味道。

然后，你还可以走进北京的胡同——最好是我们这条胡同。你会立刻感觉到什么是真正的古朴，什么叫真正的安静！胡同两旁，一律是那种古旧的灰墙古瓦，院门则高低错落，大小不一。在其他季节，你还能看见几个老头、老太太戴着"治安"的红袖标在胡同里溜达，或聚在门前坐在小马扎上喝茶、聊天。现在已不是摇蒲扇的季节，许多老人，特别是那些病病歪歪的老人，都躲在屋子里"猫冬"去了，就连赵公安吵吵嚷嚷的声音也稀少了。整条胡同听不到一点喧闹，安静得时光都像是在倒流。而天空却总是一种阴阴的样子……这时候，你就会突然生出一种渴望：下一场雪该多好啊——是的，居住在城市中，那种关于皑皑白雪的念头，总是令人兴奋！

然而，盼了几天，一直未果。有天晚上，我听见赵公安在院子里又骂天气预报"净他妈瞎掰"。没想到，第二天一早，雪就真的下来了。雪花不大，纷纷扬扬，整整下了一天。房顶上，胡同里，全都铺上了一层厚厚的积雪。在周围钢筋水泥筑起的森林中，这片低矮古老的平房区，一切都变得不同寻常——雪屋雪地，竟有一种童话般的境界了。

　　傍晚的时候，我正在胡同里扫雪，海师傅拎着一把铁锹出来了。

　　他"嘿"了一声："院儿里的雪是您扫的啊？"

　　海师傅是个瘦弱、随和的人。用老北京话说，他的官名叫海德宝。他年纪并不大，只是头顶谢得早了点，看上去足有七十多岁的样子，一问"您老高寿啊"，才六十二！

　　刚住进这个院子时，我发现这个谢了顶的男人总是起床很早。每天7点钟，院里的自来水龙头下就会响起他刷碗的声音，或者是吭哧吭哧地搓洗衣服的声音。当时我曾跟我妻子断言说，这人肯定是个老光棍。有一天，他突然客气地问我，能不能在餐馆里给他带回一个鱼香肉丝——及至送到他家里时，我才发现床上还坐着个瘫痪的女人（据说，已经在床上卧了两年）。那天，我执意不收他那个鱼香肉丝钱，但后来他还是追到院子里，把钱塞给了我。此事之后，我们之间的关系一下子拉近了不少。见了面，他会客客气气地称我"老板"；而我则根据当地人的尊称，叫他"海师傅"。

　　不久之后的一天，海师傅在院门外修他那辆人力三轮车。

一只轴碗儿坏了，鼓捣了一手黑油。我一边看他修车，一边跟他闲谈。聊起来，才知道海师傅的祖上是"旗人"，是大清王朝的正身贵族！只是，这个秃了顶的皇城子民，不像有些旗人后裔那么恋祖，一说到祖上是旗人——什么"正黄旗"啊，"正蓝旗"啊，"镶白旗"啊；什么"吴尔古察氏"啦，"苏完瓜尔佳氏"啦（真咬嘴，想记都记不住）——他们总有那么一种掩饰不住的荣耀和自豪。海师傅不这样。对于祖上的那段历史，他自认是一种"死去的荣耀"。他的看法挺客观，甚至很不屑。

"什么金枝儿呀，贵族呀，不是全落庙了嘛！您说是这么个理儿吗？"

我不太明白历史。但对于八旗子弟的那些事，还是多少了解一点的。在 17 世纪初，清太祖努尔哈赤把满洲军队分成了四个旗，后来因为人数一天天增加，由四旗扩充为八旗。因为八旗的旗色分为正黄、正红、正白、正蓝之外，再加上镶黄、镶红、镶白、镶蓝，统称为"八旗"。在推翻明朝统治的战争中，这些八旗兵弓马娴熟，勇猛善战，曾立下过汗马功劳。清朝定鼎中原之后，他们被封为贵族，世世代代由朝廷提供禄米、俸银、住宅、田产。并通过"圈地"和对汉人的驱赶，在整个京都形成了满汉分城的局面。他们坐吃俸禄，不做工，不务农，不需要经商，更不需要去放牧，就可以过上丰衣足食的优越生活。

从后来的情况看，正是这种不劳而获的优越生活，让许多旗人不再考虑自己在这个社会上的位置，也不去想象自己的未来，他们忘记了自谴，自励，甚至忘记了自己是谁，从哪里来。他们只知道自己是八旗贵族，就该享受贵族应有的一切。于是，他们终日肥马轻裘，或提笼架鸟，逗蛐蛐，放风筝，玩玉器，赏小脚，诸如此类，便成了那些"北京大爷"的主要乐趣。

其中，也有些人觉得很无聊，这么长年累月，游手好闲，啥也不干，坐吃山空不是个事儿，很想找点事做，或学一门手艺。但是这样的人，反而会遭到其他旗人的冷眼与嘲讽，认为他们不会生活，没什么出息。因此，除了少数人坚持学手艺自己挣饭吃之外，大部分八旗子弟都是躺在父母亲的功劳簿上，闲逸度生。极度空虚之下，有些人甚至吃喝嫖赌，抽大烟，吸白粉，寻欢作乐，挥霍无度，以致最后家产荡尽，穷困潦倒者不计其数。有的竟因饥寒而死，甚至沦落成流氓无赖和街头小混混的也大有人在。

在"呼啦啦似大厦倾，昏惨惨似灯将尽"的残局中，像所有的旗人一样，海师傅的祖上也是在劫难逃，一代不如一代。到了民国前夕，世道纷乱，那些八旗子弟的境遇和其他市民已经没有什么区别。有的人学会了自食其力；有的人以变卖古玩、珠宝、玉器维持生计；即使在皇亲国戚的后代中，专靠捡破烂或向亲友乞讨为生的也不乏其人。据海师傅说，当时他的家族已经彻底破落，他的曾祖父先是卖了一个镏金的蛐蛐罐渡过了难关；后来，又把一颗虚伪的金牙拔下来卖掉，全家人才没被饿死……

说到这里，海师傅细着眼神儿，把一个小钢珠仔细地抿到

70

轴套儿里，叨叨咕咕地说，到了他这一辈儿，一件值钱的东西都没传下来。

"老辈人不是有句话嘛，'有钱能造，没钱能挨'。啥也别说了，活着吧！"

我问他是啥时候住进这个院子里来的。

海师傅看着我，无声地笑了一下。

"您问我爷爷是啥时候住进来的还差不多。"

我有些吃惊："是吗？那么早啊？"

海师傅告诉我，他们家从前门搬到这里的时候，他爷爷才七八岁，还穿开裆裤呢。听他这么一说，我突然想起一首歌来：

我爷爷小的时候

常在这里玩耍

高高的前门

仿佛挨着我的家

一蓬衰草

几声蛐蛐儿叫

伴随他度过了那灰色的年华

……

词很美，曲子也好听。可具体往海师傅身上一套，你就会感受到一种世事的久远与沧桑。我粗略地想了想，从他爷爷的父亲那一辈儿算起，到海师傅已经是第四代人了。四代人，用二十年叠加的方式计算，至少也有八十年了吧？一个家族，几代人，连续不断地囚在这么两间小房子里，一直没挪窝儿的感觉——别说是亲自体验呀，只要想想就够腻味的了。

但是，海师傅却用一种平静的心态，包容了这个世界。我发现，他是一个极有耐性的人，而且非常勤勉。在我的感觉中，他总是乐乐呵呵、毫不厌烦地对付着生活中的琐琐碎碎。平时，除了料理家里的柴米油盐、侍候瘫痪的老伴儿，他还能蹬着人力车去街上揽点活儿，拉个脚儿，带着客人沿着筒子河观观光，或者走街串巷，搞个"胡同游"什么的。海师傅也不愧是个老北京——他不仅知道宫里的许多事儿，对宫外的一些人文历史也了解得不少。

有一次，我们聊起了王府井。

他说："早先啊，文武官员进宫的时候，有个规定，文官走东华门，武官走西华门。这文官和武官的脾气、秉性不一样，您知道怎么个不一样吗？武官比较正统，死板；文官呢，比较散漫，无形，文人嘛，骚客嘛，喜欢吃点啊，喝点啊，说白了，就是闲着没事儿，瞎嘚瑟呗！说起来，倒也是好事儿，这样时间一长呀，东华门一带渐渐就有了一些小摊儿小贩儿。后来，卖东西的越来越多，就形成了一个很大的市场，也就是王府井原来的东安市场……"

后来我发现，海师傅也不单单是靠他的人力车挣钱，此外，他还做一些别的小生意。有一次，在夜幕下的王府井，我碰见他正在兜售一种提线木偶。那是一种很小的民间玩具，非常蹊跷：你正在路边上走着呢，突然发现有两个小木头人儿一跃而起，在离地一尺多高的空中格斗上了。

"太奇怪了！"

"真好玩儿！"

"它们怎么会跳起来呢？"

一些人围观过去。这才发现，一个秃顶的男人坐在一米开外的小马扎上，把一只手藏在裆下，牵着一条不易察觉的细线儿，一抟一抟的——正在那里暗箱操作呢。

一问价钱，"便宜喽，十块钱一个，二十块钱仨啦！"

许多人都争着买。海师傅在围观的人群中发现了我，说啥要送给我一个玩。我拿回去一试，根本玩不转。无论怎么提线儿，抟线儿，都不能让那两个小木头人儿跳起来。我问海师傅是怎么回事儿。海师傅看着我，秃着顶笑了，他嗔怪地说道："您不会用那股巧劲儿，它能给您跳吗？"

海师傅是个和善的人，也是个仔细的人。假如你是住在甲32号院里的邻居，每天晚上，你都会听见他积极主动地关大门的声音："李大妈，您家人都回来了吗？我关大门了。"

"公安呀，您家人都回来了吗？我关大门了。"

就这么一家一户地询问，不厌其烦。我们住进甲32号院之后，有两次在店里遇上了酒腻子，磨磨叽叽地高谈阔论，总也不走，打烊晚了，结果我和妻子被关在了门外——又不敢在半夜三更的时候敲门，就只好返回餐馆，在那个小耳房里对付一夜。海师傅听说这事之后，他嗔怪地说道："嘿！您说话呀！"

到了晚上，再关大门的时候，他总是关切地问上一句："刘老板，您家人都回来了吗？"

如果得不到回答，他就会把大门对得严丝合缝，但并不拉上门闩——这种做法，在我们老家叫"留门"。

正是为了这份留门的温情与感动，同时又因为我是个开餐馆的人，我早就想请海师傅吃个饭。不过，却一直没找到合适的机会。须知，我和海师傅毕竟是刚刚认识的邻居，而不是那种见了面就可以彼此大呼小叫着请客吃饭的朋友。如果一见面就说："海师傅，我请您老吃个饭吧。"人家肯定会觉得很突兀，也蹊跷，是不会去的。人与人的关系就是这样，在许多事情上都不能硬掰，最好是抓住机会，水到渠成。

现在，我就觉得这是个不错的机会。

我和海师傅一边扫着胡同里的积雪，一边聊天。海师傅抱怨地说："本来晚上还想上街呢，这个鬼天气，下这么大的雪！"

我问他是不是还在卖那种小木偶。

他说："木偶没喽，还有点新版的北京地图，再不处理就成旧版的了。"

我说这样的天气做什么也不得劲儿。

海师傅说："有一样倒是挺适合的。"

我说："除非喝点酒。"

"那敢情是！"说完，他突然意识到了什么，抬起头来看着我，"对啦，您是餐馆的老板，是内行呀！"

我进一步地煽动说："最好是二锅头，高度的，用壶烫一烫！"

"嘿，神仙了！"

至此，我已经知道海师傅是个喜酒的人，懂酒的人。接着我又说了一些适合于下酒的菜，花生豆呀，猪耳丝呀，再配上一小锅筋头巴脑小牛肉什么的，一通忽悠，连我自己都觉得这顿酒非喝不可的时候，我才用一种突然想起似的口吻说："哎，对了，海师傅，你不是不出去吗？一会儿咱去我餐馆喝一杯，聊聊天！"

海师傅听了一怔："嘿，还真喝啊？"

"这大雪泡天的干啥呀。"

海师傅先是客气了一番，后来见我诚心诚意地邀请，他站在那里，微笑着想了想，索性说道："得嘞，既然老板这么热情，喝点就喝点！"

扫完雪，海师傅交代我，他得先给老伴儿弄点饭，然后再去。

我告诉他不急，侍候完老太太，叫我一声便是。

我回到院里的时候，看见赵公安正拎着一壶水往屋里走。我一时心动，觉得还是让让他好。俗话说，让到是礼。他去就去，不去拉倒。这一次，听说我请的不光是他一个人，还有海师傅，赵公安的眼睛一下子亮了。

他盯着我说："海大哥真去啊？"

我说："刚说好的，真去。"

他说："那成！"

说完，赵公安哈哈大笑，笑声是那么爽朗。

那天晚上，我餐馆里的客人不是很多。我和海师傅、赵公安三个人相互谦让着，在一张临窗桌前坐下。窗外白雪铺地，店里温酒热菜，可谓其乐融融。平时，赵公安给人的感觉咋咋呼呼，不拘小节，现在往桌前一坐，却是一个体面的人。他表情和善，甚至有些拘谨。他一个劲儿地告诉我："兄弟，您赞成别客气，少点菜，别浪费，主要是喝点酒，聊聊天就齐了！"

我们喝得不错，聊得也挺好。只是酒意正酣的时候，赵公安的老婆来了。我注意到赵公安先是一怔，同时站起身来，吃惊地看着他老婆："嘿，你可真行，怎么找到这儿来啦？"

那女人不动声色，只是淡淡地说了两个字："钥匙。"

"你的哪？又丢啦？"

"废什么话！不丢，还不准我落在家里呀？"

我看出赵公安的老婆不太高兴，赶紧招呼道："大姐刚下班吧？来，一块坐吧。"

赵公安鼓鼓捣捣地解着腰上的钥匙，一边嘟哝着说："家里有饭，已经弄好了。"

我说："一块儿喝点酒。"

赵公安说："她呀？得了吧，一盅酒下去，浑身上下，没有不红的地方。"

此话一出口，赵公安的老婆真的像喝了酒，脸颊倏地红了。她盯了赵公安一眼，愤然说道："你他妈少废话行不行？我看你

76

最好也少喝点，别灌到狗肚子里去！"

赵公安的老婆高个头儿，挺胖的，和瘦小枯干的赵公安站在一起，感觉上不是很协调。其实单从某个方面看，世上所有的夫妻可能都不是很协调吧。俗话说"好汉子没好妻，赖汉子娶花枝"——或许，这正是"月下老人"的有意安排呢：高配矮，瘦配胖，丑配俊……这么一搭配，一互补，就公道了。从遗传学的角度上说，也科学。被称为"揭开犹太人超凡智慧之谜的金钥匙"——《塔木德》里就说过："身材高的男人不得娶身材高的女人，以免他们的孩子长成瘦高挑；身材矮的男人不得娶身材矮的女人，以免他们的孩子长成侏儒；漂亮的男人不得娶漂亮的女人，以免他们的孩子过分漂亮；皮肤黑的男人不得娶皮肤黑的女人，以免他们的孩子长得过黑。"至于婚姻中的两个人，和谐不和谐，美满不美满呀，则是另一码事，是外人"无法道也"的事情。

我单是知道，赵公安的老婆是公交车上的售票员。而且，在我们住进这个院子之前就见过她。有一次，我和妻子去木樨园给餐馆的伙计买工作服，乘坐的就是她售票的公交车。车里很挤（不挤，就不是北京的公交汽车了）。上车后，我和妻子被卡在了售票员前面那个小铁箱子旁边，身体都站不直了，车下还一个劲儿上人。女售票员吵吵嚷嚷地指挥着乘客，慢着点儿，别挤，要先下后上……可下边的人哪听呀，刚打开车门，就有两个人狠着脸挤上来了，同时用一口浓重的东北口音喊道："去天安门夺（多少）钱？"

女售票员一顿："什么'夺'钱？还抢钱哪……坐反啦！下车下车。"

那两个人没听明白似的，还愣着。

女售票员又催促道："坐反啦，到马路对面去坐知道吗？下车……还不赶紧下去呀？"

那两个人这才明白了，挤挤巴巴地往车下挤。这时，女售票员又很不耐烦地叨咕了一句："真是的，跟这儿练习上下车哪！"

一句话，把旁边的乘客全逗乐了。

住进甲 32 号院不久，我妻子用一种很神秘的语气问我："你知道谁在这院里住吗？"

我说："我哪知道啊。"

她说："公交车上的一个售票员！"

我说："售票员多了。"

"就是说那几个坐错车的人'跟这儿练习上下车'的那个……想起来了吗？"

几天后，我们在院子里"狭路相逢"。果然是她！穿一身宽松的便服，肩上背个很大的挎包，手指上夹着一根烟卷，可能是去上班吧，急匆匆地往院外走，从我身边路过时，眼皮儿都没瞭一下。

我很快知道，这个女售票员原来是赵公安的老婆，也就是那次我和方长贵去赵公安家里时在床上睡觉的那个胖女人。后来，我发现这个人在家里的时候，与在公交车上比起来，简直判若两人。她不仅不幽默，甚至都很少说话。说起来，也是情有可原吧。试想，在异常拥挤而又嘈杂的公交车上——售票，验票，报站名，指挥乘客上车，下车，还得不断地提醒着年轻人，给老弱病残孕或抱孩子的乘客让个座位……一路上不停地招招呼呼，一个班儿喊下来，想必十分辛苦。下班后，疲疲沓沓地回到这个"栖息的港湾"，人都麻木了，还哪来那么多的废话呢。因此，即便是自己的男人和儿子吵架，女售票员都极少插嘴。一旦插嘴，也是言语不多，一剑封喉。有天傍晚，赵公安和儿子又吵起来了。这次吵得比以往都激烈，一怒之下，赵公安好像是抄起了菜刀（不是要砍儿子，而是要剁了他那只足球），为此，父子俩你推我搡，似乎已经扭成了一团。这时候，我听见那个胖女人突然喊了一句："狠点掐，往死里掐！"

令人迷惑的是，咆哮如雷的赵公安便真的像被掐死了一般，一点动静都没有了。还有一次，我在水龙头下冲洗拖鞋，正是早晨，院子里一片安静。我听见赵公安突然嚷了一句："少惹我啊，我他妈烦着哪！"接着是那个胖女人的声音："嚷嚷什么呀，少废话好不好？你烦？我比你还烦哪，装他妈什么孙子！"

至此便没了下文。当时李大妈刚好拎着水壶走过来，我们对望了一眼，她冲着我笑笑，又挤了挤眼睛，小声道："卤水点豆腐。"

根据以往的经验，我以为这次赵公安又被他老婆"点"住了呢。意外的是却没有。不知道是因为酒精放大了他的勇敢，还是因为我和海师傅在场，他觉得面子上过不去，赵公安竟恼了。

他说："你回你的家，我喝我的酒，什么叫灌到狗肚子里去呀？"

他瘦小枯干地站在那里，双手叉腰，梗着脖子的神态活像一只斗鸡。见老婆没吱声，他又进一步挑衅说："你他妈少管我好不好？都是邻居，老弟请我，我喝点酒怎么啦？"表情越发狰狞，眼神里更是显露出了一种明显的攻击性。

看着赵公安这种架势，我觉得他有点莫名其妙的夸张。过了。再说，明知道自己的老婆不是个好惹的茬儿，你就别惹她了，万一骂你几句"装孙子"之类的话，你这不是轻下惹重下，自取其辱吗？当时我感觉空气都凝固了。

好在赵公安的老婆还比较理性，也许，她是用一个售票员的身份克制住了自己。她盯着赵公安，只是不轻不重地说了一句："成，那你就接着灌吧。"

说完，转身就走。

我和妻子赶紧追出去送客。

我回到桌上的时候，赵公安还在那里愤愤不平地发着牢骚呢。

"毛病！上他妈个破班儿，整天跟有多大功劳似的，动不动就甩脸子。跟您说吧，有时候我都没法儿跟她喘气儿。"

"行啦行啦，人家都走了，你还磨叽啥？"海师傅劝着他。

"不是那么回事儿，我他妈算是看透了，做个男人真他妈没劲！小时候被爹妈管着；上了学被老师管着；参加工作被领导管着；成了家被老婆管着；瞧着吧，到老了还得被儿女管着……没个自由的时候。"

海师傅笑着说："得了吧，有人管着，总比管着别人强，知足吧您！"

听着两个人的对话，我想了想，他们说的都是实情，是真感慨。只是所站的角度不一样。赵公安的"被人管着"，指的是约束；海师傅的"管着别人"，说的是责任吧？比较而言，我觉得还是海师傅的感慨更为沉重些。实事求是地说，海师傅才是真正的不容易。

先说他的老伴吧。那是个非常和蔼的老太太，做过小学老师。每次海师傅让我从餐馆里给他带回一个鱼香肉丝或宫保鸡丁的时候，我送过去，她都会和我聊上几句。从她温声慢语的口气中，你会感受到一种特别的安详与平和。老太太喜欢养花。据说，最多的时候，她养过五十多盆：什么茉莉，令箭，栀子花，仙客来，君子兰，千手观音，五色梅，蓝蝴蝶，铁扁担……共有三十多个品种。夏天摆放在院子里，各种花朵次第开放，五颜六色，像是一个微型的小花园，煞是好看。到了冬天，整个屋子里就成了花的暖房，一进屋，那是真正的花香扑鼻。可自从得病之后就不行了，不仅侍候不了花，自己也得被人侍候了。即使这样，她还是养了两盆君子兰，这种花好养，皮实。海师傅不在家的时候，寂寞了，她就看看花，和花说说话。

"花儿是有灵性的，你经常跟它说说话儿，它就能听懂你的语言。"

老太太告诉我，她原来养过一盆花（我想不起花的名字了），按时间推算，本来是在那天下午的5点钟开花，有两个女同事为了看花，下午3点钟就来了。当时，她就对着那盆花，像祷告般地念叨："花儿，我的同事大老远来看你开花了，你现在就开吧……"一连说了三遍，眼瞅着——那花骨朵竟像电影中的慢镜头，神奇地张开了嘴儿。老太太说起这事来津津乐道，活灵活现。遗憾的是，那种美好而温馨的生活，在两年前，随着她的下肢突然瘫痪已经不复存在了。现在，她所有的生活都得由海师傅帮助料理了。

此外，他们的女儿也让海师傅牵挂。她是在五年前去的澳洲，先是留学，之后嫁给了悉尼的一个华人，如今已经有了一个孩子。在海师傅家一个很大的相框里，我见过他女儿的近照：三十多岁，长得不错，圆脸，大眼睛，头发剪得很短。照片的背景是一座海滨大桥，她站桥头的这一边，不知道出于一种什么样的心理，她的神态上有一种略微吃惊的表情，仿佛是在审视着我这个突然走进家门的陌生人。对于海师傅的女儿在澳洲的基本现状，我没细问。海师傅和他老伴儿也似乎不愿意多说。我曾在私下里琢磨，想必她的生活现状也好不到哪里去吧？否则，海师傅可能就不会去蹬他的人力车、卖他的小木偶或者北京地图什么的——去获取那么一点蝇头小利了。

再说赵公安。虽说嘴上发着牢骚，喊着没劲，但根据我平时的观察，他那种沉湎于庸常的小市民生活里的状态和感觉，还是蛮有滋有味的。通过这次聊天我才知道，赵公安的老家是河北易县。解放初期，他父亲随军进城转业后留在了北京。我没想到，一口京腔京韵的赵公安，他的爷爷竟然是个农民。按照老杨头儿的说法，这批人，以及当时从外地调入北京工作的人，都算不上是真正的北京人。用现在的说法，赵公安充其量也不过是个"京二代"。不过，他又毕竟是生在胡同，长在胡同，耳濡目染，同时又善于积极吸收，因而他那种老北京的派头还是挺足的，甚至比海师傅都更像老北京。比如，在吃相上他就很讲究，甚至说很斯文。他夹菜频率非常节制，而且绝不狼吞虎咽。不像方长贵，吃个花生豆都把声音弄得挺响，跟吃肥肉似的，不停地吧唧嘴。同时，赵公安喝酒的样子也很滋润，甚至称得上优雅。准确地说，那不是喝，而是呷；也不是呷，应该是抿……抿一点酒，佐一小口菜，啧儿咂有声，节奏均匀。然后，有条不紊地放下筷子，脸上便会漾起一种福至心灵般的惬意。

相比之下，海师傅在一贯的平静中倒显得有些浮躁了。特别是在下半场，也许是惦记家里瘫痪的老伴儿，也许想起了远在国外的女儿吧，有好几次，半两的酒盅，他端起来就干了。与此同时，他还不断地催促赵公安："加快点速度。"

结束的时候，我发现海师傅有点儿过量了。嘴上说没事儿，两条腿已经明显地拌蒜了。结果刚出餐馆门口，他两腿一软，差点没堆到地上去。我和赵公安担心他摔着，便一人架着他的一只胳膊，绊绊拉拉往回走。有好几次，因为回避不及，我把两只脚全都插进了路边的雪堆里。回到家，竟倒出了半鞋的雪水！这时我才感觉到两只脚像猫咬似的，生疼！

从这种意义上讲，我又不喜欢冬天的北京了。按说，冬天的北京算不上是个很寒冷的城市。可那时候北京的平房区大都没有取暖设施，因为屋里的空间狭窄，更重要的是担心蜂窝煤容易造成一氧化碳中毒（一到冬天，晚报上就常登熏死人的事），许多人家甚至连炉子也不生，就那么哆哆嗦嗦地挺着。不消说，作为临时的房客，我们的情形更是可想而知。虽说我们来自比北京更为寒冷的北方，但那里是煤矿，是能源的故乡——冬天里，整个矿区都是集中供暖，又黑又亮的块煤可劲烧！烧得数九寒天家家户户开窗子——否则，你就是脱个一丝不挂也出汗！到了北京可真凉快。记得 1998 年那个冬天，每天夜里，我和妻子总是相拥而眠，团结得很紧。即便如此，有时还是被冻得不停地哆嗦。由此说来，我不得不佩服那些住在胡同里的北京市民，一大早，正是冻得连狗都龇牙的时候，无论男女，上身总是裹个大棉袄，下身穿着不同颜色的秋裤——细着两条腿，哆哆嗦嗦地往胡同的厕所里跑。赶上人多的时候，还得弯腰搂肚拧着腿儿，一副内急的样子，站在厕所的外边排班儿……真是抗冻！

8

好了，冬天过去了。沉寂清冷的胡同又恢复了原有的生气。温暖的阳光下，老人们在屋外的时间越来越长——有的戴着"治安"红袖标，在胡同里溜溜达达地值勤；有的坐在小马扎上，家长里短地聊天儿。老门框上的春联还依然鲜红，墙壁上的爬山虎又生出了碧绿的叶子，一派生机。

如果说，我当初只是把方长贵的这间房子作为临时的栖身之地，现在，我已经喜欢上这个小院了。北京是一座国际化的大城市，市区高楼林立，大街上车水马龙，处处显现着一种大都市的喧嚣与繁华。我承认，像许多外来人一样，最初我正是奔着它的繁华而来，并想象着融入这种繁华里是何等惬意，多浪漫啊！可生活一旦沉淀下来，你就会发现它的繁华和你没有任何的关系。相反，那种日复一日乱哄哄的热闹与嘈杂，倒会让你常常心生厌倦，不胜其烦。

如此之下，这个隐在胡同深处的小院，便给了我一份难得的清静。我喜欢它的古朴，同时也喜欢它的安静。夜里躺在床上，市声远去。长安街像潮水一样奔流不息的车流声，经过高楼大厦的阻挡，几经迂回，传到小院里的声音已经变得朦朦胧胧，似有若无。在这个生机勃勃，甚至从来都不休息的城市中心地带，听着海师傅家里那两只翠绿的蝈蝈轮流地鸣叫，享受着那种空灵而虚幻的幽静，我常常会舍不得马上睡去。

早晨，小院里新的生活总是从水龙头下洗碗的声音开始。那种瓷器间轻微的碰撞声，清脆、悦耳。紧接着，你就会听到脚步声、咳嗽声，赵公安与海师傅的对话声：

"嘿，您都吃了呀？"

"早吃早利索。怎么着？遛弯儿去呀？"

没来北京之前，我总以为天安门、故宫博物院、宽阔的长安街和数不清的高楼大厦就是北京的代名词和同义语。经过一年来的沉淀之后我发现，其实像我居住的小院一样，只有那些大大小小的胡同，才是老北京风土人情和生活习俗保存最好的地方。虽然它庸常、琐碎，却不乏生趣，甚至具有一种无可替代的魅力。

也许，这样的感觉与我当时的心情不无关系吧。经过将近一年时间的打拼，我们餐馆的生意已经稳定下来，同时还有一种越来越好的趋势。生意好了，人的心情自然就舒畅。每天，即使走在灰蒙蒙的胡同里，也会觉得满眼是春天。重要的是，就在此前不久，我已经开始写我的东西了。

说起来不好意思，在煤矿的时候我就喜欢"写我的东西"了。什么诗歌啊，小说啊，散文啊……啥都写。发表不了也写！像中了邪似的，简直不可理喻。不过，到了北京之后我就不写了。原因很简单，每天买菜择菜洗盘子，从早到晚忙忙碌碌，一是没时间，二来也没那个心情。现在的情况变了。眼瞅着餐馆的生意一天比一天好起来，我终于同意了妻子的意见，招聘一个小伙子做杂工，把自己从厨房里替了出来。这就轻松多了。每天早晨，我照例去市场买肉，买菜，回到餐馆便没什么活儿了。只是到了饭口的时候，在前厅里做一些招招架架的事。再后来，就连那些招招架架的事我妻子也不让我做了。她说我笨手笨脚，还不够碍事的呢，快找个地方待一会儿去得了。

人一待下来，心思就多了。每天坐在餐馆里，看着那些忙忙碌碌的伙计，我会突然升起一种感动；有时候，看着那些陌生的饮食男女，也会禁不住判断一下：他们是哪个地方的人，做什么工作的，那一男一女是同事？是朋友？是恋人？还是夫妻？并由此浮想联翩。有天晚上，外面下着小雨。我注意到，一个二十多岁的女孩儿独自坐在角落里，桌上摆着一碗面条。她用筷子挑起几根面条，慢慢放下，再挑起，再放下……像是一种无聊的玩味，又像是在"吃"与"不吃"的问题上不断地和自己斗争。就在这时，我发现女孩流泪了。她先是用纸巾擦眼睛，接着便伏在桌上，两只手罩着额头，一动一动。这如果是在美国，在欧洲，我肯定会走过去问一句："姑娘，有什么需要帮助的吗？"

可这是中国。环境不太合适。我们中国人向来讲究含蓄，讲究"多一事不如少一事"，近年来，还越来越讲究尊重个人隐私了。因此，像其他在场的顾客一样，当时我只能坐在那里，爱莫能助地看着那个女孩儿黯然落泪，而把她泪水背后的谜底留给了想象。正是在一种无边无际的想象中，我觉得心里被什么东西碰了一下。后来我意识到这"碰"我的东西就是文学！

一个人，一旦用文学的目光看世界，你就会发现：大千世界，芸芸众生，其喜怒哀乐、悲欢离合，无不生动感人。我突然发现，即便是在我这个小小的餐馆里，也有着那么多让人感到"惊讶的事儿"！对于这个陌生的城市，我本来怀有一种异乡人的敏感，现在借助于文学的视角，我更是发现了许许多多值得玩味与琢磨的东西，并由此一次又一次地感受到了一种随之而来的激情。于是，就在甲32号院那间安静的小屋里，我已经开始酝酿并写作我的中篇小说《老北京胡同里的小餐馆之歌》了。

我的写作相当投入，一写就是一个上午。但写作的情形却不太一样。有时候眉头憋出个疙瘩，也写不出一个字；而一旦灵感袭来，则唰唰唰，龙飞凤舞，悬河泻水，头都顾不得抬。有时光顾写作，我竟然忘记了去餐馆吃饭。这时候，如果餐馆里不忙，我妻子就会骑着自行车回来找我；忙的时候，她就把电话打到冯老太太的小卖店，麻烦老太太喊我一声。

冯老太太是个非常热心的老太太，只是感觉上人有点古怪。七十多岁了，还扎着两个小辫子，看上去和她的年纪不是很相符。此外她还有个习惯，喜欢数钱。她总是把一百元或五十元的大票换成十块或更小的纸币。开始，她找我换零钱的时候，我以为她是为了小卖店的生意找钱方便。但不是。后来我注意到，没事的时候，她经常把那些小面额的毛票各归其类，一沓一沓地数好，然后用皮筋一扎，再一扎扎地码好。用不了几天，你就会看见她把小卖店的窗口一关，家门一锁，提着个小布兜去了胡同口的邮政储蓄所。

　　冯老太太还有个特点，就是说话声音很高，也许年纪大的人说话声音都会高一些，很正常。不正常的是，她的情绪好像不太稳定。为了几毛钱的话费，她也会和那些来打公用电话的人发生争吵。有时候她还骂人——骂她的儿子。据说冯老太太一辈子没结婚，但她有个儿子——是在"小不点儿"的时候抱养的。人生不禁混。转眼间，当年的"小不点儿"已经是四十多岁的人了，只是模样长得不太好，有点猥琐，瘦脸，噘腮，不爱说话，喜欢用眼角偷偷地看人。他没和老太太住在一起，平时也见不到他。只是到了星期天，他会带着老婆和一个十多岁的儿子，来给冯老太太制造一次天伦之乐。乐着乐着，有时候我会听见冯老太太突然大骂起来："合着是抠我的钱来啦！滚，都给我滚蛋！"

　　有一次，我从餐馆回来，冯老太太正在院子里开骂。这次不知因为啥，冯老太太好像比以往更生气，骂得也更难听。那个当儿子的灰着脸蹲在院子里，一声不吭，噘腮一起一伏地嚅动着，像没事儿似的平静，又像是在暗暗地使劲——可能是在和自己的牙齿较劲吧。冯老太太则气喘吁吁，脸色苍白，像是心口疼了，她一手捂着前胸，一手扶着门框，像是很疲惫，很虚弱，马上就要站不住的样子。这时候，她儿子的老婆——同样是很干瘦的一个女人，从屋里走出来，她把着冯老太太的脖子，将一粒白色的小药片塞进老太太的嘴里，同时叹了一口气说：

"愁死我了。"

此事之后，我听李大妈说，冯老太太的儿子不怎么样，是个懒汉，啥也不做，就知道整天从冯老太太手里变着法儿地抠钱（用现在的话来说，就是"啃老族"）。——原来如此。我想：难怪冯老太太骂他。该骂！

李大妈是一个表情丰富的老太太。那天，挤眉弄眼地跟我说："儿子不争气，冯老太太的精神也不太好。"

我说："听说冯老太太是旗人，过去是格格吧？"

李大妈一扭脸："谁知道啊，她自己说，和老佛爷还是亲戚哪。"

老佛爷就是慈禧，大清王朝的皇太后，中国历史上十分了得的一个女人。但是，当我听说冯老太太和她是亲戚的时候，却一点没感到惊诧。怎么说呢，你想这毕竟是北京——几百年的皇都古城，数不清的帝王将相、王公贵族、皇亲国戚，随着历史的改朝换代，留下过多少遗老遗少啊！过去总是听人说，北京是个藏龙卧虎的地方。来到北京之后，我对这句话已经深有体会。且不说那些位居风水宝地的豪门大院都是谁谁的住宅，即便是住在一条小胡同里的人，一旦报出家门，说不定就会吓你一跳。我们餐馆前边的大杂院里住着个七十多岁的大胖子。也不是胖，是浮肿。肿得眼睛都封上了，碰到熟人说话，得用手指提着上眼皮，才能看得见对方是谁。就是这么个整天在胡同里挪挪蹭蹭走路的人，听旁边的邻居说，他竟然是某个大军阀的后人！

有一回（忘记是因为什么事了）我去了一条很狭窄的胡同。走着走着，突然发现一个小牌子，近前一看，上面写的是"毛泽东故居"！望着那块小小的牌子，我想起以前曾看过美国人斯诺写的一本书《西行漫记》，书中有个细节，给我的印象非常深刻：当年毛泽东从湖南跑到北京来找工作时，曾住在一条胡同里。屋子很小，住了七八个人。晚上躺在炕上，挤得几乎透不过气来，想翻个身都得先和两旁的人打招呼……平时想找都找不到的地方，却无意之中就碰上了。更想不到的是，这个位于三眼井吉安左巷的 8 号小院里，如今还住着几户普通的居民！

接着，再说说我的餐馆吧。有一次，我和门洞里的老杨头儿聊天。他叨叨咕咕地说，同样一个餐馆，原来的人全都是赔着走的，只有我在这儿站住了脚。

"人哪，到啥时候都得信命。"

也许是我接过店之后的生意的确出乎他的意料吧——类似的话，老杨头儿已经说过不止一次了。我只是笑了笑，没怎么搭腔。无意中，当他说到我的餐馆后院曾经住过一个了不起的人物时，我才搭讪着问了一句："是吗？什么人物？"

"您不知道啊？"

我说："不知道。"

"真不知道啊？"他又问了我一句。

我摇了摇头。

他郑重地告诉我："这是溥侗的私宅。"

"溥侗是谁？"

据我平时观察，有些北京人——尤其是上了年纪的北京人，他们有个特点：就是喜欢你向他们提问题，只要是你不知道的事都可以问。这样不仅可以排遣寂寞，同时还可以有机会在你面前当一回老师。因此，哪怕是告诉你一个很常识性的问题，他们也会因为比你知道得多而沾沾自喜。当然，相反的情况也有。一次我在地铁站台上等车，看到一个抱孩子的外地妇女，问本地的一位中年女性，去北京站往哪个方向坐车，对方就没告诉她往哪个方向坐车，而是淡淡地说了一句："看箭头儿。"

老杨头儿不是这样。平时他总是坐在竹椅里，手里慢悠悠地把玩着两个核桃（行话叫"盘"），无论什么人，问他什么事——诸如：这条胡同能不能走过去；到王府井百货大楼怎么走；附近哪里有工商银行；旁边院子里那棵泡桐树有多少年了；前门外的"八大胡同"是怎么回事；老张家在顶棚里抓住的那个小东西到底是什么动物；美国为什么要轰炸中国驻南斯拉夫大使馆等等，他都会非常热情、极有耐性地告诉你。在我看来，这个老杨头儿就是为了告诉别人那些乱七八糟的事情，他才无论春夏秋冬，风雨无阻，每天都要坐在这胡同里的吧。

这一次，老杨头儿却显得有点古怪，或者说缺少一点平时那种诲人不倦的耐心。听了我的问话，他用审视的目光看了我半天，那口气就像一个家长考问一个不太争气的孩子："那载治哪，知道吧？"

听起来有点耳熟；我想了想，又觉得含含糊糊。见我不太确定地摇了摇头，老头像是很失望，也可能意识到和我这么个

"一问三不知"的人根本无法交流，他淡然地收回目光，同时含意不明地"嘿"了一声，就再也没有了下文。

老杨头儿轻蔑般地缄默，伤害到了我的自尊。也不是我这个人太脆弱，心眼儿小，如果换位思考一下，我是他，他是我，他就会明白我当时的感受。话说回来，我是真不知道溥侗或者那个什么载治是谁。我记得老杨头儿说过一句很高深的话：在这个世界上，你不知道的事比你知道的更重要。我承认他这话耐人寻味，有哲理。但那也得看什么事了。眼前的事就未必比我知道的更重要。再说了，北京城里有过那么多声名显赫的大人物，我不可能谁都知道。不知道就是不知道，我总不能因为不知道一个溥侗而打自己耳光吧？

当时，我和对方都非常顽固地沉默着。

我确信老杨头儿绷不住。

果然，沉默了一会儿，他又"咳儿咳儿"地咳嗽了两声之后，便主动向我介绍起了溥侗这个人。

他告诉我，溥侗的父亲是载治，载治是道光皇帝大儿子奕纬的嗣子，也就是奕纪过继给他的儿子。

"这回您知道溥侗是谁了吧？"

我说过，我不太明白历史。我尤其搞不清那些皇亲国戚之间的人物关系：上一辈，下一代，左一枝儿，又一枝儿，纵横交错，乱七八糟，别说是记啊，一想就头疼。不过，为了回应一下这个老头的智力测试，我还是很费劲地推算了半天，结果令我十分诧异。

"这么说，溥侗这个人应该是道光皇帝的重孙子吧?"

老头像被猜中谜语似的呵呵一笑。看得出，他对我"排辈儿"的能力比较满意。接着，他才慢悠悠地盘着手里的核桃，给我讲起了溥侗。不过他讲得不是很详细。三年后，我有了一台电脑，并开始上网。在网上，我意外地发现了溥侗的一些资料，才对这个人有了更为全面的了解。

老杨头儿说得没错，我餐馆的后院的确是溥侗的私宅。再往前追溯，应该是他父亲载治的府第。据史料记载，当时这个院子很大，分东西两路，四进院落，府门三间。载治死后，把院子留给了两个儿子：一个是溥伦，另一个就是溥侗。因此这个院子被人称为"伦贝子府"。如今，在我的一个很旧的笔记本上，还保留着我当时的一篇"资料摘抄"：

溥侗，字厚斋，别号红豆馆主，爱新觉罗氏，北京人。此人博学多才，精于古典文学和文物鉴赏，通晓词章音律，同时琴棋书画也是样样精通。他弹奏的《高山流水》，"能使人顿入绝尘脱俗之境"。在戏曲音乐方面，溥侗也是"六场通透"。清末民初之际，曾参与演出的《麒麟阁》《雅观楼》《宁武关》《折柳阳关》《金山寺》等剧，都火得不得了，致使昆曲在北京城里呈现出一时繁荣兴盛的景象。

民国时期，溥侗与袁世凯之子袁克，张镇芳之子张伯驹，以及张学良，被称为"四公子"。他们或风流倜傥，或叱咤风云，在京城里名噪一时。仕途上，他担任过张作霖的"乐津研究所"所长，任过汪伪政权的国民党"中央执行委员""国民政府委员"和"文物保管委员会委员"。

溥侗是个有趣的人。他随心所欲，但一生中没有过正式的婚姻。至于房子，他更是不当作一回事。他父亲死后，他继承了两处房产：一处是海淀的"治贝子花园"，另一处是"伦贝子府"。可没过多久，他就先后把两处宅子全卖了。

有了钱便胡吃海造，买古玩，收藏字画，还买了一部自用的汽车。北伐之后，他没有了固定的收入，又陷入了穷困。没钱就靠当卖家产度日，当光、卖光之后，就借钱生活。更有趣的是，这个才华横溢大名鼎鼎的人，借钱从来不还。

到了抗日战争胜利后，溥侗在上海得了半身不遂。1952年去世，终年六十七岁。

这就是溥侗。这就是老杨头儿所说的溥侗。在这里，我之所以说了这么多而不厌其详，而且当年还做了这样的笔记——不是因为他是什么道光皇帝的曾孙，也不是因为他是什么民国"四公子"，而是他的房子居然成了我的餐馆。这是一件多么有趣的事！如果是一百年前——不，哪怕是三十年前，这里也绝不会成为我的谋生之地。历史充满了未知，人生也是。

还说冯老太太吧。不管她和老佛爷有没有亲戚关系，对我却是一向不错的。每次，我妻子从餐馆打回电话找我，冯老太太都会放下小卖店的生意，到院子里来敲我的门："老板，你媳妇儿叫你去吃饭呢。"

或者说："赶紧去吧，餐馆来检查的了。"

转身离去的时候，她还要自言自语地叨咕上几句："又检查，怎么这么事儿呀。"

不久前的一天，冯老太太又来敲门的时候，则是抱着几件衣服。她站在门外嗔怪地看着我："您在家啊，天要下雨啦，咋不知道收衣服啊？"

我站在那里，突然涌起一种说不出的感动。多好的邻居啊。由此我想到院里的其他人：海师傅，赵公安，李大妈，甚至喜欢玩鸭子的宝堂，等等，虽说都是北京人，又同处一院，但他们却各有各的生活，有着不同的性格与经历。从文学的角度上看，他们每一个人都是一种不同的文化符号，仔细观察，甚至可以成为窥视历史人生的一扇窗户。但是你只要把这些人放在一起加以对比，就会发现他们又有一个共同点，那就是，他们每个人都努力地活在自己的世界里，平淡而温暖，复杂而有趣。至今，我还记得当时的所思所想：如果我能坚持住自己的写作，总有一天，我要把这些邻居写进我的小说里。

然而，正如伟大的小说家辛格所说：一个小说家必须慢慢地逐渐地建立起来情景，贯穿几个章节，蔓延几个月，抑或几年，在几分钟内，以几笔就能安排好命运。万事俱备了——人物、环境、动机。好吧。可是在一出真正的戏剧里，一个人永远不可能预见下一个瞬间会发生什么。

中部

1999

—

2001

9

从本质上说，方长贵是个憨厚的人。他衣着朴素，对人真诚，没什么坏心眼儿。特别是当你和他单独相处的时候，他说话的语气、表情、态度，都显得很友好，很和善。但不知为啥，只要多一个人在场，他给人的感觉就有点走样儿了，嗓音高了，话也多了，甚至有点咋咋呼呼，虚张声势。如果是个孩子，我会说他是个"人来疯"，可他比我还大两岁呢，我就不知道该怎么形容他了。

有天下午，我和妻子正在屋子里睡觉呢，突然听见院子里有人粗着喉咙说话："海师傅，这家人没给院儿里惹什么事儿吧？"

"没有没有，挺局气的……哎，对了，老板可能在家呢。"

一阵短暂的沉默中，我已经从那种粗喉咙的语音中回味出，和海师傅说话的人是方长贵。为此，我心里突然敏感地闪过一丝小小的不快。怎么说呢，虽说方长贵是我的房东，并且还主动让我当他的"表弟",事实上,在老邻旧居面前,或者说在潜意识里,他还是把我看成一个不太放心的外地人。当时,我在屋子里一声没吭。不是因为我心里不快,而是不想让方长贵为他那句粗喉咙的话而感到尴尬。我是个不愿意看到别人尴尬的人。

没想到,方长贵会主动来敲我的门。

我发现,站在门外的方长贵,没因为他那句令我不愉快的话表现出丝毫的难堪,反而表现出一种大大咧咧的样子。

"我说兄弟,这都什么点儿啦,不去餐馆,还在家里窝着呀。"

原来,方长贵是来找海师傅买鸽哨的。

说到这里,我都差点忘记介绍了,海师傅会制作鸽哨。说起来,这种传统的民间小玩意儿,制作工艺十分精细,而且特别麻烦。有一天,我曾坐在小马扎上,饶有兴致地看过海师傅制作鸽哨的整个过程。他先是把一根很细的竹管剁成两小节,一长一短,有五厘米的样子。然后,他拿起一把裁纸刀,刮去竹管上的外皮和里边的竹肉,只留下薄薄的一层竹黄。接着,他再把两节竹管削成一个斜面,找出备好的葫芦皮儿,在两节竹管上做成上盖和底盖。然后用一段输液用的胶管,做成底座穿孔,把这些零件用胶水粘好,又细着眼睛,用刻刀把上盖一点一点地挖出一个小斜孔。最后涂上清漆,晾干,鸽哨就做好了。

据海师傅介绍,这是最简单的一种了,叫作"风管双筒",

是他小时候跟父亲学的。海师傅告诉我，他父亲曾经是制作鸽哨的高手，当时在北京城里非常有名气。他制作的鸽哨，可以使用不同的材料，高级的用牛骨，甚至用象牙，简单的，就用橘子皮代替葫芦。什么二筒、三筒，三联、五联，七星啊、九星啊等，他都做得特别精致，地道，音色非常棒。海师傅不无感慨地说道："现在的人哪成啊，比不上老辈子的人喽！"

其实，海师傅做的鸽哨也不错。有一天，我在院子里曾看过他一次"试音"演示。他用一根细绳，穿过鸽哨的小孔，把细绳的两头绕在他的手指上，然后将鸽哨悠起来，越悠越快，这时候鸽哨便渐渐地发出了一种声音，悠扬、空灵，非常悦耳！

有段时间，海师傅就在王府井大街上卖他的鸽哨。十块钱一个，相当便宜。用他自己的话说，也就是卖个功夫钱。但是，我发现对他的这种"功夫"感兴趣的人却寥寥无几。说起来也是，在一个普遍为生计而奔波劳碌的现实社会中，有多少人能顾得上去玩鸽子呢？

方长贵是个大客户。据说，他一下子就买了海师傅二十个鸽哨。同时，他还带着一个三十多岁的小伙子（据方长贵介绍，他们是刚认识不久的鸽友，叫小李子），把海师傅剩下的十几个鸽哨全包了。

"我是没事儿，跟着方哥瞎鼓捣着玩。"说着，小李子不好意思地一笑。

方长贵马上纠正道："兄弟，别这么说呀，什么叫鼓捣着玩呀？我们是在给北京的天空增添一道亮丽的风景！海师傅，您说是不是呀？"

海师傅站在一边，呵呵地笑。

聊了几句，方长贵要走。

我挽留他去我的餐馆坐一坐，喝点酒。

方长贵犹豫了一下说："今儿倒是没事儿。"

又想了想说："算了吧，这儿还有个小哥们儿呢。"

我说："一起去呗。海师傅也一块儿。"

海师傅笑着说："我可不行，一会儿我还得上街呢。"

方长贵转头看着那个小哥们儿："怎么着？去吗？"

小李子高个儿，瘦长脸。他有个眨巴眼的习惯，初见给人一种诡计多端的印象，却是一个很随和的年轻人。他迅速地眨巴了几下眼睛说：

"我无所谓，听您的。"

这是我和方长贵的第二次喝酒。这次他没再给我讲如何励志的故事，而是和那个小李子一直聊着关于鸽子的话题。我听了半天才弄明白，小李子养的是观赏鸽，而方长贵不但养了观赏鸽，同时还养着两只信鸽。鸽子的不同等级反映到两位主人身上——方长贵的口气显得优越而自信，而那个小李子则像矮了半截似的谦虚。

他们首先说的是怎么给鸽子佩戴鸽哨。小李子刚玩上鸽子不久，还是个外行。方长贵却说得头头是道。他告诉小李子，给鸽子戴哨之前得先缝"哨尾子"。

"鸽子的尾翎是多少根？知道吗？"

小李子一呆，又眨巴了几下眼睛："这个我还真没留意过。"

方长贵呵呵一笑说："你瞧，还玩鸽子呢，这哪成啊。"

他说，鸽子的尾翎一般都是十二根，佩戴鸽哨之前，得先在中间四根尾翎上，用针引线，平着穿过去，然后打结、系牢，这就叫"缝哨尾子"。哨尾子缝好了，才能佩系鸽哨。说着，方长贵拿出一个鸽哨，又伸出一只手掌，比作鸽子的尾巴，比比画画地教给小李子，说佩系鸽哨时，要哨口朝前，将哨鼻子插到四根尾翎正中的缝隙里，让哨鼻子上的小孔在尾翎下露出来，然后用一根细铅丝儿穿过小孔，弯成圆圈，在两头拧死，别让它松扣。

"这就齐活儿啦，明白吧？"

见小李子信心不大地点点头，方长贵索性说道："甭管了，找个时间，我去给你弄！"

说完了鸽哨，又说鸽子。什么"李鸟"啊，"常州花"啊，方长贵说得津津有味，眉飞色舞。说到兴奋处，他还不时地端起酒杯，也不让一下我和那个小李子，自己喝一口酒，然后接着聊。他告诉小李子，信鸽如何训练，如何比赛；观赏鸽又分羽装、体态、表演、点缀，基本上就这几种类型。他说不过也不一定，在阿拉伯就有一种笑鸽，特别有意思，它们配对儿时的叫声，跟人似的，哈哈大笑。

说到小李子养的鸽子，方长贵说就是点缀类的，也就是我们平时说的和平鸽。这种鸽子虽然好养，但也有许多讲究。首先，不管什么品种，既然是观赏鸽，就得体形健美，看上去高贵、优雅，不能像菜鸽那样，讲究个儿大、肥。他还告诉小李子，要养就得养好的。看上去不行的，就赶紧淘汰。或者让它回血！

小李子眼睛都听直了，他问方长贵什么叫"回血"。

方长贵抿了一口酒，告诉小李子，回血就是让有血缘关系的小鸽子和老鸽子配对儿。说白了，就是父女配、母子配或者是祖孙配……

小李子眨巴着眼睛嘟哝了一句："我靠，这不是乱伦嘛。"

"伦不伦的就甭说了。这样，繁殖出来的下一代，甭管是体态啊，羽色啊，你去瞧吧，那是绝对棒！但有一点您得记住，回血的时候，不管是老鸽子还是小鸽子，都必须挑最好的搭配。搭配不好的话，就虾米了。"

没想到，方长贵竟然懂得这么多养鸽子的知识。

我说："行呀，方大哥是专家呀！"

方长贵一顿："兄弟，您可别讽刺我啊。"

我绝没有讽刺方长贵的意思。有一种说法，叫玩物丧志。以前我曾认为这话说得很准确，有道理。但老杨头儿不那么看。有一次我和他聊天，他说人生在世图个啥？就是图个自在，图个乐儿，只不过是各有各的方式。

"我他妈最讨厌有些人动不动就批判过去的北京大爷，说人家游手好闲呀，不务正业呀，提笼架鸟，玩物丧志。他们知道个屁！叫我说，人家那才是一种境界呢。不都说现在的生活比过去好了吗？你叫现在的人啥也别干，玩玩试试？他玩不了！"

老杨头儿一边玩着手里的核桃，一边看着我："您说是不是这么个理儿？"

当时我只是迎合性地点了点头，说"是是是"。过后一想，觉得老杨头儿的话还真是有点道理，值得琢磨。按着老杨头儿的逻辑往下走，辩证地看，任何事情都有它的两面性。仔细想想，过去那些提笼架鸟的北京大爷，不仅是"一种境界，一种超脱，一种范儿"，也许还是一个时代的注脚呢。想想明朝中期，再想想康乾盛世，一个时代，如果能让老百姓充分展示出个人的兴趣与爱好，应该算不上是一个坏时代。至于明朝崩溃，清朝覆灭，自有其崩溃与覆灭的原因种种。说到底，和区区几个"提笼架鸟"的平头百姓能有多大的关系呢？如此看来，历史上一些人云亦云的说法，确实值得商榷。

后来，在一些闲散时间里，我曾去过北京的好几座公园。那是早晨。一进大门，你就会发现到处都是"玩着的"北京市民。他们唱歌的唱歌，跳舞的跳舞，打拳的，窝腰的，压腿的，踢毽的，拉琴的，甩鞭的，遛鸟的，等等，五花八门，各从所好，各得其乐。徜徉在这样的环境中，往往会让人产生一种错觉，误以为进入了世外桃源，或看到了一个城市的缩影。遗憾的是，这只不过是一小部分人的生活而已。此时此刻，又有多少人为了衣食住行，正在嘈杂拥堵的马路上慌慌张张，甚至是焦急地挣扎。不知道你是否在早晨乘坐过北京的地铁。如果你看到过，参与过，聆听过，感受过那像洪水一样急速涌动的人流，那沉闷而踢踢踏踏的脚步声——你就会知道什么是真实意义上的北京！试想，假如一个人能不工作而又衣食无忧，又有房住，又不想出人头地搞发明，又不想绞尽脑汁地写小说，又不想赌博，更不想吸毒嫖娼去违法乱纪，玩玩鸽子是一件多么快乐的事！

方长贵就是一个被鸽子快乐着的人。

而且，他也真是把鸽子研究透了。

但我没想到的是，在方长贵和鸽子之间，还联系着一段蹩脚的经历。据方长贵讲，他开始养鸽子的时候还在高低压开关厂上班。此前他是个很有理想和抱负的小青年，在厂里，他曾两次被评为"新长征突击手标兵"，后来又连续当了几年的先进生产者和劳动模范。在80年代的最后一年，他从车间主任被提拔成了副厂长。紧接着他的人生却突然出现了一个拐点，由于受到一场群体事件的牵连，他的职务被一撸到底，从此又成了一名普通工人。他没想到，生活的转折竟然如此轻而易举。极度苦闷之下，一种强烈的挫败感，让他对原有生活失去了崇高的热情。工作的时候他不再加班加点了，遇到头疼脑热，干脆请假。对于单位领导的话，也不再百依百顺了，感觉不入耳时，还要忍不住地顶撞上几句。

我笑着说："闹情绪了。"

"主要是空虚。"方长贵喝了口酒，用一种破罐子破摔的语气说，"我当时就想，什么理想呀，抱负呀，扯淡！我他妈不干了，不玩了，我玩鸽子行吧？"

我笑着问："这么说，方大哥养鸽子的时间可真不短了。"

方长贵说："从90年春天开始，现在是99年吧？整十年了。您刚才说我是什么来着？"

我笑着说："养鸽子专家。"

方长贵谦虚地笑笑："专家可不敢当。不过话说回来了，十年了，我要是弄不明白鸽子那点事儿，我不是白玩了吗？"

我点了点头。

小李子说："听方师傅这么一说，我才知道养鸽子还有这么多讲究。"

方长贵仿佛再次受到了鼓舞："我跟您说吧，讲究大了。"

接下来，他又开始说鸽子。从怎么养，说到怎么卖。如果想开眼，就得常到鸽市上去遛遛，什么鸭子桥鸽市，潘家园鸽市，北沙滩鸽市，十里河鸽市，小武基鸽市，等等，一说一大串，如数家珍。说着说着，他又传授小李子，如何去裹别人的鸽子。

"没事儿的时候，你留意着，往天上看。一旦发现有那么一两只，最好是单个儿的，拆帮了，掉队了，或者是飞累了……没说的，赶紧放你的鸽子！不信你试试，十有八九能把它给裹回来。"

他把身子往桌前凑了凑，说他前几天就赚了个大的，裹回来的是一只种鸽！他本想自己养着，后来被圈子里的人知道了，走漏了风声。没几天，丰台的一个哥们儿找上门儿来，确认是他的鸽子之后，在好几个人的调解下，那哥们儿二话没说，就甩给他一万。

小李子一怔说："一万？啥鸽子？"

"凡代克，听说过吗？"

小李子摇摇头："没有。"

"嘿，名鸽啊，欧洲的名鸽啊！不过，我裹回来的那只还不是正宗的凡代克，而是有点凡代克血统，这就了不得了，市场价至少得五万块！"

小李子瞪着眼问："给他没有？"

方长贵说："给了，不给哪成呀。"

小李子"啪"地拍了一下大腿："这不亏大了吗？"

"说的不就是嘛。可后来想想，也不亏，怎么说还赚了一万不是？再说了，都是圈儿里的人，总得讲究点规矩是不是？"

小李子很不情愿地点点头说："倒也是。"

两人就这么一惊一炸地说，没完没了地聊。说实话，我已经有点烦了。我倒不是烦鸽子。其实我也喜欢鸽子。喜欢它那种"昂首挺胸"的样子，那种顺畅的流线体形和脖颈处那种五色闪光的羽毛。在王府井教堂的广场上，我还曾不止一次地给鸽子投过食呢。我烦的是那两个志同道合的"鸽友"，他们把鸽子的话题扯得没完没了，太冗长了。假如是我和一个文友谈文学，谈小说，谈《红楼梦》，谈《百年孤独》，谈巴尔扎克，谈马克·吐温，谈伯纳德·马拉默德、肖洛霍夫、屠格涅夫、陀思妥耶夫斯基……行不行？他肯定会烦。其实也不单单是不同道，不管谈啥，从心理学上讲，人对同一个话题的最佳关注时间也是有限的。试想，他们已经侃了两个多小时的鸽子，我不可能一直保持很感兴趣的样子。我坐在那里，假装在听，其实我的注意力早就溜号了。

方长贵发现了我的心不在焉。他可能意识到他们光顾说鸽子，而把我这个东道主晾在一边不太合适。于是，他主动地端起杯来，示意我喝酒。接着，他还没话找话地冒出了一句："那房子住着还成吧？"

我怔了一下说："还行，挺好的。"

方长贵挺高兴。确切地说，他是作为房东因为我的满意而有一种成就感。他目光炯炯地看着我说："是不是啊？"

我没有说谎。也没那个必要。我告诉方长贵，只要没人撵，我就在那儿住下去了。

方长贵"嘿"了一声，眼睛瞪得溜圆："开玩笑，我的房子，哪个丫的敢撵你？开玩笑！"

说完之后，把脸一转，又继续和那个小李子说鸽子去了。他们就这么没完没了地聊着，只顾沉浸在他们自己的快乐中，根本不考虑别人的感受。我知道方长贵是个酒腻子，没想到这个小李子比方长贵还腻歪，原本一听就明白的事儿，他却一劲儿地虚心追问。方长贵像是好不容易遇上了知音，有问必答。我一时心烦，趁着两个人出去撒尿的工夫，把每个人的杯子都倒上了一瓶小二锅头。当他们回到桌上时，我已经端着杯子在等他们了。

我说："方大哥，今天光说话了，都没怎么喝酒，我提议，咱们一口干了它!"

方长贵一听,也突然来了兴致:"那还说啥?收了它!"

全光了。

小李子端着酒,为难地眨巴着眼睛,最后一狠心,也干了。

没想到方长贵还不过瘾。

他说:"再来一个,不就二两酒吗?能怎么着啊?"

我犹豫了一下,但马上又来了个顺水推舟:"那就来一个!"

结果是害人害己。后来我回忆,当那个小李子被方长贵架着胳膊走的时候,我还觉得自己没什么事,就是有点头重脚轻。可刚回到家里,那种天旋地转、翻江倒海的劲儿就上来了。一呕再呕,差点没把肠子吐出来。我妻子一边给我捶背,一边嗔怪地说道:"就你逞能,最后那瓶酒就不应该喝!"

"你别说酒了行不行?"

她一提到酒,我胃里就条件反射地往上涌,结果刚漱完口,"哇"的一声,比先前吐得还凶。好一通折腾之后,我才酣然入睡,死了一般。

10

第二天,我妻子什么时候起的床,什么时候去的餐馆,我一概不知。在一种蒙蒙眬眬、似睡非睡的状态中,我听见好像有人闯进屋子里,又跑了出去,再返回来,同时像是喊了句什么……我毛毛愣愣地睁开眼睛，在一种不知"今宵酒醒何处"的失忆状态中，只见地上梦幻般地站着一个陌生的女人——正虎视眈眈地注视着我。

我疑惑地看着她："你是谁?"

"这正是我要问你的!"

女人的声音很大，甚至说很愤怒。明亮的光线从敞开的屋门透射进来。此时我已经彻底清醒了，这不是在梦里，是真事儿! 是真事儿，反倒让我更加糊涂了。我不知道这个女人是谁，也不知道她是怎么进到屋里来的……我已经来不及吃惊，只想把事情立刻搞个明白。

我问她有什么事。

"事儿大啦! 是谁让你住到这里的?"

我刚想说方长贵，但马上又改口道："我表哥……"

话一出口，连我自己都觉得这两个字很陌生。怎么说呢，我租房子时，方长贵送给我的这个称呼，我一次都没用过。自从搬进这个院子后，我们和邻居都处得不错，彼此虽没什么实质性的交往，见了面都挺客气的，啥事儿没有，我再对院子里的人去撒谎，说方长贵是我表哥，有这个必要吗? 直到现在，面对这个陌生女人的盘问，我才灵机一动地用上了。

"你表哥是谁?"

那个女人一脸困惑地看着我。

"方长贵。"

"什么什么? 你再说一遍?"

"方长贵……"

"方长贵是你表哥?"

我不太仗义地说:"是啊,怎么了?"

她"嘿"了一声,不无讥讽地盯着我:"这么说,我还是你表妹呢呗?!"

一句话,又让我坠到了云里雾里。我怔怔地趴在床上,一时间不知道该说什么。这时候对方近距离的形象已经越发清晰,她三十五六岁,一头深棕色的卷发,风姿绰约,长得漂亮!同时我还闻到了一种高级化妆品的幽香……这就越发加重了我的窘迫与难堪。更重要的是,趴在被窝里跟这样一个陌生的漂亮女人说话,很不得劲儿,方式不对。我建议她能不能回避一下,让我先起床,再说话。对方也好像意识到了这一点,很配合,或者说很给我面子,她立刻转身出门,退到院子里。

我穿好衣服,并没有马上去叫那个女人,而是首先把屋里的窗子和门全部打开。我知道,被一个喝醉酒的人睡了一夜的屋子,空气中肯定有一种不太好闻的气味。同时,也有点打开天窗说亮话的意思——对方毕竟是女人,而且是个不明来历的陌生女人。就在我在屋子里一通忙乱的时候,我听见院子里李大妈和那女人说话:"是方悦呀。"

"李大妈,我房子里住的什么人呀?"

"内蒙古人,开餐馆的,怎么,你不知道啊?"

"我哪知道啊。"

"嘿!这就是长贵的不对了。"

我把女人叫进屋里。开始我们的第二轮对话。毫无疑问，穿上衣服说话，我就仗义多了。事实上，为了急于了解事情真相，在这个突如其来的漂亮女人面前我已经忘了拘谨和自卑。

　　"我可以问一下你是谁吗？"

　　"不用问了，我是方长贵的妹妹！"

　　一经说开，事情还真是有点复杂。原来，这间房子的主人不是方长贵，而是眼前这个女人。她叫方悦。方悦是方长贵的妹妹。方长贵往外租房子这件事，方悦全然不知。根据她的说法，她是想在雨季之前看看这房子有没有漏雨的地方，需要不需要维修一下。

　　"哪想到，一进来，发现屋里睡着个大活人，可没吓死！"

　　我也想跟她说一下我当时的感受。但是我没说。不知道为什么，在漂亮的女性面前我总是显得很拘谨。我只是不解地看着她。

　　"这么说，我是被你哥给骗了呗？"

　　"不能这么说话。你交了钱，也住了房子，他骗你什么啦？他骗的是我！"

　　"既然是你的房子，你哥他怎么有钥匙？"

　　她说是她给他的。但马上又说成："他肯定是自己配的！"

　　听她这么一说，我马上想起一件事来。记得刚住进这间房子的时候，我妻子曾经有过担心，说是这房子也不知道多少人住过了，最好换一把锁，安全。我也觉得她说的有道理。而且，我毕竟亲眼看见胡冬用小锯条把它捅开过。我看了看：门是铝

113

合金的，锁是那种里外能开的长把锁，装得严丝合缝，就像是在门上长出来似的。我研究了半天，又估计了一下自己的能力，觉得对付这件事情会有相当大的难度，所以就一直也没换。没换倒也没出现过什么问题。不过现在我才意识到这是一种失误：如果当初换了门锁，我就不会被一个漂亮的女人堵在被窝里——太难堪了！

接着，那个叫方悦的女人开始一项一项地询问我，啥时候租的房子，哪地方的人，做什么工作的……我都一一作了回答。

"您可别蒙我！"她仍然不相信似的看着我。

"都是实打实的事儿，我为什么要蒙你呢?"

方悦没吱声，她突然想起似的问我，那"表哥"又是怎么回事儿。我简单讲了事情的经过。她无可奈何地叹了一口气，自言自语地说道："他可真有一套，我算是服了他啦!"

至此，我已经觉察到方长贵和方悦在房子的问题上肯定有什么说道。但无论如何，那是他们兄妹之间的事。我不管，也管不着。我只关心这房子我还能不能住下去。而且我已拿定主意，并相信我有足够的理由来维护我的权益。

我找出了我和方长贵签订的租房协议。

方悦看了几眼，默然无语。接着，她突然掏出手机，飞快地按出了一串号码，看样子，她是想立刻和方长贵讨个究竟。但是呼叫音一直响着，却没人接听。方悦生气地按掉手机。她告诉我，可以暂时保留我的居住权，事情究竟咋办，她要先问问方长贵，回头再说。

事后，方悦和方长贵是怎么交涉的，我就不知道了。两天后，方悦来到我们餐馆。我发现，走进餐馆里的方悦，比上次见到时还漂亮。人的相貌有着不尽相同的基本特征：有的人初见漂亮，但不受端详；有的人第一眼看上去很一般，但是越端详越好看；有的人一看就别扭，越看越别扭；有的人初看就漂亮，再看更漂亮。我觉得方悦属于后一种。而且，她的漂亮不是那种打扮而成的妖艳与光鲜，而是天生丽质，清清爽爽。尤其是那双眼睛，乌黑、明亮，距离似乎比常人宽一些，显得开朗大气，有一种很特别的魅力。她的穿着很随便，上身是一件格子衬衫，裤子则显得有些肥大。在穿着上，城里的女性和乡下的女性不是一个风格。乡下的女性穿着仔细，讲究合体，整齐，有条件的还要佩戴上各种金银首饰，打扮得珠光宝气。城里的女性不这样。衣着上，她们比较喜欢那种欢快活泼的款式，讲究宽松、舒适，似乎不太注意线条。不过，你只要仔细观察，就会发现她们的与众不同：看上去有些啰里啰唆，实际上却是刻意而为的另一种精致。

　　这次见面，方悦说话的语气和态度像变了个人似的，挺客气，也很友好，甚至给人一种嘻嘻哈哈、爱说爱笑的感觉。她看了看我们的餐馆，又聊了几句家常，便爽快地告诉我们，说她已经问了方长贵，也问了院里的邻居，都说我们两口子人不错，不惹事儿，她的房子我们可以接着住下去。

　　我和妻子交换了一下眼神，都暗暗松了口气。在此之前，我和妻子已经做过一番探讨，假如方悦执意要收回她的房子，我们有租房协议在手，当然会据理力争。只是纠缠起来，即使她按照协议上的约定退还我们两个月的房租，或者勉强允许我们再住上两个月，再收回房子，其结果还是一个样：无非是再找房子，再搬家——总而言之，这是个麻烦。现在，既然我们所担心的事情并没有发生，我和妻子的心情不仅一下子放松下来，甚至都有些感动了。

中午，我们留方悦吃饭。方悦竟然没有推辞。感觉上，北京的女性就是这样：她们开朗，大气，热情，周到，同时源于一种天生的优越感，给人的印象松松垮垮，却处处充满了自信。当我妻子问方悦喜欢吃点什么的时候，她还主动接过菜谱，亲自点了一道小炒牛蛙。这是我们店里刚上的一道正宗四川菜。那时候，随着中国的改革开放和人口迁徙，四川菜已经辣遍大江南北。但从经验上说，大多数北京人都吃不了辣的。方悦却是个例外。

她说："我还就喜欢这个麻和辣，越辣越想吃！"

说到北京的传统菜和那些有名的传统小吃，她反倒没什么兴趣，像炒肝啦，卤煮啦，麻豆腐啦，感觉都一般。

她突然想起什么来似的说："哎，对了，你们喝过老北京豆汁儿吗？"

我和妻子都说没有，没喝过。

"有时间我带你们去喝一次试试，肯定喝不了。什么玩意儿，我真不明白，怎么会有人喜欢那么一种说不出来的怪味儿!"

我注意到,方悦和我们说话的时候,她不称呼我们"您",而是"你"。这就挺好。我知道"您"是一种尊敬,但不是一种亲切。

上菜了,我问方悦喝什么酒,啤的,还是白的。

她说:"无所谓,我什么都成。"

据方悦自己说,她喝酒的潜能,是被一个东北人给"开发"出来的。她老公是一家外企的部门经理,平时应酬多,偶尔也拉上她去凑个热闹。在一次酒桌上,她老公被一个东北人灌得一个劲拱手作揖,对方还是不依不饶。被逼无奈之下,只好由她替喝。她本以为一杯就醉,没想到喝了一杯没什么事儿,再喝一杯还没事儿……那就喝呗!结果,一连碰了十多杯,眼瞅着那个东北人溜到桌子底下去了,她愣是啥事儿没有。从此,她才发现自己还有这么点长处。

方悦很认真地解释说:"可能是遗传,我爸爸在世的时候就能喝,我哥也能喝。"

我妻子笑着说:"你说方大哥呀?那可不是一般的能喝。"

方悦警觉地问:"哎,对了,他是不是总到你们餐馆来蹭酒啊?"

我说:"没有没有。"

的确是没有。方长贵家住前门,离我的餐馆很近,坐公交车只有四站地的距离。我曾不止一次地告诉他没事就过来坐坐,但是半年过去了,他只在我的餐馆喝过两次酒。平时没事儿,他也从来不到我的餐馆里来。只是到了我该预付房租的头一天，他才会准时打来一个电话，问我忙不忙，餐馆的生意怎么样，却闭口不提房租的事。这时候我就会主动告诉他说，我该交房租了，问他有没有时间过来。方长贵在电话里还挺吃惊："是啊，您瞧，我都忘了这码事儿了……这时间可真他妈快！怎么着？那我明儿上午过去，您方便吗？"

"方便。啥时候都方便。"

"得嘞！那明天见。"

——多含蓄啊。

我说："方大哥挺好的。"

方悦淡然一笑："那是你不了解他。说起来，我哥人倒是不坏，有时候我还觉得他怪可怜的。他没工作，儿子上大学，只靠老婆一个人上班，家里穷不说，一个大男人，整天被老婆管着，在家里一点地位没有。话说回来，经济上不行，哪来的地位呀，是不是？说实在的，头两年我真是没少帮他，你倒是长个心眼呀？哎，他不！我给他钱，不管多少，他都像表功一样全都交给了老婆。可反过来呢？他想买一盒三块钱的烟，我嫂子都不给他钱……"

不知为什么，我妻子对于这样的家长里短儿最感兴趣，特别是听到哪家女人刁蛮、男人受气之类的话题她就兴奋。

"是吗？我看方大哥挺拿得起放得下的，不像是受老婆管束的人呀。"

"大姐不知道，我嫂子厉害着哪，我给她起个外号叫独头

118

蒜。"她笑了，接着说道，"说起来，有些事还真不能全怪我嫂子，也怪我哥他不争气，挺大个男人，一点追求没有，整天游游逛逛，任嘛不干，手里一分钱没有，还养了些不三不四的鸽子。"

我笑着说："养养鸽子，不是挺热爱生活的吗？"

方悦哼了一声说："可不是热爱吧，不仅养鸽子，他还养女人呢。"

方悦一语惊人。然后又像失言似的转换语气："不过，也不能说养女人，说养就高抬他了，他没钱拿什么养？说白了，就是找了个傍家儿，在一起瞎作呗！"

方悦毫不避讳地抖搂自己哥哥的隐私，让我感到惊讶，同时又让我有一种她没把我们当"外人儿"的感动。我妻子则不同，听说方长贵找了个女人，表情立刻变了，说道："真是看不出来，方大哥这么做可就不对啦！"

"我哥是不对，我嫂子也有毛病，长得一点不好看，还啥啥都说了算……说实话，我要是个男人也会反感。"

我乐了。

接着就说到了房子。方悦讲，她爷爷是个商人，在前门开了一辈子药铺。人善良，会做生意。夏天的时候，他经常在药铺门前摆个长条桌，桌上放着免费的药汤，供来往行人解渴，祛暑。同时还施舍一些藿香正气丸什么的，上面印着店铺的字号和"暑天防热，保重身体"的提示，既是一种慈善，也为药铺做了广告。因此生意做得很好。她爷爷死的时候，光房产就留下了八处，新中国成立之后只剩下了两处，其余的全部充公了。父母过世后，剩下的两处房子，她和方长贵每人一处。她结婚之后住进了楼房，这间平房先后有四五个熟人和同事住过，都是借住。直到两年前才腾出来。当时正好赶上方长贵下岗，为了帮他，她就把房子的钥匙给了方长贵，让他把房子租出去，租金归他。本来这是个好事儿，没想到，这房子却被方长贵租得三起三落，磨磨叽叽。

方悦讲，头一次是一对夫妻。三十多岁，在东华门小吃街夜市上卖酸辣粉。也不知道因为啥，两口子净打架，没日没夜地打，还是女的打男的。听院里人说，有一次竟追到院子里，拎小鸡似的把男人摔到地上，骑着揍，把那个男人打得号啕大哭。如此一来，把整个院子吵得四邻不安，烦透了。没办法，她只好撵人。第二次，是个年轻女子，开发廊的。单身一个。这次倒是不吵架了。可没过多久，她就开始往家里带一些不三不四的人，大白天就在屋子里鬼混，还往院里的下水池里倒尿盆。院里住的都是上了年纪的老人，哪瞧得惯这样的人？因此，像头次一样，房子租出去没多久，邻居们又打电话，告诉她那租房子的人怎么怎么不像话，什么玩意！她只好告诉方长贵，赶紧撵人。

第二个住户被清出去之后，过了很长时间，没动静。她给方长贵打过好几次电话，问他房子租出去没有。每次问他，方长贵都说没碰到合适的主儿。那就碰吧，找吧。可是有一天，她接到了邻居的电话，说方长贵自己搬到那房子去住了。她听出邻居的话里有话，去了一看，这才发现了方长贵的出轨行为，还碰巧遇见了那个女的。

"又老又丑，看上去，比方长贵还大呢。"

讲到这里，方悦有点激动了："当时我那个气呀，我都不知道他是咋想的！哎，就说图个乐吧，你倒是找个差不多的呀！还赶不上我嫂子好看呢。"

我妻子附和着说："打个比方，那就是王八瞅绿豆——对上眼珠儿了。"

方悦咯咯地笑了。她说道："大姐比喻得太对啦，当时我真想骂我哥一顿。"

我妻子鄙夷地说道："要真是那号人，你骂也没用，管不住。"

"没用也得管啊。"

方悦看看我，又看着我妻子说："你们不知道，我哥身体不行，看着他五大三粗的，一身的毛病。高血压，糖尿病……最关键的是肾还不好，这么闹下去，不纯属'作'死嘛！一气之下，我干脆把钥匙要了回来，不让他租了。没想到，他竟配了一把钥匙，趁我出国的时候，又偷着把房子租给你们了。"

这时候，我发现方悦漏掉了一个细节。根据她的说法，胡冬租房的事儿她根本不知道。至此，我总算搞清关于这间房子的前因后果了——难怪，我租房子的时候，方长贵那么犹豫不决，原来是有前车之鉴啊。

我问方悦："我们住进来之后，院里的邻居没给你打过电话?"

"没有，我在日本待了半年，刚回来。"

我妻子问她去日本是工作还是学习。

方悦解释说，她在一家旅游公司工作，说是去进修一下日语，充充电；其实，她是觉得整天在一个模式里工作，烦死了，出去轻松一下，换换心情。

只是想换换心情，就可以出国待上半年！真让人羡慕。

这时候，我妻子突然想到一桩正事，她问方悦，以后的房租交给谁。

方悦说："交给我。"

我说："行！"

我问她，要不要给方大哥打个电话，说一声。

方悦说："甭打了。你看我哥长得没什么文化，邋里邋遢的，自尊心强着哪。你给他打电话，他肯定会觉得不好意思的。我跟他说好了，没零花钱我给他，但在房子这件事上，我不叫他瞎掺和了。"

事后我还是给方长贵打了个电话。我觉得这也是最起码的礼貌与尊重。在电话里，我听出方长贵的情绪不是太好，他告诉我，往后房子的事找他妹妹就行了。

"她爱怎么着怎么着。她那些个破事儿我不管了，我也没工夫替她劳那个神。"

之后，我再也没见过方长贵。但在很长一段时间里，我会

122

在某一个瞬间想起他。比如，天空中突然掠过一阵鸽哨，我就会抬起头来，在灰色的天空中寻找那些尤物，心想：这或许是方长贵的鸽子吧。

11

转眼之间，又是夏天了。

夏天是万物生长的最佳季节，人的生命也随着季节的变换充满了新的生机。感觉上，我们这条小胡同里也是越来越热闹。除了来往不断的过路行人，又增加了一些各式各样的商业小铺。此外，周边的一些生意人也是不断地到胡同里来租房子，有的做仓库，有的则拖家带口地住进了一些大杂院。胡同里陌生的面孔越来越多。我渐渐发现，尽管这些外地人的谋生手段五花八门，不尽相同，但却有着明显的地域特征：兰州人做拉面；成都人搞小吃；新疆人烤肉串，拉条子，骑着三轮卖枣糕；福建人和湖南人则三三两两，成帮结队，挑着担子走街串巷卖茶叶；东北人脾气暴躁，说话冲，开歌厅，做黑导游，或者当保安的比较多；河南人做什么的都有——就像安徽人一样：搬运工、砖瓦匠、厨师、保姆、服务员等各种行当中，都有他们的身影；一些经常到我餐馆吃饭的温州人，则热衷于在商场里租柜台，经销皮鞋或服装，而且个个精明。

在这种像大杂烩一样构成的生活环境中，我和那些天南地北的生意人几乎没有什么来往。尽管我们的身份相同，目标一致，都是闯入这个城市谋生的外地人，但由于来自于不同的地域和背景，彼此之间仿佛有一种天然的隔阂，甚至相互不屑一顾。总之我们总是各做各的生意，谁也不想走进对方的生活。

胡冬是个例外。

相熟之后，我和这个卖烧饼的小伙子一直处得挺好，但算不上那种掏心掏肺的朋友，而是因为同处在一个陌生的城市中孤单与寂寞的需要，或者说惺惺相惜，没事的时候，我们会经常坐到一块儿，聊聊天，喝喝酒。一般说来，东北人好说大话，吃不了苦。但胡冬却是个很有心气儿的小伙子。两年前，他跑到北京来打工，先是在郊区一家木工厂里锯木头。活儿倒不是很累。只是一天下来，扎得满手木刺，晚上一剥就是半宿。结果不到半个月，他便借着一地月光逃离了那家木工厂，工钱都没要。此后，什么油毡厂，保安公司，小餐馆等一些地方，他都干过。也就是在小餐馆那一年多的时间里，他和一个陕西人学会了做烧饼。有了手艺之后，他觉得总是给别人打工不是个事儿，没有前途，于是胡冬便开始挑摊儿单干。没想到，单干也有单干的难处。别的暂且不说，先说生意。刚开始的时候，生意还行。当时正是春天。接下来的夏天和秋天也不错，都称得上是摆摊儿的好季节。特别是早晨，一些上班的人喜欢吃着早点赶时间。胡冬的烧饼便大受欢迎。他经常忙得满头大汗，还供不应求。进入冬天就不行了。胡同里的行人日渐稀少。拿着烧饼边走边吃已经不合时宜，不仅容易呛冷风，还冻手。为此，胡冬的生意便每况愈下。有一天"可悲惨"了，据说从早到晚，他只卖出过五个烧饼！为此，那段时间胡冬的情绪很低落。每次说到生意，他总是叨叨咕咕地说，干着没劲，真想卷帘子回家，不干了。看着小伙子每天可怜巴巴地蹲在烧饼摊旁边，既无奈而又无助的样子，我和妻子都很是同情。因此，我们一起喝酒、聊天的次数就更多一些。

其实，像胡冬这样的悲观情绪我也有过。首先，是生意难做。随着周围的餐馆像雨后春笋，越来越多，竞争特别激烈。在这样的环境中，要想立于不败之地，你就得使出浑身的解数，绞尽脑汁地琢磨一些经营上的策略。与此同时，处于人生地不熟的城市里，无异于置身在陌生的丛林之中，心里总有一种不安全感。当时，我曾以为这种不安全感是我性格上的弱点与缺陷，其实不是。而是出于生活的不确定——那些无法预料的事情，说不定啥时候就会砸到你的头上来，让你一愣一愣的，不胜其烦。可以说，在不到一年的时间里，大凡开餐馆的人所经历过的各种困难与烦心的事，我几乎都遇上过了。但不管咋说，这一切都被我挺了过来。什么吃苦呀，受罪呀，甚至难以想象的精神折磨，最终都在一种强烈的谋生愿望中得到了平衡。要知道，人活着才是超乎一切的硬道理；而活得稍微好一点，则是我们进入这个城市的出发点和为之奋斗的目标。总之我坚信，只要有足够的时间，足够的勇气和耐力，眼前的状况就总会有一个好转的结果。

因此，在胡冬情绪低落的那段时间，我没少做他的工作，总是鼓励他，咬牙也得挺住，既然出来了，就要坚持下去，像他这样的小本生意，就得靠细水长流，不能企望一口吃个胖子……虽然都是一些很浅显的道理，胡冬却是个经不住鼓励的人。每次这样的喝酒与聊天，他那种低落的情绪总能被我激活。最后，他往往会用一双明亮的眼睛盯着我说：

"大哥，听你这么一说，我心里又亮堂了，那就接着干吧！"

又干了半年。到了生意最好的夏天，胡冬还是把他的烧饼摊儿给撤了。说起来，这倒不是胡冬的主观意愿，而是另有原因。

我们这条胡同里有个能人，叫黑胖子。他四十多岁，身材魁梧，大背头，左颧骨上有一道刀疤，长得胖，一身黑肉。我不知道他叫什么名字，背后就叫他黑胖子。黑胖子是坐地户，就住在我餐馆对过的一个大杂院里。没下岗之前，黑胖子是搞服装模特儿的——但不是T型台上穿着各式新款服装扭来扭去的模特儿，而是在一个衣架制品厂里制作服装模特儿道具：什么成人模特儿，儿童模特儿，半身模特儿，全身模特儿……什么都做。下岗之后，黑胖子也是什么都干过：开餐馆，跑黑车，有段时间，还跑到满洲里做过皮货和羊绒方面的跨国生意。据老杨头儿说，他脸上的刀疤，就是因为在东北的一个小酒馆里和人拉硬，争凶斗狠，被一个小瘪子砍了一刀。遗憾的是，这个黑胖子尽管付出过血的代价，还是干啥啥不灵，全赔。总体上讲，这是一个被生活战败的男人。有人说，自卑也会生出自傲。这话就适合黑胖子。生活上的挫折，让这个原本乐观的人放弃了一切的拼与搏，待在家里，变得游手好闲，什么都不做，也不屑于做了。人却渐渐变得阴郁起来，甚至很狂躁。

话说有那么一个无聊的傍晚，黑胖子正在胡同里一边走路，一边阴郁着脸想事儿，后面一辆奥迪车无声地开过来，紧贴着他身后突然鸣了声喇叭，吓了他一哆嗦。他当时就叽歪了："瞎他妈叫唤啥呀?!"

开车的是个河北人，沧州的，个头不高，人很精明。他把河南一个玉器厂用磅秤称成吨卖的各种小玩意，用面包车拉到北京，十块钱一件，在王府井一家商场的柜台上天天"清仓甩货"，竟发了大财。不到一年奥迪车都开上了。有了车是好事儿。你倒是好好开呀，讲究一点呀，至少得学会礼让行人，不要轻易按喇叭。要知道，这毕竟是北京，是大都市，全城像流水似的跑着那么多车辆，如果每个人都按喇叭，整个北京城岂不天天都得响成一锅粥呀。可这个玉器店的老板却不管那一套。他用喇叭吓了人家一跳，不但没意识到是自己不对，看着车头前横着的黑胖子，还烦了。他立刻摇下车窗，探出个脑袋振振有词："不按喇叭撞着你怎么办?"

也许，有钱人的悲剧，往往就在于他们总是觉得自己有钱，底气足，腰杆子硬，却不知道没钱的人也有个特点，那就是穷横。

黑胖子毕竟是黑胖子——别看做起生意来不灵，怎么说也是走南闯北的人，甚至还经历过"血"的洗礼（有脸颊上的刀疤为证），重要的是，他正处于人生低谷，觉得整个世界都对不起他，他哪管你是个什么老板呀。

"你丫给我下来！"

小个子的脾气也不怎么样，他冲着黑胖子不耐烦地皱了一下眉头，并倔强地关掉了引擎。

"下去你能怎么着？"

结果，他刚推开车门，脚还没有落地呢，就被黑胖子抓住脖领子，一拽，闹了个四脚扑地！小个子也不白给，从反扑的能力与速度上看，也许他学过一点擒拿格斗也不一定（他毕竟来自于有"武术之乡"之称的沧州）。刚刚扑到地上，他便顺势抱住对方的两只脚，往怀里一搂，就把黑胖子掀了个后仰，"吭"地一声坐到了地上。局面扳成一比一平。在周围一阵唏嘘声中，两个人同时从地上爬起来，撕巴地揪在了一处。后来被旁边的人连劝带拉好半天，才彼此放开了对手。小老板是个聪明人。他觉得战斗就此结束，自己并没吃亏。也不想让旁观者断个谁是谁非。他白着脸，拍了拍身上的土，准备收场。黑胖子却怒气未消，觉得打击力度不够到位，眼看着那个小子要转身上车，他顺手抄起谁家正修房子用的一块板砖，像是不过瘾似的——照着对方的脑袋就是一下！

也就是这一板砖，让黑胖子在胡同里一举成名。同时也让他就此"转型"，脱胎换骨地变成了另一个人。从拘留所出来之后，黑胖子无异于镀了一回金，他把烟戒了，结识了几个敢于两肋插刀的哥们儿，并从他们各自不同的人生经历中，开阔了眼界，增长了见识。他的大背头被剃成了光头，眼睛也大了一些，这样一来，整个人倒显得比过去还精神。重要的是，他开始玩世不恭，而且能"铲"事儿了。一些小痞子、二流子之间发生了狗扯羊皮，或有了什么纠葛，只要请他出场，就没有摆不平的事儿。

如此之下，黑胖子不仅在黑道儿上成了颇有威望的"大哥"，在白道儿上混得也可以——别的不说，至少那些城管人员都会对他网开一面。按着城市管理之规定，小商小贩是不能随便摆摊儿的，胡同也不行。而黑胖子在胡同里却有两个摊位——准确地说，也不是他自己的摊儿，而是他以每月五百元的租金出租了两个墙角：一个是一对年轻夫妇的水果摊儿，另一个就是胡冬的烧饼摊儿。

没事儿的时候，黑胖子会经常到这两个摊位前转一转，生意怎么样啊？有没有人来捣蛋啊？以示关照。最初，城管人员不知道这两个小摊儿和黑胖子有什么关系。有一次，他们刚要收拾胡冬摊儿上的东西，就被闻声赶来的黑胖子拦住了。他温声温气地解释说："没办法，总得弄碗饭吃。"

"您干什么的啊？"

"刚出来的……"

他光着头，一边说话，一边不好意思地用一根手指挠了挠脸上的刀疤。结果，弄得那些本来横眉立目的人，面面相觑，有的还冲着黑胖子表示很理解地点了点头。直到那些人走了，黑胖子才把脸一绷，愤愤地骂道："丫的，还想给我装孙子呢！"

不听邪的人也有。有几次抄了胡冬的摊子。但几次之后，那些城管人员都知道了黑胖子是坐地户，又是"刚出来的"，出于人道主义的关怀——更主要的是觉得这是一个非常难缠的人，一旦收了他的摊子，他就会像胶皮糖似的黏上你，你走到哪儿，他跟到哪儿，让他交罚款，他会跟你玩命，敢打自己的嘴巴子，甚至敢用他的光头去撞砖墙！因此，那些不想摊上事儿的城管，到了检查的时候，便睁一只眼闭一只眼，即使把别的小贩撵得鸡飞狗跳，胡冬的烧饼炉和那对年轻夫妇的水果摊儿却总是安然无恙，如同两颗钉子，牢牢地钉在胡同的两个墙角里。时间一久，连其他的小贩们都认了。了解的说"人家有人"，不了解内情的人，还以为是社区开设的两个"便民点儿"呢。当然，实在过不去的时候也有。比如上边要检查了，个别小贩咬住不放了，那就只好一视同仁，收了他们的摊儿，再对黑胖子使个眼色，过后去把东西取回来就是了。

　　没想到，天有不测风云。这样的局面仅仅维持了一年多的时间，黑胖子就被收进去了。据说他是因为帮助一个盗车团伙销赃，被牵扯进去的。根据老杨头儿的推测，黑胖子至少得蹲上五年。

　　听到这个消息，胡冬最初还有些窃喜。这样一来，倒免去了每个月五百块钱的"墙角费"了。只是，人与钱的关系常常有点诡异，所谓"省着省着，窟窿等着"。在不到一个月的时间里，胡冬的烧饼摊儿就被抄走了两次。结果，他交给城管的罚款，倒比原来交给黑胖子的"保护费"还要多出一倍。

胡冬苦着脸抱怨说:"这个月几乎就是白玩。"

白玩了两个月之后,胡冬不得不收拾摊子,施行战略转移。他离开了这条胡同,像打游击似的,每隔几天就换个地方。与城管人员玩起了猫捉老鼠的游戏。这个办法还真不错。在一个多月的时间里,他竟然一次都没被城管抓住过。

然而,这种幸运的日子并没有持续多久。

有那么一个早晨:下了一夜的小雨在黎明前收住。清晨的北京云消雾散,天空如洗,连空气都是水灵灵的。胡冬像往常一样,他把摊子支在一条马路边上,一大早就忙开了:揉面,揪面,再把那些大小均匀的面疙瘩擀成一个个小饼,淋油,撒芝麻,然后放在一个平面的炉子上,翻来覆去地烙。直到里外熟透,色泽金黄,这样便可夹到一个玻璃罩里待卖了。整个过程像一条连贯的流水线,线上的每个环节与节奏,都被他掌控得如行云流水——动作之麻利、娴熟,不禁令旁观者一边等着烧饼,一边啧啧称赞。

生意极好。胡冬的心情也特别愉快。他在一个人的"流水线"上连续忙碌了两个多小时,买烧饼的人仍然络绎不绝。此刻,初夏的太阳还没露面,在对面的一座大楼的玻璃幕墙上投射出了耀眼的反光。马路上的行人越来越多,胡冬的手脚也越来越忙。就在这时,不知道谁突然提醒了一句:"城管的来了!"

蓦然回首——果然,一位年轻的城管已从小卡车里跳了下来,并率先站在了胡冬近前。四目一碰,胡冬的骨头立刻酥了。但那位年轻的城管没有急于动手,而是保持了一种微笑执法的样子，站在一米开外的地方，像猫戏老鼠似的，用一种欣赏的目光看着他："小饼儿烙得不错呀，是吧?"

说完这句话，他依然平静地看着胡冬，耳朵却听着别处。不知出于什么样的心态，年轻的城管非常希望他的话能引起一阵笑声。但是没有。他扫了一眼旁边那些准备买烧饼的人，谁都没有笑的意思。不但没笑，一个年轻女子还用一种不太友好的目光瞥了他一眼。也许，正是这轻蔑的一瞥，让那个年轻城管的心情一下子变坏了。

他命令胡冬，赶紧把东西都搬到车上去!

只是，他一连说了好几遍，胡冬却一动不动，顽固而沉默地立在那里。

结果那个年轻的城管一个飞脚，就把胡冬的桌子踢翻了。接着，另外几个执法人员一齐上手，一通忙乎，什么桌子，炉子，液化气罐，面盆，油桶，全部扔到了小卡车上。

胡冬一声没吭。他眼睁睁地看着当时的场景，似乎看呆了。直到那辆小卡车开走了，越走越远，看不见踪影了，他才像肚子突然疼起来似的，双腿一屈，蹲下身去，待了好久。然后他用双手捂住脸，像是逼迫着自己赶紧清醒似的，狠狠地撸了几把。

有一天晚上，胡冬到我餐馆来了。他跟我说，他不干了，不想卖烧饼了。

当时我还不相信。

我说："又说气话了。"

他说："不是。这回我是真不干了。再干下去，说不定哪天我就成了杀人犯了。"

我问他有啥打算。

胡冬说他想改行。

这次我没再劝他。其实，对于像我们这种背景的人来说，改行是一件再正常不过的事了。因为多变的现实生活，总是让人难以固定住自己的角色。尤其是作为这个城市里的外来人，我们永远都不会知道生活会把自己带到哪里去。但是有一点，无论生活怎么变化，也无论我们去选择什么样的谋生手段，"往好了发展"，总是我们不会轻易改变的初衷。

离开胡同那天，我给胡冬饯行。席间，我们喝了不少酒，说了不少话。我们谈论的不是什么国家大事，也不关乎什么政治。坦率地说，像我们这种层次的人，也不具备那种"家国天下"的风骨情操。我们的话题很家常，甚至很庸俗。整个晚上，我们谈的都是怎么生存，怎么挣钱，怎么更好地像一个人似的活着。同时，我们还用许多外来人通过艰苦奋斗而发了家的故事，互相激励着。

其中，胡冬还谈到了他的舅舅。

根据胡冬的说法，他舅舅可不是个凡人。他来到北京以后，干了许多行当，都不舒心，最后一咬牙，蹬起三轮车走街串巷地收起了废品，而且一干就是五年。胡冬告诉我，以前他都不好意思跟人说起他的舅舅在收破烂，觉得挺丢人的。而现在，胡冬却把他舅舅的经历看成了一种成功的范例，一说起来，就眉飞色舞。据胡冬讲，在去年，他舅舅通过一个老乡的关系，承包了一处拆迁工地上的所有废品，竟然发了大财。随后他扔掉了三轮，买了一辆捷达小轿车，摇身一变，竟然成了一个拆迁公司的经理。他招了一伙子人，开始承接各种室内外拆除，什么砸墙、砸地砖、开门洞、铲墙皮、承重墙拆除、水泥梁拆除、混凝土破碎等等，啥都干。这期间，他舅舅不止一次让胡冬到他的公司去，做他的帮手。胡冬却一直犹豫不决。自从离开他打工时的最后一个老板，胡冬曾发过誓：这一辈子除非是到了要饭的地步，否则，绝不会再去给别人打工！现在，他才开始反思过去。从时间上说，他舅舅仅仅比他早到北京两年。他们同样成功地进入了这座城市，眼瞅着舅舅已经揭竿而起似的有了三十多号人的队伍，自己却东一耙子西一扫帚地打着一个人的游击。胡冬不想再过那种提心吊胆、被人追来追去的生活，又不想离开北京，回到乡下去——投靠他舅舅，便成了他唯一的选择。

我问胡冬，他舅舅的公司在什么地方。

他说："远了，在大兴呢，是郊区了。"

我说："那倒无所谓。"

的确，对于我们这样的异乡人而言，我们都是为挣钱而来的，是为了生存才不停地去拼搏，去奋斗。什么中心呀，郊区呀，整个北京城都不过是一个模糊的背景。

听了我的话，胡冬又一次受到了鼓舞，他摩拳擦掌地说道：

"就是就是，别的事儿，等有了钱再说！"

结果，去了他舅舅的拆迁公司之后，胡冬才终于找到了他在这个城市里的位置。同时，他对于这座伟大城市的感觉和认识，也越来越清晰。

是的，越来越清晰。

12

自从取代方长贵成了我们的正式房东，方悦便成了我们餐馆里的常客。她的家住在安定门，距离王府井不是很远。她的工作很轻松，老公常出差，又没有孩子，周末了，闲得没事，即使逛百货大楼，她也会顺便到我们餐馆来坐一坐。有时候，我正闷在家里写我的小说呢，我妻子就会突然打回个电话，叫我到餐馆去，说是方悦来了。

自从见面之后，我妻子对方悦就颇有好感。她说别看人家是城里人，长得又漂亮，一点没有瞧不起人的架势，而且有啥说啥，实实在在，比她哥可强多了。方悦喜欢吃我餐馆里做的小炒牛蛙，每次来，我妻子都会让她吃上一份，再带走一份。而方悦也有方悦的回报：有时候是一条漂亮的丝巾，还有一次是一套高级的进口化妆品……如此一来，女人之间的那种感觉就出来了。方悦隔一段时间不来，我妻子还想她，会念念叨叨地说："最近方悦怎么没动静了呢。"

至于我，对方悦的印象也是不错的。坦率地说，她的漂亮是一方面，更主要的还是她的性格。在我的眼里，方悦是一个热情开朗、心地单纯而又善良的女性。虽说她是在老北京胡同里长大的，但她的"京味儿"不是很浓，没有那种过多的客套，不虚张声势，不一见面就喊"哎哟喂——"，也基本上不使用"我他妈如何如何"那种让人反感的句式……不仅如此，她还喜欢把我们的餐馆称为"咱家的餐馆"，把我们租的房子说成"咱家的房子"。虽然一字之别，那种特有的自然与亲昵，却给人一种一家人似的温暖。虽然我们是外地人，但方悦在我们面前从来不以北京人自居。说起话来，她甚至对我们还挺羡慕的。

　　"你们好歹还有个老家，偶尔回去看看，多好啊。我们祖辈都是北京人，连个老家也没有，想回都没个地方回。"

　　我喜欢和方悦聊天。喜欢她的直言快语，并让我从中获得了许多快乐。而方悦到了餐馆，如果我不在的话，她也总是要问上我妻子一句："大哥怎么不在啊？"

　　方悦对我的称呼不是很固定。有时候是"老板"，有时候是"大哥"。后来听说我发表过几篇小说，她又管我叫"作家"。有一回，她还突然想起似的盯着我说："哎，对了，我哥不是让你叫他表哥吗？那我也得叫你表哥啊。"

　　我赶紧说："不行不行，那可不敢当！"

　　方悦不以为然地笑道："嗨，这年头，什么叫敢不敢啊，瞎叫呗。"

　　方悦的性格大大咧咧，似乎对什么事情都看得很开，甚至是那种没心没肺般的不在乎。说到她没孩子时，她毫不避讳地告诉我们，说她不行，怀上过三次都掉了，也不知怎么回事儿，愣是坐不住。

我妻子问她："那是咋回事儿呢，没想想办法啊？"

方悦一点不回避："唉，甭说啦，啥法儿都使了，没用。一来气，我还不要了呢！真是的，现在的年轻人都'丁克'了，我还为生不出个孩子犯愁，让作家说说，我不犯傻了吗？"

我妻子沉吟着说："事倒是这么回事儿，可你老公愿意吗？"

方悦笑着说："他不愿意有个屁用！我跟他说了，想要孩子，你想找谁生找谁生去！我是不受那个罪了。"

说到这里，她像突然想起来似的说道："哎，对了，有时间我把我老公带过来，你们认识一下。"

方悦的老公叫张弈胜，大个儿，小平头，一表人才。从穿着打扮和气质上看，有些风流倜傥的意思，像是个很浪漫的人物。实话实说，头一次见面，他给我的印象不是很好，而是很差。我觉得这个外企公司的销售部经理举止孤傲，爱端架子。如果用现在一句很难听的粗俗语言来形容他，就是有点"装逼"。无论你说啥，他都只是淡然一笑，或微微点头。给人的感觉不仅是城里人，是外企的一个小头目，套用一个朋友的话说，好像他裤裆里的家伙都是玉的。后来，直到方悦夸了半天我和妻子为人如何如何和气，又告诉他我能写小说，是个"作家"之后，他还又故意矜持了一会儿，然后才把那副假模假式的墨镜摘了下来。

渐渐聊起来——特别是几杯酒下肚之后,我才发现,张弈胜这个人口才倒是不错,那不是一般的能说,准确地说是特别能侃!而且不愧是个在外企工作的人,一张口都是一些国际性的话题。他说世界上最漂亮的人,不是男人,不是女人,是泰国的人妖;皮肤最细嫩的,不是白种人,不是黄种人,而是黑人;鉴定黑人美女的方法是体形第一,从侧面看,必须是"S",从后边看,一定要像"8",然后才是看她的长相。他说俄罗斯人爱喝北京二锅头;荷兰人最开放,男人出差,女人帮助收拾行李的时候,总忘不了在丈夫的行李包里塞一盒安全套……也不知道他说的是真事儿,还是瞎编。最让人可乐的是,他说在日本,不管是在超市里,还是在餐馆里,只要你认准了,确定他是个日本人,你啥也别说,上前"啪啪"地抽丫两个嘴巴,然后你转身就走——啥事儿没有。

方悦吃惊地看着张弈胜,咯咯地乐着:"得了吧,那还不得人脑子打出狗脑子来呀?"

"这你就外行了吧。我跟你说,丫站在那里,一动都不动,你信不信?"

方悦笑着摇头,然后看看我和妻子:"你们信吗?"

我也不信。

我看着张弈胜,非常幼稚地问:"那是咋回事儿,打蒙了?"

张弈胜"嘿"了一声说:"什么叫打蒙了呀,日本人善于反思,你打了他耳光,人家不会像中国人那样立刻还手,而是得先想明白,这人是谁?他为什么要打我?我在什么地方得罪过这个人吗……趁丫在那儿反思，你早就撒丫子没影了，知道吗？"

我想了想，禁不住嘿嘿直乐。

张弈胜到我餐馆来过几次，我记不清了。从后来的接触上看，我觉得这个人还行。尽管聊起天来能侃，没边没沿儿，云山雾罩，但为人还算仗义，够哥们儿，而且很讲究。他每次来我餐馆，都几乎不空手。有一次是带一瓶酒，有一次是扔给我一条烟，而他自己却不吸烟。还有一次，他曾伸出一根手指头，一点一点地告诉我："刘老板，有什么困难您说话！"

挺让人感动的。

我说："没有没有，谢谢！"

其实，困难还是有的。

但我不是缺钱。

自从我和妻子来到北京之后，我们的女儿小玉，一直在老家由我岳父岳母照看着。当时两位老人都已年过古稀。试想，一个十多岁的孩子，要穿衣，要吃饭，要人接送上下学，由此给两位老人带来的诸多麻烦可想而知。不仅如此，说不准什么时候，她就会一个电话打到北京来："想妈啦，想爸啦……"想就想吧，她还委委屈屈地哭。真是揪心。为此，每隔一段时间，不是妻子就是我，总得有个人回去看看她，安抚一下。孩子离不开父母，我们也早就想把女儿接到北京来，只是孩子上学的问题不好解决。此前，我妻子和我曾去询问过好几所学校，只有一家表示可以接收外地人子女上学，不要借读费，只需一次性交纳两万块钱赞助费。我妻子一听就生气了。唠唠叨叨地说，在哪儿念书学的不都是一加一等于二，她就不信，到了北京还能教出个一加一等于八来！她越说越来气："再说了，一张口就是两万，买烧纸啊？他想得美，这个学宁可不上，我就是不赞助他！"

　　不赞助，孩子就上不了学。事情就这么搁置下来了。说实话，这也不是我一个人的问题。在当时，所有来到这个城市的外地人，几乎都被子女上学难的问题困扰着。因为不是当地户，没户口，想让子女到身边来上学，即便是托熟人，找关系，也得交纳一定数额的借读费或赞助费。否则，所有的学校都有理由把你的孩子拒之门外。因为费用较大，少则上万元，多则几万块，这些来自于四面八方的谋生者，大多数都交不起，交得起的，也觉得划不来。所以，像我们一样，这些外来人的孩子大都寄放了老家，成了身边没有父母的"留守儿童"。

　　在我餐馆旁边的大杂院里，有个三十多岁的安徽女人，在一户当地人家里做保姆。她的丈夫是个货车司机，给当地的一个"暴发户"跑运输，在几年前的一次车祸中不幸身亡。由于家境困难，她把很小的孩子留给婆婆，只身跑到北京来打工，一做就是三年。去年夏天，她的婆婆因病去世，她把刚上一年级的女儿接到了北京，打算给孩子找个学校继续上学。这样，她就可以留在原来的那户人家里，继续侍候那个中风多年的老太太。这也是雇主（老太太的儿子）求之不得的心愿。三年来，她用自己的吃苦耐劳，温柔和顺，得到了那个七十多岁的老太太和家人的一致信任与好评。他们舍不得让她走，很想留住她，并且承诺，孩子可以跟着她一起吃住，一分不要。保姆自然感激不尽，并为自己能遇到这么一户好人家而深受感动，逢人便讲。

可没想到，在给孩子找学校的时候，却把这个保姆给难住了。有那么几天，她领着七岁的女儿四处奔波，结果，却和我遇到的情况一模一样：不是赞助费太多，就是"名额已满"，或者"不属于我们招生范围"。总之是哪个学校都不收。急得那个保姆直哭。母亲一落泪，孩子也跟着哭。

雇主看不下去了。难得那个四十多岁的男人亲自出马，有一天，他腆着个啤酒肚，像个一家之主似的，领着母女俩一连跑了好几所学校。只是好话说了三千六，却没能使一个说了算的人把架子放下来。跑了一天，不仅事儿没办成，还连个好脸儿也没赚着。特别是最后一位校长，面对他的低三下四和苦口婆心，头不抬，眼不睁的样子，话都懒得说，只是很不耐烦地一个劲地摇头。雇主毕竟是坐地户，是北京人，从性情上说，北京人向来要面子，吃不得屈，而且比较习惯于说上句，他哪受得了这个呀。结果，这位雇主终于忍无可忍，一怒之下，他竟指着那位校长的鼻子恨恨地骂了人家一句："瞧你丫那操性。"

后来，那个保姆还是离开了那个瘫痪的老太太。在一个非常闷热的傍晚，在许多邻居（包括我和妻子）的目送中，她一手牵着女儿，一手拖着拉杆箱，一步一回头地离开了胡同，离开北京，去赶那趟通往老家的火车去了。

我还认识一对温州夫妇。他们在王府井一家商场里卖服装，很有钱。一天两顿饭，差不多总在我餐馆里吃。聊起孩子上学的事来，他们同样牢骚满腹。他们的女儿生在北京，长在北京，连说话都是一口标准的京腔，但在学校却一直是借读生。据这个温州人讲，借读费每年六千，一分都不能少。这还不算，过年了，过节了，特别是教师节——还得送购物卡，一张二百元，一送就是五六张。校长要送，班主任必给，还有几个主要科目的老师，哪个不表示点意思都不行。

说到这里，那个胖墩墩的温州小老板被气得直乐。他说他已经想好了，将来他女儿考上大学，毕业后啥都不让她干，就让她当老师！最好是当小学老师，别看在社会上没什么身份，肥着哪！

我问他，送了礼孩子是不是会得到一些额外的照顾，比如吃个小灶什么的。

"吃个屁吧。每个孩子都送，给谁吃小灶？"

我疑惑地说："那还送啥？就别送了呗。"

小老板说："不送哪行？肯定不行。虽说送礼得不到额外照顾，你不送区别就出来了。咱孩子本来身份就特殊，心里不平衡，再多吃几个白眼，得到一些不公，这个学还咋上？不说送礼了，连城里的孩子都送，咱也搞不了特殊。就说这个借读的事吧，说起来烦着哪。我来北京十多年了，别的不说，我纳了多少税？对北京也算是有点贡献了吧？可孩子上个学还让你借读！你想上学，就得拿好钱。我就是想不通，义务教育法里规定的九年义务教育，换个地方就不好使了？我们没有北京户口就不是中华人民共和国公民了？难道当地人的孩子是孩子，我们外地人的孩子都成了王八蛋啦？这叫什么事儿呀！"

我觉得小老板的话有理有据，也很有劲。说他道出了几百万，乃至几千万人的心声也绝不为过。试想，随着中国改革开放之后的人口大迁徙，不仅仅是北京，在全国各地，有多少所谓的"外地人"，被子女上学的问题弄得愁眉苦脸啊！可问题是，并不是因为愁眉苦脸的人多了，就会有人给你解决的。你认也得认，不认也得认。

世界上的许多事情不都是这样吗？

1999年那个暑假，我把小玉接到了北京。儿女情长地享受了一个多月的其乐融融。有一天，海师傅外出办事，他委托我中午给他老伴带回一盒米饭和一个鱼香肉丝。我和小玉送过去的时候，海师傅的老伴了解到小玉的上学情况，她主动表示可以找找过去学校里的同事，看能不能帮得上忙。老人的热心让我们感动。后来，她真的给学校好几个同事打了电话，但由于众所周知的原因，还是没有办成。

随着开学时间一天天临近，小玉也是一天比一天发蔫。有天下午，她和李大妈的外孙女楠楠到胡同里去玩。不一会儿，两个孩子又回到了院子里，手拉着手来敲门。当时我和妻子正在家里休息，我打开门，楠楠扬着头，用一种很认真的表情看着我。

她说:"叔叔,我想跟您说个事儿。"

看着小女孩一副小大人的样子,我忍不住笑了。

我问她什么事儿。

楠楠说:"叔叔,小玉想在北京上学,您为什么不让上?"

孩子就是这么率真,哪壶不开提哪壶。一句话,问得我鼻子都酸了。

我说:"不是叔叔不让上,是北京的学校要钱太多。"

楠楠说:"学校的事儿,都是校长说了算,您可以去找校长呀。"

我笑着说:"叔叔不认识校长,去找人家也不理呀。"

我和小女孩正这么一问一答的时候,李大妈打断了我们的谈话,她告诉楠楠,说她妈妈要走了,让她回家去洗澡。楠楠冲小玉摆了摆手,做了个"再见"的手势,跟着外婆回屋去了。

后来,我听见楠楠跟她妈一边往大门外走,一边说着话:"妈妈,小玉要回老家了。"

楠楠妈的声音:"人家回老家关你什么事?"

李大妈的声音:"两个孩子都玩恋了。"

"妈妈,你认识我们学校的校长吗?"

"嘿!你问这个干吗?"

"我想让小玉在我们学校上学,她爸爸说,不认识校长,学校要收好多好多的钱……"

楠楠妈:"哟喂,您瞧瞧,这么点儿个孩子,怎么就成了事儿妈啦。"

在屋里，我和妻子对视了一眼，谁也没吱声。

李大妈的女儿叫刘晓嫚，在街道办事处工作。她不到四十岁，长得还行，表情傲慢。每次院里院外地碰上，彼此打个招呼，最多也超不过三句话。两天后，我和妻子带着小玉去餐馆，在胡同里和她碰了个脸对脸。这次刘晓嫚却主动问起了我，为啥不把女儿转到北京来上学。我妻子苦笑着告诉她，说北京的学校要钱太多，上不起。刘晓嫚承认了这种现实，并指出这绝对是个问题。

她很有责任感地说道："现在北京的外地人这么多，解决不了孩子上学问题哪成呀。不过，也别着急。我听说政府已经有打算了，要解决外地人子女上学的问题，要跟城里的孩子同等对待，不许收什么借读费和赞助费。我估摸着，用不了多久就有文件了。"

这件事还真让刘晓嫚说对了。后来政府果然出台了一项政策，把来京务工人员子女上学问题纳入了当地教育发展《纲要》，同时决定：公办的中小学，对来京务工人员随迁子女，全部免收义务教育阶段的借读费用。也算好事多磨吧。只是磨得时间长了点。从刘晓嫚的"我听说"算起，到把这一规划正式纳入《纲要》，已经整整过去了十年。十年是个什么概念？比整个九年义务教育还多了一年！而且据我所知，直到现在，也没几所学校去真正地执行那个《纲要》。

说起来，我的女儿还算是幸运的。就在她即将开学的头几天，方悦来了。那时候，方悦还是头一次见我女儿。在我妻子的指点下，小玉只叫了一声"方阿姨"，方悦的眼神就亮了。她招呼小玉说："过来，阿姨看看，你长得像谁!"

小玉笑着靠近她。

方悦看看小玉，又看看我妻子。

"脸形像妈妈。"

她又端详小玉，然后是我。

"眼睛挺精神的，随她爹!"

说着，方悦把一只手放在小玉的肩膀上，爱抚地摸了摸。

"叫什么名字?"

"小玉。"

"几年级了?"

"开学就上四年级了。"

"学习好不好?"

"还行吧。"

"上次期末考试，在班里排名第三。"我妻子插话说。

方悦露出一脸刮目相看的表情："哟喂，真不错!在哪个学校上呢?"

我妻子告诉了她。

"什么?还在老家上啊?这么小的孩子，不在父母身边哪成呀。咋不转到北京来?"

我苦笑了一下，把难处告诉了她。

方悦听了，疑惑不解地说："不说我都不知道，上个学这么

146

难啊?"

我妻子叹了口气说:"前两天,我还让他问问你呢,看你们家张弈胜在学校里有没有认识人,他说别麻烦人家了,这样的事儿,不是谁都能帮得上忙的。"

方悦扭头看着我:"我说作家,你别瞧不起人好不好?我跟你说,这个忙,保不齐我还真能帮上你了,你信不信?"

我和妻子互相看了一眼,异口同声地说:"信,信!那可太谢谢了!"

现实就是这样,一个非常棘手的难题,有时候,你费尽了九牛二虎之力也是白费。可有时候,竟然会在不经意的一瞬间让你看到了希望。

两天后,方悦打来电话,她告诉我,我女儿上学的事情已经 OK 了,只需交纳三千块钱赞助费,就可以直接去办入学手续了。

我半天没有吱声。

方悦解释说:"没办法,怎么也得象征性地交一点。"

我问她:"是每年三千吗?"

方悦突然转换语气说:"你是不是钱多花不了呀?这么着吧,你只交给学校三千就行,剩下的交给我!"

说完,电话里传来一串非常亲切的笑声。

13

　　二十年前，方悦还是个中学生。学习一般，相貌出众。像所有相貌出众的女孩子一样，到了初三的时候，她的身边已经有好几个男孩子围着转了。其中有一个姓解的同学，叫解悟道，对方悦最是痴心。他们家住在南湾子胡同，离方悦家不远，只隔着一条南河沿大街。每天上学或放学的路上，他总是跟在方悦身后，形影不离，给她背书包，打雨伞，还经常蹲在地上给她系鞋带。可谓声叫声应，就像个无微不至的小仆人。

　　初中三年级，有那么几个秋天的夜晚，落叶纷飞，皎洁的月光下，解悟道陪着方悦在筒子河边学骑自行车。许多年之后，方悦说起来还忍不住直乐。她说当时的人不知道咋那么笨，学个自行车比开车还难。人还没骑上去自行车就倒了。那个瘦了吧唧的解悟道，像个不得要领的抓猪人，他叉着两条腿，趔趔趄趄，双手死死地扳住自行车的后架，以便让她骑在自行车上获得一种支持与平衡。几个回合之后，他便累得满头大汗，有两次，还被她和自行车一起仰面朝天地砸到了身下，惹得河边的一对情侣哈哈直笑。

　　不知为什么，河边自古以来就是个容易发生爱情的地方。

　　筒子河也不例外。

　　筒子河就是故宫旁边的那条河。我听老杨头儿说过，筒子

148

河还有好几种叫法：金水河、玉带河或者御河。按照阴阳五行说，从西面来的水属金，所以叫金水河；又因那河缓缓流过像条玉带，又叫玉带河。但旁边的街坊邻居却没那么多的讲究，只根据它的形状像筒子，都叫它筒子河。据老杨头儿回忆，在早先，筒子河属于紫禁城里的宫廷用水。它来源于西山的"玉泉之水"，水质极好。小时候，他常和伙伴们在河里游泳，摸蛤蜊。在50年代，筒子河上还有个撑船的老爷子，船边上拴着两个小竹篓，泡在水里。篓子里有各种活鱼，白条儿、鲫瓜子、小鲤鱼；另一个篓子里是小虾，还有小螺蛳、小蛤蜊。要买的话，你可以随便给点钱，都很便宜。到了70年代就不行了。随着北京城里严重缺水，玉泉山一带的泉水也干了，筒子河只能靠人工调节，从别的水库引进。为了节省水源，一来二去的，河段也被隔开了，活水变成了死水。这样一来，水质就变了，离老远就能闻到一股又腥又臭的气味。

　　但又腥又臭的河水，并没有影响到人们的情绪。从某种意义上说，住在城市里的人，喜欢"河"的概念好像已经超过了河的本身。白天，这里的游人和附近的居民混杂在一起，人来人往，特别嘈杂。到了晚上，一切都变得安静下来。夜幕里，除了那些像剪影一般的垂钓者，你总会看到一些谈情说爱的青年男女。那时候，正是80年代初期，男女青年表达爱情的方式还比较含蓄，比较纯洁。就像一首歌唱的那样："年轻的朋友们，今天来相会，荡起小船儿，暖风轻轻吹，花儿香，鸟儿鸣，春光惹人醉，欢歌笑语绕着彩云飞……"但当时的筒子河里还没有什么小船可荡。他们只能围绕着齐腰高的护河矮墙，这一对儿，那一对儿，或坐或站，或装作散步的样子，悄悄地说着一些和爱情有关或没关的话题。有的甚至什么也不说，就站在河边上，望着那稠得像凝固了似的河水，干闷着。

解悟道也很少说话。一连几个晚上，他只是卖力地给方悦扶着自行车，任她摇摇晃晃，东倒西歪。直到有一次，他在后边偷偷地放开手，方悦一个人骑着自行车跑出老远，他才按捺不住地叫了一声："你成了！"

从性格上说，解悟道是个内向的小伙子，特别是和方悦独处的时候，他总是显得那么羞涩与腼腆。有人说，越是看上去羞涩腼腆的人，像个闷葫芦，在情感方面往往最丰富。解悟道大概就是这种类型的小伙子。虽说他不善于言谈，但在班级里却学习好，爱读书，擅长作文，还喜欢写诗，是个"瘦的诗人"。在筒子河边，也就是在他陪方悦学骑自行车的最后一个晚上，他脸红脖子粗地交给方悦一封求爱信，就是用诗写的：

走过多棱雪的潇潇洒洒

走过小红花粉白的梦

夏夜里最后一颗露珠　也谢落了

田野里的庄稼已经收割

再往前走　又是冬季

绕了一个整圆的季节　送回的

是一颗期盼如初的

心

有没有痛苦 不说

始终向往

就这样默默地 去走一种前奏

一种时间的流逝与永恒

也许 希望正如脚下的路

路 是一条蜿蜒的瓜藤

该在哪儿结蒂 就在哪儿

结蒂 蒂上

定会生出一个甜蜜的浑圆

应该说，这样一首诗，不像出自 80 年代一个高中生的手笔。情感上太稳重，太成熟了。从诗里还可以看出，小伙子喜欢方悦已经不是一天两天了，而且相当冷静、执着。

遗憾的是，这个在"偶像"面前百依百顺的解悟道，能用诗歌倾诉爱情的解悟道——最终并没有得到方悦的赏识与认可。说起来，这似乎也是一种定律——人在情窦初开时的第一次"爱情"，大都属于暗恋，或者是"剃头挑子一头热"的单相思。即便是两情相悦，能够真正走向"瓜熟蒂落"的，不能说没有，但是少而又少。绝大部分都是在"小青瓜蛋儿"的时候，就因为各种原因秧死瓜亡，夭折了，化掉了。脆弱得很。也正因为如此，才有了人世间所谓的"疼痛初恋"吧。

几个月之后，方悦和解悟道在高中门槛儿前分了手。方悦上的是"普高",解悟道则以优异的成绩考进了一所"重点"。在整个高中阶段,乃至于上了大学之后,方悦又收到过解悟道一些含情脉脉的"诗"。但她却一直不为所动。其实,也不只是解悟道,同时还有几个同学(其中,一个是高干子弟;一个后来进入了演艺界,在80年代末期因一部电视剧一炮打响,后来成了特别走红的丑角明星),都曾用不同的方式对方悦表达过爱慕之心,但方悦一个都没看上。用她后来的话说,她主要是成熟得太晚,不管谁,愣是没有感觉,一点儿都不来电。

方悦是在上大三的时候"来电"的。一个偶然的机会,她认识了同年级一个男生。当时虽然还没有"高富帅"的说法,但小伙子已经具备这样的标准了。而且,他有一种很特别的风度,说话的口气呀,手势呀,眼神儿呀,都让方悦怦然心动。后来,她知道了那个男生叫张弈胜。再后来,又知道了张弈胜正处着一个女朋友。那是个读大二的南方女孩儿,长得小巧玲珑,笑起来像个小猫咪,非常可人。然而世事难料,几乎是在方悦认识这一对情侣的同时,甚至还没来得及妒忌呢,那个小猫咪竟然移情别恋,把张弈胜给甩了。这种意外的打击,几乎把张弈胜给击倒。一个马上就要走向社会的小伙子,为了瞬间失去的爱情,经常以泪洗面。当时,如果不是方悦的及时"补缺",并且主动给了他一系列的关爱,呵护,甚至于全身心地抚慰——当时的张弈胜,保不准就看破红尘,破罐子破摔了。

三年后,方悦和张弈胜成功地举行了婚礼。那场婚礼可谓别具一格,是男女双方合办的。仪式讲究,场面也很大,在一座高档饭店的宴会厅里摆了三十多桌酒席，并分设了不同的嘉宾席位。在属于中学同学的酒桌上，方悦意外地发现解悟道也出席了她的婚礼。这个性格内向，学习优秀，喜欢写诗的小伙子，初中毕业之后可谓一路高歌。他先是考入全市的一所重点高中，接着是北师大，再接着又考取了本校的研究生，毕业之后，被分配在了区教委工作。那天的解悟道，坐在几个嘻嘻哈哈的初中同学中间，一副老成持重的表情，显得很平静，也很低调。见到方悦的一刹那，出于一种隐秘的理由，他的脸颊还突然红了一下。

一个人，不管你在学校里喝过多少墨水，也许都比不上社会锻炼人。几年过去了，解悟道从区教委调到了市教委，而且很快就当上了处一级的领导。早就不写诗了——什么多棱雪的潇潇洒洒，什么小红花粉白的梦……屁用没有！偶尔，他会写一点有关中国教育方面的论文：譬如：《教育工作者心理素质现状及应对策略研究》啦，《论中学生心理健康教育问题的重要意义及对策》啦，《关于我国当前教育改革的几点建议》啦，等等。文章写得沉博艳丽，波澜老成。其观点之新，深得有关专家、学者的赏识。同时在性格方面，解悟道也变得日渐成熟。无论是出席行政会议还是学术研讨，他总是喜欢用"我觉得如何如何……"这样的句式怀疑或推翻他人的观点，继而阐述自己的主张。而且举手投足都充满了自信。在为人方面，解悟道更是像变了一个人似的，显得实实在在，特别豪爽。有一次，他还召集了一次初中同班同学会。在一座豪华酒店里，摆了三桌酒席，并承揽了全部费用。

聚会中，解悟道自然成了同学们关注的中心与主角。在开场的祝酒词中，他侃侃而谈，却不失推心置腹，并且非常诚恳地阐述了他的"圈子"理论。他说如今的社会，就是一个由圈子组成的社会。每个人都是圈子里的人。你不在大圈子里，就在小圈子里；你不在职场圈儿，就在民间圈儿；你不在好人圈儿，就在坏人圈儿……而在这一圈儿套一圈儿，层层叠叠的社会圈子里，他最看重的就是同学这个圈儿。而在同学的圈子里，他尤其看重的是初中同学这个圈儿。为什么呢？因为这个圈子里的人，当时正处于人生中最美好的阶段，有理想，但没有私心，情窦初开，却特别纯洁！

解悟道的一番话，让在场的同学听得顺情、顺耳。话音未落，掌声就"哗"地响起来了。有人叫好。有人赞叹。还有个男同学非常突兀地喊了一声："解处长说得棒！"

解悟道半天没吱声，他用严肃的目光扫视着众人。

"这谁说话呢？"

他的问话把全场都镇住了，筵席厅里立刻严肃起来，鸦雀无声。

"在这儿，甭给我扯什么鸡巴科长处长的！"

众人"哄"的一声笑了。

解悟道接着说道："我跟你说，甭管多大的官，到啥时候我们都是同学！大家说对不对？"

众人高声喊道："对！"

154

"那就啥也别说了。来，为了我们同学之间的友谊，干杯！"

解悟道不愧为心理学的研究生。刚开场，就把聚会的气氛调动得非常热烈，加上有酒助兴，所有的人都激动了，热血沸腾了。连干三杯之后，解悟道离开主席的位置，他一手掐着酒盅，一手握着一瓶五粮液，开始挨个地给同学敬酒。原来的解悟道没什么酒量，在方悦的婚礼上，记得他只喝了两杯啤酒就醉了，最后是被几个同学搀扶着走的。没想到，眼前的解悟道已今非昔比。人像气儿吹似的发起福来，才三十几岁，已经有了将军肚，酒量更是十分了得，给同学敬酒时，不分男女，也不管对方喝还是不喝，两个酒盅一对，他都一律喝干！三钱的酒盅，眼瞅着他一连干了三十多个了，还啥事儿没有呢。真不知道他是怎么练出来的！

不知是有意还是无意，解悟道是最后一个和方悦碰的杯。这一次解悟道已不再脸红，而是嘻嘻哈哈，大大方方地开起了玩笑。他说方悦年轻、漂亮，魅力不减当年啊。他甚至当着一桌子同学的面说，在学校的时候他就喜欢方悦，还给方悦写过好几首情诗，方悦就是不理他！在众人的嬉笑声中，他还问方悦是不是这么回事儿。这一问，倒是把方悦问了个大红脸，手足无措，话都不知道该怎么说了。方悦越是窘迫，解悟道反而和一个同学交换了席位，竟然挨着方悦坐下来，不走了。

敬酒告一段落。解悟道给同桌的人撒了几支烟，自己也吸上一支。他开始用一种轻松的神态和同学们嘻嘻哈哈地聊天。聊过去，聊现在，聊社会，聊人生。说到家庭与男女之间的爱情，这个心理学的研究生更是侃侃而谈。他说男女之间的爱情表达，有个最基本的规律，就是男人可以去追女人，但女人绝对不要去追男人。

这个桌上的同学大都是女性。女性对这样的话题自然很感兴趣。

有人问他为啥女人不能追男人。

他说女人追男人是一件痛苦的事。即使她追到了，那个男人也不会有太多的幸福感。相反，如果一个男人去追求一个女人，如果他得到了，不但这个男人会感觉特别幸福，那个女人也同样会觉得幸福。

又有人问他为什么。

解悟道说，女人只要接受，她就会获得幸福。因为女性比较善于拒绝，而男人却不太一样。

听他这么一说，当时众人全都安静下来。可能有的在揣摩其中的哲理，有的想用自己的例子做一下验证。接下来就各抒己见了。两个男同学表示解悟道的理论有道理，绝对有道理！有个女同学则不以为然，说这是谬论！大家叽叽喳喳。只有方悦不响。其实她是在心里琢磨着，解悟道的这番屁话是什么意思，他是不是贼心不死，在暗示她什么呀。这时候，有个女同学问解悟道，他和他老婆是谁追的谁。解悟道告诉她，谁也没追谁，是他们单位的一个领导介绍的，属于两厢情愿，一拍即合。说完，大家一阵嘻嘻哈哈。关于男人女人的话题也就过去了。

后来又去 K 歌。开始的时候，解悟道还扭捏着不唱，说他嗓子不好，怕把狼招来。其实他是有意降低众人对他的期待，以便在他亮出歌喉的时候得到更多的加分。后来在大家的一致要求下，解悟道才站起来说："今儿是同学聚会，我就来一首《同桌的你》吧。"没想到，一句"明天你是否会想起，昨天你写的日记……"唱出来，哇——噻！这不是老狼来了吗？掌声"哗"地就响起来了。有人"噢"的一声叫好，还有人捏着嘴唇"吱"地弄出一声尖锐的口哨。当时所有的人都欢呼了，雀跃了。谁都没有料到，解悟道能唱得这么好！听着听着，有两个女同学就毫不掩饰地落泪了。当时，方悦静静地坐在一个角落里，竟然有一点莫名的不好意思。尽管她和解悟道没坐过同桌，却总觉得这首歌是解悟道唱给她听的，而且唱得情真意切。有那么一会儿，方悦还真有点感动了。

天下没有不散的筵席。聚会结束的时候，大家都是依依不舍。虽说同住一城，这个北京毕竟是太大了，能把这么多几年都没有来往的同学聚到一起，真不容易呀。因此就有了一种难舍难分的感觉，特别缠绵。深夜的马路上，黑压压地聚了一大片的人。有的握手，有的拥抱，有两个男同学搂脖子搂腰地说着什么，竟被马路牙子绊倒了一对儿。解悟道握着方悦的手，则一遍又一遍地叮嘱她，有什么事儿，请尽管吩咐，即使赴汤蹈火，也在所不辞。当时方悦满口答应，一再说谢谢，表示有事一定找他，心里却不以为然地想：我可能一辈子都求不到你！

哪里想到，事不过半年，她却偏偏碰上了我的女儿小玉。

在这件事上，方悦得到了一个启示，她说："驴粪蛋儿也有发光的时候。在这个世界上，你还真是不能瞧不起谁。"

14

小玉顺利转入一所小学之后，我和妻子对方悦又增加了许多好感。我们为能遇上这样一个热心肠的房东而激动。但我们却想不出用什么样的方式来表达一下感激之情。

对此，方悦却认为小事一桩。

"谢什么谢，我不就是打一电话吗？"

我说："你一个电话，就解决了我们跑断腿都办不成的事。不谢哪行呀。"

"说的就是。"我妻子把我们事先商定好的两千块钱拿出来，她说，"方悦，你听我说，现在没有空口办事的，这钱也不多，也不是给你的，让你那个同学自己买两条烟，就是表示个意思吧。"

方悦一顿："给他买什么烟？我跟你们说吧，他还巴不得让我找他办一回事呢。"

我解释说："那是你们之间的事，现在人家是给我们办事，哪能不谢呀。"

"得得得，"方悦不耐烦地说道，"啥也甭说了，这钱我肯定不拿！"

方悦不拿，我和妻子也只好作罢。后来方悦再来餐馆，我们总忘不了念叨上几句感谢的话。方悦却摆出一副大大咧咧的样子说："多大个事儿呀，还老挂在嘴上。"

于是我们也就把感谢放进心里，不再提起。

我们不提，有时候方悦反倒会主动问起小玉。学习怎么样啊，对北京的学习环境适应不适应啊，一副很是关心的样子。

我告诉她，开始不行。她上课发言的时候，同学总笑，还问她是哪国的口音。但小玉的适应能力很强，现在说话已经拖起了京腔儿，而且孩子之间融合得很快，现在有两个小女孩儿已经主动到家里来找她玩了。

方悦听了一笑，她说小玉聪明，招人喜欢。说着说着，她竟突发奇想地说道："哎对了，赶明儿让小玉认我的干女儿得了。"

方悦告诉我们，她非常喜欢女孩儿，她和张弈胜还没结婚的时候就说好了，将来她一定要生个女孩儿。张弈胜问她要是生个男孩怎么办，她说那就再生一个！

说到这里，方悦自我解嘲地一笑："没承想，到现在还啥也没生出来。"

我妻子赶紧接住方悦的话说道："不用着急，你才三十多岁，我母亲生我的时候都四十五了。"说到这里，她对我使了个莫名其妙的眼色，"你让厨师去做几个菜，今天我得陪着方悦好好喝点酒。"

方悦笑着说："没想到大姐是海量，上次我都喝多啦。"

我妻子说："其实我一点都不能喝，但只要是跟你喝酒，我就敢喝。"

两个人说笑了一番，前面的话题也就岔过去了。

事后，我妻子郑重其事地告诉我说："咱可不能让小玉认方悦的干妈！"

我半天才回过神来说："认也没啥亏吃。"

"那不是有亏吃没亏吃的事儿，孩子有爹有妈，还认什么干的呀，不好。"

我告诉她："没什么不好的，我不但认过干妈，还认过干爹呢。"

我妻子一怔："啥？我咋不知道？"

我认干妈的时候才一岁半，据我母亲回忆，当时还举行了一个仪式呢，她用我父亲特意买回来的两米青粗布，给村里没儿没女的老田婆子缝了一条肥单裤，让她穿上，把我头朝下装进裤腰里，然后再把我从裤腿儿里顺下来。

"那是干啥？"我妻子不解地问。

我给她解释说："从裤筒里过一下，就算是老田婆子生下了我。"

我妻子感到很好玩，咯咯笑了一会儿。她然后说道："你们那个山沟子里的人可真有意思。那你干爹呢？是怎么认的？"

我说："我干爹是一棵树。枣树。"

我妻子不解地看着我。

这事儿也是听我母亲说的。据说我在三岁之前，身体特别弱，长得像个瘦猴似的，还赖赖歪歪，老是闹病。有一天，村子里来了个算卦先生，是个瞎子。这可真是个神人！他从来没到过我们村子，更没有去过我们家里，他坐在百岁儿他们家炕上，就能算出我们屋后有两棵树：一棵是枣树，另一棵也是枣树。可真是匪夷所思！这个瞎子告诉我母亲，想要孩子不闹病，就让孩子认家里的一棵枣树做干爹吧。我母亲问他认哪一棵。瞎子哆嗦着眼睛，五个手指头捻了半天，又抽了抽鼻子说，东边那棵粗一点，壮实，就东边那棵吧。我母亲回家一看，还真是东边那棵长得粗！于是按着瞎子的指点，我父亲给那棵枣树浇了一桶水；我母亲找了一条红布，系在茶碗粗的树干上。然后让我跪在地上，给那棵枣树磕了三个响头，看着它，叫了一声"爸爸"。此后，这棵枣树就是我干爹了。

妻子用怀疑的口气问我："后来呢，你没闹病？"

"没有，身体一直很好。到了十五岁的时候，我能把一百斤玉米从生产队一直扛到家里！"

她瞟了我一眼说："比现在还有劲呢呗。"

说完，她亲昵而善意地笑了。

然后她又回到原来的话题，一本正经地说道："不管咋说，我不想让小玉认方悦的干妈。一旦认了，就等于有了一辈子的瓜葛和联系。处好了行，处不好，还不如就像现在似的做个一般朋友呢。你说对吧？"

我嘟哝说："事儿倒是这么回事儿，可如果方悦再提出来，你咋说呢？你能说不行不行，我们不能让孩子认你干妈？我可是面矮，这话我可不好意思说。"

她想了想说："她提出来再说。我觉得方悦也不一定真有那个想法，说不定她像小孩说冒话似的，来了那么一句。"

我说："你不能用这种方式想问题。万一她不是说冒话，是真有意思呢？"

我妻子没吱声。她可能也意识到了这是个问题。

我说："其实，方悦这人真是挺好的。"

"我没说她不好，她不但挺好，还挺有钱的呢。哎，对了，我怎么觉得你挺乐意的呀，你是不是想傍个富婆啊？"

这话说得我一愣："你这是什么话？我傍什么富婆？"

"孩子也不傍！我说了，不认就是不认！"

我说："不认说不认的，你抬什么杠呢！"

她说："谁跟你抬杠了？我这是打个比方。"

这就叫两口子吧，整天叨叨咕咕，说不准哪句话就别上劲了。简直不可理喻。再说下去，非得吵起来不可。

我说："行了行了，你说咋着就咋着，我不管行了吧。"

"也没让你管呀。"她又嘟哝了一句。

奇怪的是，在后来，方悦竟然一次都没再提起这件事。也许这就是方悦的性格吧，你不认真的时候，她认真；当你认真起来的时候，她反而像个马大哈了。

小玉没做方悦的干女儿，并没影响我们之间的关系。不久之后的一个下午，方悦打来电话，说她家里换下一张双人床，

162

问我要不要。要的话，就到她家里取；不要，她就卖给收破烂的了。

这简直是雪中送炭啊！怎么说呢，我们住进那间房子之后，用的还是屋子里原有的床。那张不知被多少人使用过，甚至是折磨过的双人床，它虽是一张铁床，但早已不堪重负，很破了。我曾不止一次地修理过它了，还用铁丝绑过好几次，还是不行。睡在上面，只要一动弹，它就会"咯吱"一声……尤其在夜深人静的时候，特别烦人。依照我早就想换了它了，可我妻子不同意。"住在别人的房子里，买什么床！不住的时候，你还想搬着走呀？将就着用得啦。"因此也就一直那么将就着，没去换它。现在，听方悦那么一说，我叫上两个伙计，蹬上三轮车就去了。

方悦家住在十层楼。撤换下来的床已经放在门外的走廊里。我看了看，是那种组装式的，床头，床厢，包括厚厚的席梦思床垫，几乎就是新的。我问方悦，这么好的床怎么不要了。她告诉我，床是不错，没毛病，就是窄了点，才一米八，这次换了个两米二的。直到现在，我还记得我当时的想法：只有特别热爱生活或者讲究生活质量的人，才会如此把床当成一回事吧？

那天张弈胜没在家。趁两个伙计往楼下运床的时候，方悦还邀请我到他们家里看了看。那是一套两室一厅的房子。装修不错，欧式风格。本色的实木地板，像面包似的大沙发，厚厚的纯毛提花地毯，镶着金色相框的小油画儿……一切都给人一种高贵、豪华之感。卧室里，是那张刚刚安装好的全包式大床，

163

柔软、霸气。床头上方挂着主人的婚纱照，男人神态自信，女人妩媚可爱。此外，房间里各种摆放有序的小物件，新奇、古怪，让人联想到主人生活情趣上的优雅与精致。方悦陪着我在房间里走了一个来回。然后，她用一种掩饰不住自豪的语气问道："怎么样，还成吧?"

"啥叫'还成'呀，用你们北京话说，太棒啦!"

方悦对我的评价很高兴。她告诉我，有时间再带我去看看他们的别墅。

方悦家的别墅很远，位于北京西南郊区。那时候的郊区，对一些城里人来说已经很有吸引力了。在我的餐馆里，我常听一些人谈论着双休日要去哪哪郊区，那种兴冲冲的劲头，好像是工作了一周，就为了周末能到郊区去。想想也是，整天工作生活在乱糟糟的都市里，日复一日，压力太大，心情难免烦躁，的确需要不时地到外边去调节一下心情，透透气。也许因为没有太多时间或太多的钱远走高飞，一部分人便只能选择郊区。当然，郊区也不错，远离尘嚣，纯净自然，有山，有水，有野花野草，有城市里呼吸不到的新鲜空气。去爬爬山，钓钓鱼，搞搞野餐什么的，的确别有情趣。不过，那时候有这种情趣的，大都是一些优雅的穷人，而奔着自家别墅去的人，相对而言还不是很多。方悦和张弈胜算一个。他们是富人。

说起来奇怪，不知道为什么，城里的有钱人大都向往乡下的生活。他们喜欢乡下的天空，喜欢天空中的白云和飞鸟；喜欢农田，喜欢庄稼，甚至喜欢那些脏兮兮的羊群。空闲的时候，他们喜欢开着奔驰宝马到城市以外的乡下去兜风，漫无目的地欣赏着窗外的乡村风景，他们把山沟里的那些石头房舍、泥巴小屋看成是一种美，甚至会产生一种兴奋不已的向往："要是住在里边，多肃静，多有意思啊！"然而，喜欢是喜欢，向往归向往，却没有一个人愿意离开闹哄哄的城市，把家搬到乡下去享受那份安静。于是，在城市边缘的郊区，就有了那么多大大小小的漂亮洋房，像童话般地半隐在丛林之中，或立在草坪之上——它的功能不是供人生活与居住，而是为了让时间变得缓慢起来，把人与人之间隔离起来，其目的就是给人提供一种幽静、隐秘，而又十分宽敞的私人空间——这样的房子，被周围的乡下人叫作"别野"，它们的主人则称它们为"别墅"。

其实，即使有了别墅，那些富人们也不会去常住。用方悦的说法，他们只是根据不同的时间和季节，到别墅去住上两三天，变个环境，换换心情，体验一下不同环境给人带来的愉悦和不同感觉。总之，这种带有一定程式化、标准化的生活方式，已经成为一种时尚，是城里小贵族阶层的另一种享受。

2000年中秋节，我们就是在方悦家的别墅度过的。那天上午，方悦打来电话，邀请我和妻子到郊区去玩玩。当时我和妻子谁都不想去。一是对餐馆放心不下，二是觉得去别人家过节不合适，太麻烦。方悦却好说歹说，非要拉上我们去看看，放松放松。"整天泡在餐馆里腻不腻呀，还作家呢，不体验生活，整天闭门造车哪成啊！"她在电话里说，"行了行了，有什么不好意思的？下午 1 点，我去餐馆里接你们，就这么说定了！"

恭敬不如从命，我们只好去了。那天是方悦亲自驾车，车上只坐了我和妻子两个人。她老公则开着单位的车去接别的朋友。方悦的车技非常不错，油滑地在车流中穿来钻去，不停地别杠子。她两只手却很随意地扶着方向盘，白玉似的手腕上吊着金色的饰链。出城之后，她打开了车内的音响。有一首歌曲非常好听。后来我才知道是卡朋特的《昨日重现》。那还是我第一次听到这首歌，尽管是英文，我听不懂歌词，但是我觉得好听。直到现在，每当听到这首歌曲，我就会油然想起我们坐着方悦的车去她家别墅的情景——那是相当愉快的。四十多公里的路程，就像那首《昨日重现》一样的美妙，感觉不一会儿就到了。

那片别墅区叫"枫林小寨"，环境优美，非常漂亮。车驶进大门之后，只要见到保安，就会"啪"地一个立正，同时行一个正规的军礼。不知道的，还以为车里坐的是什么首长呢。方悦把车开到一座两层小楼近处，停下。她先是带着我们在小区里转了转。我发现，这里简直就是一个植物的花园，栽种了各种观赏性的树木，五颜六色的鲜花到处可见。小区里曲径通幽。用鹅卵石铺出的甬道，被有意做成了蛇形，俏皮地弯来绕去。一座座独立的两层小楼，青砖红瓦，风格别致地散落在树丛中、草地上，如同一座座微型的小教堂。小区里有湖，湖中有曲桥，有凉亭，有成群结队的红色小鱼，还有两只戏水的野鸭子……湖边的假山啦，瀑布啦，都做得逼真。正是金秋时节，小区里的树叶和各种植物五颜六色。天气好得无可指摘，像人的心情一样清朗、欢畅。我们在小区里转了一圈儿，又回到了方悦的两层小楼，上上下下地参观。格局不错，大约有二百平方米，装修得更为讲究，一层为会客厅，高挑的欧式天花穹顶，华美的水晶吊灯，棕色的木地板，欧式典雅的家私……连楼梯的角，也设计成了精巧而别致的古董架，摆放着几件欧式的工艺品。整个装修，给人的感觉极尽贵族与奢华。

　　紧接着，有三辆轿车同时到达，从车上下来十多位男女，他们有的是夫妻，有的是单挑儿。方悦说，来的人都是她老公的朋友和同事。说到这里，她冲着我和妻子没心没肺地一笑："我这个人平时不喜欢交际，没啥朋友。"然后又讨好地说道，"当然了，你们算是我的朋友。"

　　一下车，那些人的眼神儿都活跃起来，他们相互握手，寒暄，叽叽嘎嘎地说笑，每个人脸上都洋溢着一种老友重逢的喜色。我和妻子一个都不认识，只好垂着手站在一边。方悦在人群里走来走去，快乐地和每个人打着招呼，并不时拉过一个人来，介绍给我们。在对其他客人介绍我们的时候，方悦没说我们是她的房客，而是说我们是餐馆的老板，是她最好的朋友。这令我们感动。只是介绍了一遭儿，我和所有的人都握了手，到最后却连一个人的名字都没记住。

　　接下来，活动照常进行。方悦叫上我妻子和另外两个女的去准备晚上的酒菜，其他人则各取所乐。有搓麻将的，有打牌的，有吵吵嚷嚷着要去泡温泉的……那天的张弈胜衣着光鲜，西装革履，显得更加风度翩翩，俨然以一个开放型的主人自居，他兴致勃勃冲着众人扬起手臂，怂恿大家各随其欲："想怎么玩就怎么玩，随便'作'！"

一直"作"到夕阳西下，又开始喝酒。喝酒的场面就不用细说了。城市里的男女聚会，场面都大体相当。无非是招招呼呼地喝酒，扭扭捏捏地唱歌，侃大山，吹牛皮，一个荤段子讲出来，便会引出一阵哄堂大笑……都这样。值得说明的是，在这帮城里人面前，尽管我和妻子的身份有点特殊，但是在酒桌上，我却没感觉到有什么让我不舒服的地方。相反，倒受到了他们许多格外的关注与照顾。他们的一句问候，一杯敬酒，甚至一个亲切温暖的眼神儿，都让我们为之感动。活跃的气氛越来越浓，对我渐渐地有了感染力。后来在方悦的怂恿下，我还大起胆子朗诵了苏轼的一首《水调歌头·明月几时有》，并博得了满堂喝彩。

快乐并没有就此结束。紧接着是室外赏月。张弈胜招招呼呼地指挥着几个人，把两组户外桌椅拼在一起，将客人带来的月饼，葡萄，香蕉，红枣，京西白梨，一股脑地全拿出来，摆了满满一大桌。人们按着室内就餐的次序重新围坐。时令正是中秋，普照了一天的太阳，给夜晚留下了非常适宜的温度。天空晴朗，没有风。一轮满月早已升起。月光泻地，照亮了别墅周边的草坪，照亮了红枫、银杏，照亮了身边的竹丛，并在地上投下了婆娑的暗影。此情此景，让我突然生出一种古老的情怀，我甚至再一次想起了苏东坡，想起了李白。难怪他们写过那么多关于月亮的诗，就像一个作家说的那样：他们离不开月亮，走到哪里都要跟月亮一起玩，带着酒。我在想，古代的文人真是太有情调，太潇洒了。

我们也带着酒。刚才在屋里没有喝好的两个哥们儿，一个姓周，一个叫"坛子"的人，转移到室外，每人手里还分别掐着半瓶子二锅头，谁也不服谁，继续叫着号地拼酒。说的是出来赏月，我发现，并没有人真正地去多看几眼天空中那个又白又圆的月亮，而是叽叽喳喳，说这说那，全是一些和月亮无关的话题。突然，在不远处的天空中蹿起一束礼花，"啪"地炸开，紧接着又是一束，同时有兴奋的"嗷嗷"声传过来。原来，别墅区里还有另一伙人在欢度中秋佳夜。一时间，绚丽的礼花吸引了我们的视线，同时也刺激了我们的情绪。在酒精的作用下，我们还以同样的"嗷嗷"声、尖叫声和口哨声。直到礼花不再升起，一切归于安静，我们才把注意力转回到自己的现场。

这时候，已经有人跳舞了。仔细一看，是张弈胜和那个来自于新疆的姑娘，在《潇洒走一回》的乐曲声中，娴熟地跳着快四。张弈胜一边跳着，还一边扭过头来对着众人喊话："发什么愣呀，来呀，都跳起来，赶紧跳起来！"

在张弈胜的煽动下，我看到有两对男女搭着手下场了。其中有那个叫"坛子"的男人，此人个头不高，走路一点一点的，是个瘸子。我想，瘸子跳舞应该是一件好玩的事吧？他的舞伴是个很胖的女人，有点矜持，被坛子一瘸一拐地拉着，半推半就地走到空场上，在众人的笑声中跳起了快四。说起来有趣儿，随着音乐的高低起伏，竟然看不出坛子是个瘸腿儿，只是他跳舞的幅度稍显过大，看上去有些过于兴奋和夸张。有人刚刚鼓起掌来，音乐突然结束了。又是一阵幸灾乐祸的笑声。

接下来的曲子是《女人花》。梅艳芳用她特有的音色，在一种舒缓低沉的旋律中，倾诉着万千的忧伤与孤寂。熟悉的歌声在心里共鸣，似乎一下子拉近了异性间的距离。又有几对男女随着歌声起舞。在方悦的几番鼓励和催促下，我和妻子也站起身来，走向那个竹影婆娑的"舞场"。其实，这样的场面，对我们来说并不陌生。当时的交谊舞早已普及到了中国的各个角落，煤矿也不例外。在90年代初期，我们那座土里土气的县城，能容纳上百人的歌舞厅就有七八个。此外还有大大小小的餐馆，也大多集就餐、唱歌、跳舞功能于一体。有那么一段时间，在我们煤城，如果哪家餐馆想超凡脱俗，洁身自好，光能吃饭而不能唱歌跳舞，那就是在生意上作茧自缚，没人去的。总之，那是个把唱歌跳舞与吃饭相提并论的年代，是个有旋律、有朝气的年代，是人的音乐细胞普遍活跃、情感世界特别丰富的年代。

值得一提的是，作为沟通情感的一种肢体语言，虽说交际舞的方式是一男一女，搂搂抱抱，但是人们的思想都是健康的，态度都是端正的。男女之间，无论相熟还是陌生，说得高雅点，是为了一种融洽和谐的情感体验，通俗地说，也就是一种没有目的的娱乐。从总的情况上看，异性间因为跳舞而产生真感情，并由此造成家庭破裂的事情不是没有，少。而中国的许多事情又往往是一阵风。没几年，风靡一时的交际舞就落伍了，不怎么时兴了。取而代之的是年轻人的霹雳舞，摇滚乐。前者像太空人似的，或模拟电影慢镜头的样子张牙舞爪；后者则像遭到了电击，摇头摆尾，恨不得把脑袋都甩掉了。中老年人也不跳交际舞了，都是熟人，早就认识了，老头老脸的，而且大部分舞伴本来就是夫妻，还"交际"啥呀，不跳不跳！都不跳了。他们跳的是那种手拿扇子的集体舞，健身舞，或者干脆以鼓代乐——"咚咚锵，咚咚锵，咚锵，咚锵，咚咚锵"地扭秧歌了。当然，在一些特定的场合，偶尔也有跳一跳交际舞的。但那完全是为了应景，甚至带有一种游戏、表演和怀旧的成分了。

我和妻子一连跳了两支曲子。回到桌边的时候，我注意到方悦坐在那里一动没动，显得很慵懒，也很孤单。

我妻子问她怎么不跳。

方悦一怔，恍然摇头道："你们跳，你们跳。"

又一支歌曲放出来。我妻子碰了我一下，示意我找方悦跳一曲。我犹豫了一下，还是站起身来，向方悦做出一个邀请的手势。几乎与我同时，张弈胜也站起来，拉着方悦的胳膊准备下场。他们发现了我的邀请，张弈胜很友好地向我做了个礼让的手势，然后又坐了下去。方悦接受了我的邀请。一握持，我就意识到方悦是个很会跳舞的人。她将胸以上的部位稍稍挺拔，并向后弯曲，这样便于展示出女性特有的曲线美。而且手感极好。最初我还有点拘谨。渐渐放松开来，彼此的身体才进入到交际舞所要求的"微贴"状态，并保持在一种"社会公允距离"。这时候，我能嗅得到她头发的香味，能感觉到她在我耳边的呼吸。透过她质地光滑的衣摆，我的右手指尖能感觉到她腰部肌肤的弹力与温热。方悦跳得非常不错，乐感自然，腰肢灵活，体态轻盈。我们没有一句交谈，但是举手投足，每个舞步，每一次转体，都配合得相当默契，真正体会到了什么是"共舞双方，融为一体"。曲子也好，而且有那么几句歌词，特别符合我当时的心境：

多少脸孔
茫然随波逐流
他们在追寻什么

为了生活
人们四处奔波
却在命运中交错

乐曲结束的时候，方悦送给我一句表扬：
"你跳得真好！"
直到今天，我仍然能回忆得出当时她那种真诚而发亮的眼神儿。

172

15

　　那天晚上，方悦开车一直把我们送到家里。这是我们第一次与那么多城里人聚会。躺在床上，我和妻子彼此交换了许多各自的感受，回忆着聚会中的一些细节，还谈到了好几个具体的人——我们虽然叫不出他们的名字，而且是头一次见面，但给人的感觉不生分，都挺好。总之，这次与城里人的中秋聚会，作为我们来到北京之后，在自己餐馆之外唯一的一次社交活动——让我和妻子都切切实实地体会到了一次融入的快乐。

　　然而生活就像多棱镜，要看你从哪个侧面去看它。在北京这样一个庞大的都市里，我相信，每个人所看到和感受到的东西都不尽相同。

　　那天早晨。像往常一样，我蹬着三轮车，拉着一车的肉呀，蛋呀的，从菜市场往回走。一路上尽管我走得小心翼翼，但还是被一个中年男人摇下车窗，狠狠地骂了一句："傻逼！"

　　我至今搞不明白"傻逼"这个词语出自何处，是从什么年代流传过来的。近年来，随着外地人的大量涌入，这句脏话似乎得到了更为广泛的流传，特别是在底层人的日常生活中，使用频率越来越高。先是北京人用它去骂外地人，后来外地人也用它去骂当地人。骂来骂去，就被人插上了"京骂"的标签。可以试想，既然是"京骂"，而你又生活在这个城市里，一天到晚，一年到头，要想不被人骂上几句"傻逼"其实也难。骂就骂了。当时我并没有还口。坦率地说，不还口不是我骂不出口，也不是因为我怕那个鸟人，而是我觉得被一个城市普遍使用的词，已经俗得让人烦透了，更重要的是它也太难听了——谁用这个词来贬低别人，其实也是在贬低自己。你说我是个不入流的作家也好，是个伪文人也罢，除了开餐馆之外，我毕竟还喜欢写几笔小说。写小说的人在用词上都是比较挑剔的。即使我找不出新一点的词，我宁可不吭声，也不会用对方骂我的话去回骂他。否则，那也太小孩子了。所以，当那个秃驴骂了我一句之后，他似乎还期待着我回骂他的时候——我根本就没尿他，蹬着三轮车就走了。我像什么也没发生似的回到餐馆，让伙计们卸了货，又和妻子一块吃了早餐。然后回到家，便一头扎进了我的小说里去了。

这是一篇很短的小说。写的就是一个外地人与城里人的一场摩擦。这几乎就是一件真事儿，我只是稍稍地做了一点艺术加工，把场景由菜市场移植到了胡同；把主人公由一个陌生的小伙子，换成了我所熟悉的胡冬，不过在小说里我没用胡冬这个名字，而是用了平时人们对胡冬的另一个称呼"烧饼"。这么一嫁接，我觉得故事里的场景呀，人物呀，人物的性格特征呀，就像在我的眼前一样，立刻都活起来了。

在小说里，我先是交代了一下主人公的生活环境：他在一条胡同里卖烧饼。附近的居民不知道他叫什么名字，都管他叫"烧饼"。这种称呼，说起来似乎是从旧时候沿袭下来的传统，比如"爆肚冯""小肠陈""茶汤李"什么的，现在依然被人叫得挺响。但和"茶汤李"之类不同的是，前者有一种品牌的意味，而后者，则不过是一种简便而省事的称呼罢了。

其实，"烧饼"也不计较人们怎么称呼他。他是个不怎么爱说话的人，应该属于老实憨厚的那一种。他的烧饼摊儿每天摆在街角上。一个特制的铁板方炉。一张带抽屉的条桌。桌上放着玻璃橱，里面摆着金黄的烧饼。有人来买烧饼时，不见"烧饼"的影子，如果是熟人，就会自己拿一个烧饼，把一张五角钱的纸票放进桌子的抽屉里，你走人就是了。不熟的，喊一声"烧饼"，正东张西望着，"烧饼"就从附近的什么地方回来了。若还是不见人影，旁边卖杂碎的人就会走过来，一面给客人拣烧饼，一面给"烧饼"收钱。忙乎了一通之后，少不了要骂几句"烧饼"。正骂着，一抬头见"烧饼"不知什么时候已经回来了，正站在"杂碎"的身后，憨憨地笑着。

"烧饼"是个三十多岁的小伙子，长得又瘦又小，整个人往那儿一站，还不如他的烧饼摊儿显眼。可就是这个不起眼儿的男人，有次却差点把一个城里人给捅了。

事情发生在一个普通的日子。小街像往常一样，人来人往，热闹而又平静，没有什么不愉快的征兆。但事情还是发生了。"烧饼"骑着三轮车去街口的米店里买油，没出多远，就突然被一辆桑塔纳车追了尾，连人带车地被弄了个前抢。"烧饼"刚从地上爬起来。桑塔纳上的人也下来了。是个二十多岁的小伙子，人长得白胖，格衬衫，板寸头，一看就是个本地的主儿。他先

175

是弯下腰去，用手抹了抹桑塔纳与自行车接触的地方。只是一道小小的白印儿。手一抹，那白印便不见了。板寸这才立起身来，看着跟前的"烧饼"问，你丫是怎么骑车的？

老实说，当时如果"烧饼"什么也不说，可能就没事儿了。如果"烧饼"说一句对不起，可能也没事儿了。怎么说呢？不管他有理没理，他应该明白：一个是京 A 桑塔纳，一个是没有牌照的破自行车；一个是白胖子，一个是黑瘦子；一个是本地主儿，一个是外地人，这种差别是何等悬殊！然而，"烧饼"却用一种浓厚的外地口音据理力争：你撞了人，还问我是怎么骑车的？

这一下，事情顿时变坏了。板寸的手指头像枪一样就顶在了"烧饼"的鼻子上：你傻×呀？胡同这么窄，还骑个破车在中间晃悠，你螃蟹呀？我没撞死你丫的算便宜你了，你他妈想怎么着？

你说我想怎么着？

我叫你丫闭嘴！

"烧饼"没有闭嘴，两个人越吵越凶，结果板寸的巴掌就过来了。只是，架势拉得有些过大，让"烧饼"有了防备，一侧身，便轻巧地躲过去了。板寸没能击中目标，于众目睽睽之下似乎有点尴尬，接着便恼羞成怒地冲出人群，疯了似的，东抓西挠，终于找到一块砖，拿在手里，跑回人群，并愤怒地喊道：今儿我拍死你丫的！

再说"烧饼"，眼瞅着板寸拿着家伙朝自己扑过来，形势万

176

分危急，这个又瘦小又窝囊的人，霎时吓得毛发蓬乍，转身就跑。

这时候的板寸，其实应该见好就收。把手里的砖扔掉，开上车就走，完事儿。自己也算是赢家了。谁知板寸竟没能把自己收住。相反，"烧饼"的逃跑却越发助长了他的威风。他只知道逃跑是一种恐惧，却不知道正是因为恐惧，有时候人反而会变得更加勇敢。结果，事情来得十分突然，当板寸眼看着"烧饼"跑进了旁边的肉铺，并气势汹汹地追过来的时候，"烧饼"已经迎面从肉铺里跑了出来。

接下来，是我的小说原稿：

板寸一下子愣住了。大概他想都没有想到，这个瘦弱的乡巴佬怎么会一下变得如此面目狰狞。只见他一手拿一把尖刀，明晃晃地逼视着板寸：

你动我一下看看，我不捅死你个鳖养的！

"烧饼"大声叫道。他站在那里，浑身颤抖着，眼睛猩红，听声音就像是要哭啦。

这一回，板寸没有吱声。

板寸往后退了一步。

板寸又往后退了一步。

一直退到那辆桑塔纳前，他才扔了砖，抖尘土似的拍了拍手，嘴上嘟哝一句什么，拉开车门，开起车走了。走出几米远后又突然停下来，从车窗里探出个板寸脑袋，恶狠狠地冲着

"烧饼"叫道：有种你丫给我等着！

"烧饼"没有吱声。

京Ａ已经在街角上不见了，他还怔怔地站在那里。肉铺的主人跑出来和他要刀，他还是一动不动。

你小子还真想杀人哪你？

卖肉的上来夺他手上的刀。

"烧饼"还是不撒手。

卖肉的怔怔地看着"烧饼"，人都没影了，你还掐着刀子干啥？

"烧饼"这才松了手，同时顿觉嗓子发干，浑身酸软，差点瘫到地上去。

这时候，围观的人发话了：您瞧了吧？现在的人就这么野蛮。

可不是嘛，吵起架来就动刀。

这些外地人，野着哪。

别这么说呀，外地人怎么啦？

是啊，哪儿的人也不能欺负人家呀，您说是不是？

……

围观的人一边议论，一边散去了。

小街又恢复了原有的热闹和平静。人来人往，像什么事儿也没有发生过。

真实的故事就是这样。昨天写到这里的时候，我长长地出了一口气。我觉得这篇小说已经写完了。可现在回过头一看，又觉得意犹未尽，没有写完似的。就像一些评论家评论某一篇小说时常说的那样"只欠一推"。

但是怎么"推"呢？想来想去，我觉得还是要在"烧饼"身上做文章。不能把"烧饼"写成一个胜利者。我得让故事拐个弯儿。如果这个弯儿拐好了，就能达到"一推"的效果。否则，这篇小说可能就白写了，废掉了。我坐在那里，一支接一支抽烟。抽着抽着，灵机一动，有了！

我是这么"推"的：

"烧饼"胜利了。他回到街角那个几平方米的小屋里。可不知道怎么回事儿，他的两只手老是抽筋儿，几个指头好像变成了磁铁，待着待着，就吸到一块去了，掰都掰不开……

就加了这么几句话，还不到一百字。但我觉得这么"一推"，整个故事就不一样了，出现了一种有趣儿的复杂性，符合了小说的基本规律，挺好。而且连小说的题目也有了，就叫"抽筋儿"！

就在我兴冲冲地再回到小说开头，正准备填上"抽筋儿"这几个字的时候，突然有人敲门。当时，我还以为是冯老太太呢，开门一看，是赵公安站在门外。

我说："是赵大哥啊。"

赵公安说："查电。"

我们院用电的计费方式，有点麻烦。电管部门只在院子里设一块总表，每个住户的家里又设一块分表。每个月收取电费的时候，供电所的工作人员只对着总表说话，而每家每户用了多少度电、应缴纳多少费用，都是由赵公安代收。虽说这是一种公益行为，而不是一种义务，但赵公安却干得既认真又端庄（每个人都有可称赞的一面）。每逢月初，他就会一家一户地查表、记数，然后在门外的那块上马石上坐下来，根据一个小本子上记录的底数，进行计算。他把各家各户的用电度数相加，如果和总表的用电度数吻合，就 OK 了。接下来，他会挨家挨户正式收费。

　　这次则不然。查完了电表，刚走出去不一会儿，赵公安又端着个小本子回来了。

　　"丫怎么不对劲呢。"

　　当时，我的心思正集中在小说上。小说刚有了一个比较满意的结尾，我又觉得开头的第一个句子有点生硬，不够自然。我正琢磨着该用一句什么样的话换掉它。被赵公安这么一折腾，心里就有点烦。

　　我告诉他，用不着那么精确，差不多就得了。

　　赵公安一听却赖叽了。

　　"什么叫差不多就得了呀，对不上数，就得我他妈搭钱，知道吗？"

　　像许多当地人一样，说话的时候，赵公安喜欢用"丫"这个字，并不时缀上一句"你知道吗"。坦率地说，刚到北京的时候，每次听到这两句话，我都不是很舒服。后来时间长了，也就无所谓了。不过没听习惯的人还是比较反感的。有一回，我餐馆一个伙计的父亲从东北来北京办事，我留他吃饭。喝酒的时候，就因为那个伙计说了几回"你知道吗"，老爷子就恼了，他"啪"地把酒杯往桌上一蹾，盯着儿子，愤然骂道："操你个妈的，你跟谁学的？还'你知道吗，你知道吗'，就你知道？再这么问我，别说我给你个嘴巴子！"

显而易见，老爷子是把这句话看得太重了。你想，在北京这样的大都市，整天处在一种芜杂的语言环境中，至少在一些常用语方面，免不了会互相作用，互相影响。那次我曾替那个伙计解释了半天。说这是当地人的一句口头语，他听惯了，便不知不觉地跟着这么说，不是他啥都知道，也绝对没有瞧不起他这个当爹的意思。老爷子这才息怒。

我无奈地对赵公安说："那就再查一遍吧。"

其实，我也是怕赵公安麻烦。那块电表不知道是哪个二百五装的，太高了，几乎紧贴着屋子的顶棚，而且是在床的上边。查表的时候，人必须得站到床上去，才能看得见电表上的数字。这样，对于赵公安来说是一种麻烦，对我而言则是一种不情愿——谁愿意让别人上来下去地踩踏自己的床铺呢？

我重新在床上铺了两张报纸。赵公安脱了鞋，又很费劲地站到床上去。他抻着脖子瞅了瞅电表，又从兜里掏出一只小手电，张着嘴照了半天。随后，人从床上退到了地上，脸也同时耷拉了下来。

"您自己瞧瞧吧。"

我不解地看着他："怎么了？"

赵公安抽了抽鼻子，没吱声。

我上去看了半天，终于发现了问题，走电小轮儿一动不动——而屋里的电灯分明是亮着的。

"咦，这是咋回事儿？"

赵公安"嘿"了一声说："您问我，我哪知道怎么回事儿？"

说实话，自从上次喝完酒之后，我和赵公安的关系还是处得相当不错的，他还不止一次地夸我这个人不错，局气。当然，这倒不是说他吃了我的饭，喝了我的酒，就变得嘴软了，不是。试想，在如今的社会环境下，谁请谁一顿酒还算个啥呀，说到底就是个乐子。即使在酒桌上，因为一时一事的不快，宾主之间突然翻脸，骂祖宗、掀桌子的事儿也多了去了。坦率地说，我和赵公安的关系之所以处得比较和谐，是通过一段长时间的接触与观察之后，我已经摸透了赵公安这个人的脾气：在他面前，只要你少说话，多点头，处处去迎合他骨子里的那份优越感和虚荣心，不管聊什么样的话题，他基本上都不会跟你抬杠。现在我发现，这种靠虚伪的奉承构建起来的和谐是脆弱的，也是维持不了多久的。我觉得，眼前的赵公安对我就不怎么友好。他不但话里有话，脸上连一点不太自然的微笑都没有，而且眼神儿也不太对劲儿，有点伤人。

我嘟哝着说："奇怪，怎么不转了呢。"

赵公安不易察觉地冷笑了一下，怏怏不快地说道："您的表，您自己应该清楚呀。"

他这么一说，更加验证了我的一种感觉。当时，我脑袋里"嗡"的一声，心想，又是电的事！这像鬼魂一样看不见的玩意儿，怎么老是跟我过不去呢！

说出来可能没人相信。

前不久，就因为我餐馆里的电表铅封开了，准确地说，就是断了一根像头发似的小铜丝儿，查电的那一男一女，就说我窃电了，生让我补交三万块钱的电费。

当时，我像被电流击中一般地愣在那里。巴掌大个餐馆——我几年也用不了这么多的电费呀！

我死不承认。

那一男一女就蹲在我餐馆里不走。他们都是不到四十岁的样子。男的是个小个子。女的大个儿，长得不好看，但是挺丰满的。她挤眉弄眼儿地把我叫到包间里，给我出主意，告诉我听她的，交上三万块钱就没事儿了。否则，根据窃电的有关规定处理，肯定会交得更多。她慢条斯理，像是在开导一个不懂事儿的孩子，每说一句话，后边都要缀上一句"知道吗"。

说实话，当时我可以摆出一百个理由证明我的清白，我甚至恨不得一把从胸腔里将我的心抓出来给这个女人看看。可惜我不是超人，没有那种违反自然的特异功能。我只能用一种抓耳挠腮的着急，一遍又一遍地向她解释，说我用我的人格保证，我没偷电。我真的没偷电！

我言之凿凿地表白着，突然觉得受到了莫大的委屈。说着说着，眼睛一热，差一点流下泪来……

遗憾的是，我一生中还从没遇见过那么心硬的女人。我都要急哭了，她那张驴脸上还始终保持着一种微笑，就好像我喜欢她的微笑似的。

她看着我，不无遗憾地说道："如果您不交这个钱，那就只能到所里去说了。"

我不吭声。

她又说："您自己看着办吧，到时候想后悔可就晚了，知道吗？"

面对她的惺惺作态，我突然烦了。

我愤然地告诉她："我啥都不知道，就知道我没偷电，这个钱我肯定不交！"

她微笑着说："您确定？"

我看着她的眼睛："我确定！"

我坚定的语气，让胖女人终于失去了耐心。她不再微笑了，而是把厚眼皮一撩，阴沉着脸走出包间，失望地告诉那个小个子男人说："该咋办咋办吧。"

小个子男人戴着一副近视眼镜，看上去很有知识，很儒雅，没想到，却是一个戴着眼镜的恶棍。他一个电话调来两个人，二话没说，爬上胡同里的一根电线杆，就把我餐馆的电源线给掐断了。后来一直挺了一个星期。这期间，我说了许多求情的话，甚至非常庸俗地讲到了我的经济状况，但不管说啥都白扯。

最后他们硬是逼着我补交了五万多块钱的电费，才给我恢复了用电。

五万多块啊！

这对于一个开小餐馆的人来说，其打击之大，可想而知。这不单是物质上的莫名掠夺，同时还让我蒙受了一种无法争辩的耻辱。说真的，我的精神差点被摧垮，有那么好几天，我待着待着就直想杀人！只是考虑到马上就要过年了，才没杀。一耽搁，事情就这么过去了。可是在很长一段时间里，我和妻子对那两个人一直耿耿于怀，特别是我妻子，每当想起这件事来，她就会用一种很怀念的口气叨咕上一句："那两个狗男女也不知死了没有。"

我惊讶地看着她："你别咒人呀。"

她说："我不咒好人！"

总之，在电的问题上，那两个狗男女已经深深地伤害过我了。没想到，现在又轮到赵公安了。他那种像揪住了狐狸尾巴一般的眼神儿，非常准确地扎到了我的痛处，一种备感压抑的自尊突然爆发出来。

我悲壮地看着赵公安："你的意思是我偷电了呗？"

赵公安终究不是那种职业性的流氓。他明明就是那个意思，可你一旦把他的心思揭发出来，他又仿佛受到突然袭击，立刻一顿，脖子向前伸着，一双小眼睛直直地看着我，装出一副满是惊讶与不解的样子。他说："这可是您自己说的啊。"

我火喷喷地看着他，并且进一步揭露着他的所思所想："我觉得你就是那个意思!"

"我什么意思?"赵公安的表情进一步吃惊,还不止是吃惊,他突然愤怒了,"你丫别诬赖好人!"

在当地人的口语中,有一句很特别的口头禅:"你丫的。"刚到北京时,总听到一些人说"你丫如何如何",我一直不知道这个"丫"字什么意思。通过请教老杨头儿,我才大致了解了它的含义。"丫"就是指丫头,最早的原话是"你丫挺的",是说一个未出嫁的小丫头就挺着个大肚子,怀孕了。在旧社会里,丫头就是下人。丫头怀孕了,就是说老爷跟下人私通怀上了孩子。所以人们说"你丫挺的",意思就是你把人家小丫头的肚子搞大了,你是个卑鄙无耻的人。后来大家说多了,就直接说"你丫",把后边的两个字省略了。

不过,这只是一种原始意义上的解释。其实,每个词语都是社会的产物。其含义既带有时代特征,也会随着时代的变化而演变。就像现在不能管女孩子叫"小姐"、不能管同事叫"同志"一样——在北京,假如有个好久不见的朋友问你一句:"你丫最近忙什么呢?"你可千万别恼!这个"丫"字所透出的意思,可能还是一种亲切呢。总之,同样一个词语,在什么样的情况下用,用什么样的口吻说,是要讲究语境的。我觉得现在的语境就不适合于用"丫"这个字。毫无疑问,赵公安用的这个字一点"亲切"的意思也没有。

于是我盯着他,用一种警告般的口气说:"说话文明点,别你丫你丫的!"

事后，对于这种小题大做，我自己都有些吃惊。直到赵公安一甩袖子走了，我还莫名其妙地跟了出去。

在院子里，赵公安似乎立刻气势起来了，他的声音一下子提高了八度："爱谁收谁收，我他妈不管啦！"

他那张面孔因为生气一直红到了脖子根儿。直到这时，我才突然意识到，事情有点超出我的控制之外了。平心而论，赵公安只不过是替供电部门收一收电费而已，还是白落忙。用他自己的话说，有时候"碰不上数"，还得搭个块八毛的，我图个啥呀！现在万一他真的甩手不干了，院里的邻居肯定会拍我一身不是。于是，我的语气一下子软了下来，我说："赵大哥，这么点小事儿你激动啥？"

赵公安警告似的盯着我："我激动啥？您甭给我揣着明白装糊涂好不好？"

接着，他把脸一扭，又一次气急败坏地说道："这个电费我他妈不收啦！"

他的嗓门儿比先前还高。我知道，他的话已经不是说给我听，而是虚张声势地在制造一种效果——想用他的声音往出招人。果然，听他那么一嚷嚷，李大妈和海师傅先后从屋子里走出来。他们看看我，又看看赵公安，问是怎么回事。

应该说，在谁是谁非的问题上，我觉得北京人是比较主持正义、坚持真理的。问题是，此刻我已经心虚地意识到，真理也许不在我的手里……退一步说，即使我真的没错，海师傅和李大妈也未必会站在我这一边。怎么说呢，虽然都是邻居，可一旦到了真章儿，维护老坐地户之间的和睦关系，还是比为一个外地人说几句公道话更重要吧。我突然觉得，站在这个院子里吵架是一件很孤立的事。说白了，不管我有理没理，优势全在赵公安那一边。

于是我审时度势，首先稳定住自己的情绪。我对海师傅和李大妈心平气和地讲了事情的经过。真是奇怪，一经说开，连我自己都觉得在这件事上过于较真了：电表不转了——既然我没做过什么手脚，那就是它自己坏了呗——就这么简单，简单得甚至让人失望。

海师傅一听就笑了。

他说："嗨嗨，我还以为多大个事儿呢，不就是电表坏了嘛，换一块不就得了？"

赵公安对海师傅说："事儿是不大，可他不能说我怀疑他偷电呀，是不是？"

那种受了委屈的样子有点可怜巴巴。

我看着赵公安，诚恳地讲解说："赵大哥，我没那么说，我是怕你那么想……行啦，那话就算我没说。我给你赔礼，向你道歉，好不好？"

赵公安挺好！

他没再大声嚷嚷，也不再说他不干了，脸上的表情也变得友善了。他说："这么说还差不多。跟您说，当时我还真是琢磨来着，这电表他妈的不干活儿，指不定是它自己歇菜了。这兄弟可好，一张嘴就来个'你的意思是我偷电了呗'，您说，我能

188

不生气吗？今儿咱得当着海哥和李大妈的面儿把事儿说清楚，我压根儿就没那么想过，我还真不是那意思！知道吗？再说了，几块钱的事儿，谁他妈犯得上偷电呀！"

海师傅赞赏地点点头："公安说得对。"

赵公安立刻得到增援似的看着海师傅："海哥，您说是不是这么个理儿？"

海师傅说："没错儿。"

事情就这么发生了逆转。当时我很想告诉赵公安，我之所以那么想，是因为有一个让我想起就会愤怒的前提。但是我又觉得把那个"前提"说出来，很丢人，是一件很耻辱的事。心想算啦，不管咋说，只要赵公安没认为我偷电就行。这毕竟关系到我的尊严与人格。我诚恳地表示，我会马上换一块新的电表。

这时候，李大妈对我使了个眼神儿，她说："换电表呀，您找房东，那是房东的事儿。"

赵公安说："找谁我不管，一个月走了两个字儿，我怎么收电费？"

其实，要想解决这个问题并不难。

我想了想说："这好办。"

我告诉赵公安，查一下院里总表上的数是多少，先减去其他邻居的用电量，剩下的，我包葫芦头。

赵公安想了一下，没有表示反对，也没有什么补充。他甚至认为这样很合理，必须这么处理。同时他又嗔怪地说道："早这么说，不就没毛病了不是！"

对于赵公安的意外妥协——不，应该说是大度！我特别感动。如此看来，只要不怀有任何偏见，不掺杂任何情绪，人与人之间的交流与沟通，并不是一件很难的事。当时，为了表示我的内疚与歉意，我回到屋里，找出一个餐馆淘汰下来的电子计算器，送给了赵公安。虽说它小了点，但比起他那个铅笔头来还是要好用得多。赵公安接受了它，而且很高兴。后来直到我搬出甲 32 号院之前，每次查收电费，我发现赵公安都一直用着那个小计算器，一双小眼睛仔细盯着豆粒般的字盘，2、3、5、7、9……按得吱儿吱儿响。

16

有一天，方悦来取房租。那天我妻子不在餐馆，她去了木樨园小商品批发市场。我留方悦吃饭，她说忙着，不吃饭。

"抽你支烟吧。"

我狐疑地看着她："你啥时候学会抽烟了？"

她笑了笑："抽着玩呗。"

我按着打火机，给她点上。我自己也点上一支。

"我问作家个问题。"

她在一缕烟雾后边说道。

我看着她，像是雾里看花。

"什么作家不作家的，你说。"

她微笑地看着我："男人是不是都好色?"

坦率地说，平时我和方悦说话是比较注意分寸的，只有我妻子不在场的情况下，才偶尔开个玩笑。记得有一回说起我们第一次见面时的情景，方悦说，当时她恨不得把我从被窝里拖出来。我说那可惨啦。她看着我问为啥? 我说那天我连裤头都没穿……方悦听得咯咯直笑，然后用嗔怪的口气说道："什么人这是!"

现在，我没想到方悦会提出这么个古怪而又刁钻的问题。实话实说，这可是个拷问灵魂的问题。而方悦的神态分明是认真的。她用期待的目光看着我，这就让我有些慌张，同时更加不好意思。我躲开方悦的眼睛，支吾着说："这事让我咋说呢……"

她说："直说。"

我沉吟了一下，嘿嘿地乐了。

至此我才意识到，有时候，直言不讳还真是一件困难的事。

有人说，女人的特质是感性的。也许是吧。见我吞吞吐吐的样子，方悦放下目光，淡淡一笑，没再追问。

时间很快到了年底。我给方悦打电话，提醒她来取房租。她回答说她最近事太多，很忙。"过段时间再说吧，我都不急你急啥?"以往，方悦说完这话的时候，肯定会拖出一串银铃般的笑声。但这次没有，说完她就把电话挂了。

我跟妻子说，方悦好像有什么事儿。

"整天跟装在蜜罐子里似的，她有啥事?"我妻子不以为然。

191

大约两个月之后，方悦来到了我们餐馆。一见面，我和妻子都禁不住大吃一惊！原来的方悦总是那么整齐，干净，光彩照人，眼前的方悦是怎么了？人似乎瘦掉了一圈儿，眼窝都是青的，看上去满脸倦容，憔悴得像个女巫。

　　我妻子问她咋这么瘦，是不是生病了。

　　方悦一呆："没有呀，怎么了？我这不挺好吗？"

　　我妻子说："这么长时间没过来，忙啥呢？"

　　"忙着离婚呗。"

　　方悦的语气轻描淡写，她甚至还浅浅地笑了一下。这让我和妻子又是大吃一惊，全都怔住了。按说，在当时这样的话题已经很平常了。如果听说谁谁离了婚，就像听说谁谁丢了个自行车一样，没什么可大惊小怪的了。相反，倒是那些没离婚的人，往往成了人们打趣的对象：还咬着牙坚持哪？差不多就行啦，离吧！

　　可话是这么说，方悦的话我还是不信。在我眼里，她和张弈胜的感情非常好。他们每次来我们餐馆，都是挽着胳膊来，出门之后，再挽着胳膊走。我观察到，即使张弈胜没边没沿儿地吹牛皮，方悦也总是仰着脸，用一种欣赏的目光看着他，做出一种小鸟依人的样子。而张弈胜对方悦也是不错的，甚至称得上彬彬有礼。只要方悦的目光在他的脸上多停留一会儿，他就会立刻问上一句老婆有什么吩咐。有一回他还当着我和妻子的面，亲自夹起一块小炒牛蛙送进方悦的嘴里。事后，我妻子曾羡慕地说："看人家张弈胜，对老婆多好。"

说实话，对她这种带有暗示性的赞赏，我极为反感。同时我对张弈胜的做法也不以为然。我甚至觉得他对方悦好得太过了，有些低三下四。一个在老婆面前低三下四的男人，说不定是做了什么坏事，心里有愧也未可知。否则犯不上，也没必要那么虚虚乎乎。遗憾的是，多数女人都被那种所谓"会疼人"的男人宠坏了，她们不仅对此全然不知，还常常很幸福地以为那是"爱"呢。当时，我曾斩钉截铁地告诉过我妻子，她别想拿张弈胜给我当榜样，只要她自己能吃，我就绝对不会喂她！但话是这么说，我觉得张弈胜和方悦两个人的感情还是不错的，哪能说离婚就离婚啊，而且一点征兆都没有，这也太突然了吧？

　　我妻子更是不信，她像吓着似的盯着方悦："别瞎说了！"

　　方悦不响。也就是这一次，我发现方悦已经彻底学会了抽烟。她从包里掏出一盒香烟和打火机，抽出一支点上，深吸一口，缓缓吐出烟雾。然后说道："大姐不信吧？真的。前几天办的手续，利索了。"

　　方悦的声音平静、倦怠，近乎于冷漠。

　　我妻子问她怎么回事。

　　方悦吸了一口烟，把烟灰往烟缸里弹了弹，说道："小三儿插足。"

　　我妻子问："是吗？那女的是干啥的？"

　　方悦说："跟张弈胜一个单位的。对了，你们见过她，就是中秋节在别墅唱英文歌儿的那个新疆女孩。"

　　我妻子想了想说："是她呀，她年龄不大呀。"

方悦凄然一笑："老牛吃嫩草嘛。现在时兴这个。"

这时，我的记忆里立刻浮现出一个漂亮的女孩来：高鼻梁，大眼睛，上身穿一件白色宽松的蝙蝠衫，一条深蓝色牛仔裤绷在腿上，优雅、笔直。吃饭的时候，她就坐在张弈胜旁边，不怎么说话。一双大眼睛却非常活跃地看来看去，似乎在闪烁着一种浪漫主义的幻想……有一次，我和她的目光不期而遇，我发现她的眼神里有一种非同寻常的大胆与自信。我还记得，那天她唱的那首英文歌曲，就是方悦在车上播放的《昨日重现》，嗓音浑厚、好听，特别是那句"沙啦啦啦……"给我留下了非常深刻的印象。我同时记起了那天晚上跳舞时的情景——除了那个叫坛子的人，拉着她很夸张地跳了一曲《千年等一回》之外，女孩差不多都是在和张弈胜跳舞，而且舞步娴熟，蜂腰柔软，跳得极好。

方悦告诉我们，她就是那次在别墅看出"事儿"来的。在酒桌上，她无意间发现两个人的眼神儿不太对劲儿，后来我朗诵"但愿人长久"的时候，别人都鼓掌，只有张弈胜坐在那里，光喊"好"，不鼓掌。她侧眼往桌下一看，才发现他乘机作乱，一只手正抚摸那个女孩的大腿……当时她假装没看见。但这事她可记下了。回家后，她像平时一样，该怎么着还怎么着，只在暗地里观察着张弈胜的一举一动。同时又想起最近一段时间张弈胜有些反常，他每次回家后都是无精打采，不愿意做饭，不愿意说话，两眼无神，总说单位的烂事太多，太忙，太累，烦死了，人一上床就呼呼大睡。但她却发现了一个细节：在这种状态中，张弈胜的穿着却特别讲究。尤其是衬衣，总是一天一换。她觉得他肯定有事儿。果然，在后来不到半年的时间里，她就亲自抓住过他们两次！

"头一次，也就是那个中秋节之后没几天，我说我带团去韩国。其实我哪儿也没去。我们单位旁边有个女子会所，下班后我在那里做了个全套护理，并在那里住了一夜。第二天我接着上班。下班后我请了两个同事吃饭，主要是为了拖延时间。那天我是晚上10点钟回的家。嘿，你们猜怎么着？两个人已经睡上了！说起来，我现在都觉得跟做梦似的。但事情确实发生了。当时我没有大喊大闹，没像电视剧里遇到这种情况似的，去揪打那个女孩儿……知道吗？我蒙了，那是彻底蒙了！我就那么傻呆呆地站在卧室门口，看着他们胡乱地把衣服穿上。然后，我只说了一句话，我问张弈胜，他是让我走，还是让那个女孩滚。结果当然是那个女孩滚蛋了。她走到门口的时候，我才觉得不对劲儿了，我得跟她说点什么。我说：你丫给我站住！那女孩吓得一哆嗦，挺听话地站在那里，回过头来看着我，脸都白了。我告诉她，如果你再让我在这个屋子里见到你，我就让你在这个世界上消失！当时我还觉得这话说得很有劲，挺有杀伤力的。过后一想，我才知道我他妈真傻！你想，我这么一说，不是等于告诉人家，事情就这么拉倒了，过去了吗？

"其实没过去。那个女孩儿走后，我开始作他。摔手表，砸茶几，新买的液晶电视也被我踢了一脚，没踢坏，那玩意儿平时总以为它怕碰，其实还真他妈结实。张弈胜吓坏了。他死死地抱住我，不让我动弹，一个劲儿地说他错了，给我下跪，妈都叫了，哭得就像个孩子……他一直给我解释，说他不可能跟那个女孩儿有什么结果，就是玩玩。其实他甭解释我也知道，一个外地的丫头片子，工作都是临时的，他不可能娶她。但即使这样，我还是作他。平时我就是个不愿意做饭的人，现在更不做了，一顿也不做了。全是他做。说实话，他挺会做饭的，我最喜欢他做的醋鱼了，那叫棒，在哪个餐馆也吃不出那种味道来。做好了，他还得央求着我吃。这还不算，一直过了三个多月，我一次都没让他碰过我……"

说到这里，方悦又摸出一支烟来，点上。

我发现，她夹烟的两根手指在微微发颤。

我妻子用一种很支持的口气说道："这么好个媳妇，他还那么干，是应该好好教训教训他。"

方悦依然沉浸在她的情绪里："三个多月之后，我们才和好了。感觉比原来还好。去年年底，他说要去河北出个短差，两天就回来。我说你去吧。第二天，我上班之后，在单位老是心神不定，心里翻个儿。我脑子里突然一闪，他是不是在骗我呀？哎，我跟你们说，别看我啥事儿都稀里糊涂的，我的第六感特别准！当时我想都没想，开上单位的车就奔别墅去了。说实话，第一次抓他们的时候，我是特别想成功，可这次在路上我却突然害怕了，如果这次我再成功，不就等于我彻底失败了吗？

"到了别墅，我连车都没下。我就坐在车里，瞅着通向别墅的竹林小道发呆。我拿不定主意是过去还是不过去……我不知道坐了多久。突然之间，我听到一阵高跟鞋的声音，咔，咔，咔……紧接着，我就看见两个人拧着胳膊出来了。他们也看见我了。当时我啥也没说，开车就走。走出很远，我往后视镜里一看，他们还像两根木头似的，一直在那里站着……

"我到家的时候，他已经坐在沙发上等我了。我以为还像上次一样，他会向我求饶，跟我认错，我骂他一句，他就承认一句，我说你不要脸！他就说我不要脸；我说你是个浑蛋！他就说我是个浑蛋；我说你他妈跟她睡了几次了？他就老老实实地承认说第三次了……没想到，这回他不但没跟我道歉，没有一个像样的解释，反而还横起来了。我一进家，没等我说啥呢，他便来了个先发制人，瞪着眼睛问我为啥要跟踪他！哎，你们说说，我生气不生气吧！"

我妻子说："那还不生气，分怎么生了！"

方悦说："他这么一问，气得我全身都哆嗦了。我们吵了起来。他嚷得比我还凶，说这都什么年代了，我不就是玩玩吗？而且还是免费的，怎么啦？我说的！我不管你免费不免费，你不说就是玩玩吗？我还想玩呢！咱们各玩各的，你说行不行吧？你们猜，他是怎么说的？他想都没想地说，那肯定不行！我说那好，咱他妈谁也甭废话啦，离！"

我妻子问："那张弈胜同意吗？"

方悦说："是他惹的事儿呀，他不同意有什么用？我跟他说，你要是不离，明天我就让你戴上绿帽子，不信你就看着！"

我想了想说："他不想离，说明他对你是有感情的。"

方悦把烟头戳进烟灰缸，慢慢碾灭，一脸沧桑地说道："也许吧，男人可以爱着一个人而去和别人睡觉。但女人不行。当她想用同样的方式去报复对方的时候，她的爱情就已经不存在了。"

离婚后，方悦开始拼命工作。用她自己的话说，这么多年，她一直过着养尊处优的生活，没理想，甚至没幻想。她只把张弈胜当成她的生活全部，当成了她的整个世界。对于周围的一切都是马马虎虎，无论同事呀，还是邻居呀，都几乎没什么往来。这么多年，甚至连个知心的朋友都没有。离婚后，她只好用工作填补精神与生活上的空虚，为自己疗伤。就在那一年，她开始带团出国，经常在东南亚一带转来转去，少则一周，多则十几天。

夏天，她去新马泰之前，到我们餐馆来过一次。看上去，她显得比原来还整齐、漂亮，只是皮肤黑了点，但精神非常不错。难得的是，她还像过去那样爱说爱笑。那次她取走了我们两个月的房租，给我留下了一把她家的钥匙。她说她养了两盆花，得麻烦我隔几天去替她浇一次水。

能为方悦做点什么，我从心里感到高兴。我觉得她交给我的不是一把钥匙，而是一种好感，更是一种信任。我只是告诉她，必须把家里的钱和存折都藏起来。

方悦听了，咯咯直笑，她嗔怪地说道："什么人这是！"

方悦还是住在安定门外的那套房子里。据她自己讲，那原本是张弈胜婚前买的房子，但郊外那座别墅却属于他们婚后的共同财产。离婚时，当她提出要这套房子的时候，张弈胜因为心虚，理亏，便像补偿自己过失似的，表示无论她提出什么样的要求，他都会无条件地接受。因此这套房子就归在了方悦的名下。

第一次给方悦浇花，是我和妻子一块去的。我注意到，方悦的家里还是那么整齐、干净，一切都是那么柔软，华丽而高贵。只是床头上方那张大尺寸的结婚照没有了，不见了，少了一种家庭的温馨气氛。取而代之的，是安格尔的那幅著名的油画儿：《泉》。我静静地看了一会儿那个肩扛水罐的裸体少女，不知道方悦想以此寓意什么。

我妻子小心翼翼地把客厅和卧室看了一遍，连连称赞说："真好。"并为此产生了一种深深的惆怅。她不无感慨地说道："有房子的没家，有家的没房子。这个世界到哪儿说理去啊。"

方悦养的是两盆兰花。不知道什么品种，一黄一紫，花瓣呈圆形，花形壮硕，花姿奔放，好看。而且满屋子都弥漫着一种馥郁的香气。后来方悦告诉我，那叫"胡姬花"，也叫"万代兰"，是她从新加坡带回来的。我想，原来是新加坡的国花。难怪她如此精心。

后来，我又去给方悦浇过几次花，记不清了。不过，她每次从国外回来，我都会主动地向她交一次钥匙。而她却总是告诉我说："就放你那儿吧，过几天我还得走呢。"

我说："你什么时候走再给我。"

她用挑衅的目光看着我："你烦不烦呀？这事儿我就黏上你啦，怎么着吧！"

　　说实话，我不可能怎么着。恰恰相反，我乐于从命。不知道你有没有过这样的体验：能把一个女人家的钥匙挂在自己的腰带上——无论从哪个角度说，这种感觉都挺好的。

下
部

2001
—
2008

17

2001 年，北京的春天是个不怎么样的春天。到了 4 月份，还没下过一场像样的雨。气温比往年明显偏高，空气非常干燥。走在大街上，你会发现一个不太雅观的现象：许多人都在偷偷地用手指挖着鼻孔。最令人讨厌的是经常刮风，而且很大，一刮起来就天昏地暗的。气象台把这样的天气称为"沙尘暴"，轻一点的，称作"浮尘"。

在一个"浮尘"的傍晚，胡冬来了。

其实胡冬常来。去了他舅舅的公司之后，他没有忘记我这个曾经的"大哥"，哪怕是办什么事路过，也会顺便到我的餐馆来和我见个面。有时坐下来，喝点酒，聊一聊。更多的时候，则是抽支烟就走。

胡冬很忙。现在他已经完全进入到一个新的角色。较之于过去的摆摊卖烧饼，这个新角色似乎更合他的胃口。这两年他舅舅的公司越做越大，最初那些砸地砖、开门洞、铲墙皮之类的小打小闹早就不干了。现在的公司已经装备了液压锤、挖掘机、加长臂液压剪、墙锯，以及斯太尔运输车等一套完整的机械设备，专门承接楼房、厂房、平房及高耸构筑物等一些大型拆除工程。而且，随着北京对老城区的改造不断加快，他们公司也是一步步向着城市中心地带挺进，据说现在已经开进了平安里。同时，随着公司的日益壮大，胡冬已经不再开他的挖掘机，而是当上了项目负责人，成了独当一面的拆迁队队长。人就是这样，身上一旦有个一官半职，就会令人刮目相看。如今的胡冬，彻底摆脱了卖烧饼时的唯唯诺诺，对自己的人生价值似乎有了新的感受。说话时，他已经不再使用"可悲惨"这个词，他眼神灵活，表情坚定有力，举手投足，都给人一种理直气壮的感觉。

这次胡冬是去北京站送一个从老家来看病的亲戚之后，顺便跑过来看我的。他一进餐馆就抱怨说："这什么鸡巴天气呀，刮得嘴里都是土！"

我开玩笑说："都是你们扒房子扒的。"

胡冬露出一颗好看的虎牙笑了。

我发现，这一次胡冬瘦了许多，人更黑了一些，但精神头依然很足。因为没什么事儿，不着急，我自然要留他吃饭。他愉快地答应了。

喝酒的时候，他突然想起似的问我，是不是还住在甲32号院。

我说："住习惯了，和邻居们也熟了，只要房东不撵，我就在那儿住着了。"

胡冬很权威地笑了笑，他说道："房东不撵，我估计你也住不了多久了。"

据胡冬讲，有个开发商看中了那块地段，准备建一座商务大楼，已经跟政府谈得差不多了。他舅舅正准备参与这项拆迁工程的竞标。

胡冬说："等着吧，如果我舅舅能把这个项目拿下来，你的餐馆肯定要火一把，我会天天带人过来吃饭。"

我沉吟着说："那倒是好事……可真像你说的，我到哪儿住去呀。"

胡冬说："买楼吧。"

我看着胡冬，原以为他在开我的玩笑。再看，却是满脸的真诚。说实话，这样的事我做梦都没想过。在内心深处，我总认为自己是外地人，是这个城市的匆匆过客。我每天想的，只是如何把餐馆开好，多挣点养家糊口的钱。其余的我从来没想过，更没打算过把家安在北京城里。

"我说大哥，你这话不对啊！我舅舅当初来北京的时候，是个倒腾破烂儿的，现在已经买了两套两室一厅，把我姥爷和姥姥全接到北京来了，还给两个老人雇了个保姆。我就不信，你开了这么长时间餐馆，最后还要回到你的老家去？想干啥呀？回去倒腾煤，当煤贩子呀？"

我笑了。

"那倒不是，咱也没那个能耐。但是买房的事儿我是真没想过，也不敢想。别的不说，哪有那么多的钱呀？我可比不上你舅舅！"

"行了行了，大哥，我没说跟你借钱吧？再没钱，你交个首付的钱可有吧？一百万的房子首付个百分之十五，也不过是十五万嘛，对不对？剩下的，你贷上个十年二十年的款，国家的钱，借给你你还不用呀？傻啊？慢慢还呗。让我看，北京的房子会越来越贵。我跟你说，要买就别愣着了，赶紧动手，赶早别赶晚。"

一通忽悠。他哪是什么拆房子的，简直就是卖房子的！

但不管怎么说，对我而言，胡冬的话都无异于天方夜谭。当时我只是笑了笑，便转移了话题。直到几年之后，当北京的房价一涨再涨，涨得世人瞠目，涨得连北京人都叫苦不迭的时候，我才不得不承认胡冬的高瞻远瞩。

说起来，胡冬文化程度并不高，他不过是个连初中都没上完的半吊子。但事实又一次告诉我们，在社会的每一次变革中，最大受益者，不一定都是那些政治与知识上的"精英"，还有相当一部分头脑简单，用不着"解放思想"，就敢想敢干的"土老帽儿"。平时我们总说"知识就是力量"。但讽刺的是，在有些事情上，没有知识的人反而更强大——因为，他们总是奉行一种简单的实用主义哲学，那就是"先下手为强"。

胡冬的信息挺准确。大约三个月之后，我所居住的那条胡同来了几个人，他们拿着米尺，比比画画，挨家挨户地测量。

问了一下，说是要拆迁。当时邻居们根本没当作一回事儿。赵公安还安慰我说："都量过好几次了，瞎他妈比画！几年前就说要拆要拆的，现在也没拆。您想想，这可是中心的中心，知道吗？寸土寸金啊，拆？您觉得可能吗？别听他瞎掰。谁他妈拆得起啊，是不是？住你的房子，甭理他！"

尽管赵公安言之凿凿，我心里还是不踏实。

为此，我还特意请教了一下老杨头儿。

说实话，刚接触的时候，我觉得这个老杨头儿有点拿架子，甚至有点卖弄他的修养与学识。但时间一长，我发现这是一个挺有意思的老头，而且有着与众不同的个性。自从我开了这家餐馆之后，胡同里许多邻居都到我的餐馆里吃过饭，特别是过年过节的时候，住在高楼大厦的儿女们，都会回到胡同里来看望一下老人，吃个饭，团聚团聚。由于老人的住房都比较窄小，没办法在家里做饭，年纪又大，甚至病病歪歪、靠坐轮椅才能出门的都有，不便于到远一点的地方去折腾，往往就近在胡同里选个餐馆，订上一桌。（每当遇到这样的邻居，我都一律八折优惠。）但老杨头儿例外。他的家离我的餐馆不过五十米，每次见面说话，他都会问上一句我的生意咋样，他却从来没到我的餐馆吃过一次饭，甚至连打包个鱼香肉丝的情况都没有。也不知道他每天吃的是啥。他只是根据季节与天气变换情况，选择不同的位置，坐在竹椅上，一副超然物外，甚至不食人间烟火的样子，漫不经心地揉他的核桃。

当然，他喜欢聊天。随着时间的推移，彼此越来越熟，应该说，我们聊得还是不错的。而且，我发现这个老古董也的确是不简单，他上通天文，下晓地理，特别是对于老北京的一些人文掌故，说起来都是一套一套的，有鼻子有眼儿，简直就是一部老北京的活字典！没事儿的时候，我喜欢听老杨头儿聊天，喜欢听他讲"宫"里的事。三宫是哪三宫呀，六院是哪六院呀；太监与宫女如何偷偷摸摸地对食呀。皇上不想留龙种，就得让太监抱着妃子把精液蹲出来呀。这些桃色的宫中趣闻，听得我一愣一愣的。有一次，他问我知道不知道故宫里闹鬼的事。

我说："不知道，您讲讲呗。"

他就讲：故宫里有一个大殿，有时候遇到打雷打闪，就会出现一些穿着清朝旗袍的宫女在殿里跳舞。我问他是不是真的。老杨头儿说肯定是真的啊，许多人都亲眼见到过，报纸上也登过。

我吃惊地问道："那是咋回事儿？这世上是真有鬼呀？阴魂不散啊？"

老杨头儿告诉我，科学人员解释过了，说因为大殿里的墙壁是红色的，并且含有四氧化三铁，当雷电将电能传导下来，碰巧这个宫殿里有宫女在跳舞，这时候的宫墙就相当于摄像机，把当时的情景摄了下来。以后再有闪电出现，墙壁就能像放录像一样，把宫女们跳舞的情景放出来。

对于这类使人充满好奇的神秘现象，科学家的答案往往让人沮丧。

我问他，这样的解释有没有道理。

"我跟您这么说吧，在这个世界上，不是所有的事儿科学家都能解释得了的。天安门不也是红墙吗？那里发生过多少事儿呀，是不是？你叫它放出个录像来我看看，瞎掰！"

老杨头儿出生在一个书香门第。据说，他的祖父是个私塾先生，父亲曾上过京师大学堂。他七岁的时候就进了私塾，会背《三字经》《百家姓》《弟子规》，还念过《论语》。同时他还是一个戏迷，尤其喜欢京剧。我觉得，京剧这门被称为"国粹"的艺术有个特点，从某种意义上说，它好像是一门和年龄有关的艺术。也就是说，年龄大的人喜欢，年轻人则大都不怎么喜欢——什么生、旦、净、丑呀，黑头、铜锤花脸呀，二黄导板，西皮导板呀……讲究太多，弄不明白。而且有话不说，老是磨磨叽叽地唱，太慢了，有什么意思？可是随着年龄慢慢向老年靠拢，你会渐渐地发现，那种声情并茂的表演，那种行云流水的唱腔，再配上铿锵有力的锣鼓和京胡月琴的伴奏，其旋律是那么的通透，力道，确有一种沁人心脾的魅力。

可老杨头儿没有这样的感觉。据说他从小就喜欢京戏，经常跟着他爷爷到虎坊桥的湖广会馆去听戏，什么余叔岩、梅兰芳这些大家的戏，他都看过。总之，从身世和所受过的教育来说，老杨头儿应该是一个地地道道的"旧人"。一个活在现代社会里的"旧人"，他的言行难免会让人觉得古怪。有时候，他一个人半躺在竹椅上，闭着眼睛，样子像是睡着了，在一种老年人"半阴半阳"的状态中，他的嘴里会突然哼哼呀呀地唱出几句古戏：

你孩儿到江东

旱路里摆着马军

水路里摆着战船

直杀一个血胡同

我想来

先下手为强

不过，虽说是个"旧人"，总的来说，老杨头儿也算是一个与时俱进的老人。他不仅喜欢看报纸，听广播，还喜欢对一些时事进行预测和点评，而且常常一语中的。比如，前不久，根据对北京申请承办奥运会的情况推测，他说这次北京肯定能赢。果然两天之后，萨马兰奇就在莫斯科宣布了：北京成为 2008 年奥运会主办城市。这么大的事他能预测得特别准，真是让人佩服！难怪胡同一些老街坊都在背后里叫他"杨半仙儿"。

不过，老爷子毕竟是个"半仙儿"，有些事情，也有看不清、说不准的时候。

这次他就错了。

当时听了我关于拆迁的问话，他依旧是慢悠悠地揉着手里的两枚核桃，安详而自信地告诉我：那条胡同拆不了。其理由和赵公安说得差不多，只是最后他又多了一句话："您放心，狼来不了。"

没想到，狼还真的来了。

——大约过了一个多月，一纸拆迁通告突然贴在了胡同里，邻居们这才炸了营。这种几辈子都不曾发生过的事情，把他们平静的生活一下子搅乱了。那几天，胡同的人像是被这件事激动着了似的，又真的像"如鼠失窟"一般，整天聚在一起，吵吵嚷嚷，议论纷纷。每个人发表的意见都不尽相同。有的说，这个破房子夏天漏雨冬天透风，早扒早利索；有的说，房子再破，也是祖上留下来的老宅，说扒就给扒啦？一向不怎么喜欢说话的宝堂也说话了，他的看法很实际。他说："扒，是早晚的事儿。社会要进步，城市要发展，北京还要开奥运会，这些老掉牙的房子，不扒哪行呀。但是光说扒不行，得拿好钱来，掂银子！"

前不久，宝堂的鸭子死了（为此他又是很悲伤地哭了一场）。现在，他肩上仍然扛着那只乌鸡，那种一脸严肃的样子，既滑稽又有趣。

对于宝堂的话，赵公安却不以为然，甚至有些生气。

他用手指点着宝堂说："你丫说话不走脑子！这是钱的事吗？这是皇城根儿！是王府井！知道吗？他拆了你的房子，就是给你个金疙瘩，他还能让你搬回来住？甭听那个孙子瞎忽悠，还'早搬有奖励，绝对亏不着你们……'开玩笑！我要是搬，我他妈都是孙子！"

就在胡同里议论纷纷的时候，我妻子也着急了。

她说："那咋办，还得找房子？"

我说："不找房子住哪儿呀，找呗。"

其实，比起我最初租房时的困难，这时候的北京租房已经很容易了。随着外地人接连不断地涌入，许多北京人在经历了一段极其复杂的心理过程之后，观念已经发生了很大的转变。他们认为，对于外地人那种带有侵略意味的冲击，与其阻挡而又抵挡不住，莫不如顺势而为更实惠些。于是，一些胡同里的居民把属于自己的空房——临街的一面，开窗扒门，改头换面，纷纷对外出租。自己却直往院子的深处后退。直到把后来扩张出的厨房重新挪回住室，把破烂卖掉，腾出库房，租给外地人居住为止。于是，这些古老的胡同便有了新的意义。一些天南地北的外地人，在新的历史潮流中，一拨儿又一拨儿地来到这里，安营扎寨。他们有男有女，操着不同的乡音，带着各种各样的小生意：餐馆，熟食店，美发屋，小卖铺等诸多行当，你拥我挤，像雨后春笋般地冒出来。在整个北京城，哪怕是一条很小的胡同，只要有了外地人，就会呈现出一种乱七八糟的繁荣。

有趣的是，就在这些外地人以前所未有的激情投入到都市生活的同时，胡同里的居民却安之若素。作为这个城市几百年沉淀下来的历史，或者说历史的一个缩影——那些活着的老北京们，仍然坚定地保持着一种"根儿"文化上的端庄与从容。他们固守一隅，按着自己传统的方式生活，做着他们自己习惯于做的事。只是，胡同里原有的清静荡然无存。我经常看到，一些从乡下来的小青年，男男女女，仨一群俩一伙地走在胡同里，全然没有我最初来到北京时的那种惶恐与敬畏。他们衣着鲜活，发型怪异，南腔北调，连说带笑，招摇过市。那种无拘无束的放松的状态，俨然把自己当成了城市的主人。有一回，在甲32号院门前，我眼瞅着俩小伙子在撕皮掠肉地闹。闹着闹着，扑棱一家伙，差点把赵公安的茶罐子给踢翻了，气得赵公安霍地站起身来："想干啥呀这是！啊？"

"不想干啥"的已经跑远了，一拐弯就不见了，赵公安还站在那里，梗着脖子骂了一句："操，什么素质！"

没素质的人的确是烦人。他们这种不讲规矩的行为也是被城里人一向看不惯的。有人说城里的高楼大厦都是乡下人建的；胡同里的那些老北京却坚持认为，城里的坏事儿都是乡下人干的。但不管怎么说，事实上，在北京这样的大都市，城里人和乡下人之间已经越来越难解难分。城市对于乡下人是既排斥又依赖，乡下人对于城市则是既厌恶又向往。这是个矛盾。能促使这种矛盾得到和解与统一的，则是相互之间的利益。这两年，我发现一个有趣的现象：尽管城里人从骨子里排斥乡下人，但"院内有房出租"的小广告却越来越多。就说我们院吧，门洞旁边有一间空房，自从我住进来之后一直锁着。据院里的邻居说，房主是个有钱人，还是一个什么公司的小头头，几年前就搬到楼上去了，此后那间房子一直空着。当时他曾跟院里的邻居说，他的房子即使借给城里人当狗窝，也绝不出租给外地人。不知道出于什么样的深刻原因，竟让他如此愤怒而有力量地痛骂外地人。现在看来，也幸亏他骂得早，要是搁到今天，就凭他这句招惹众怒的话，网友非把他的祖宗三代都"人肉"出来不可。但是社会在变，人的观念也在变。事实上，仅仅是过了一年多的时间，他对外地人的那种仇视心理就完全变了。他不但把房子出租给了外地人，而且在不到一年的时间里，已经换了两拨房客了。

头一次是一对夫妻。男的三十多岁，女的二十岁出头。据说两个人同在一家西餐厅里工作。自从他们搬到这个院子之后，我和他们从没有过交流。院里的邻居大概也没有吧。他们每天都回来得很晚，第二天什么时候去上班，也没人去留意。但时间不久，李大妈却发现他们不是夫妻！原因是，跟着那个男人回来的女人不是同一个人，有时候是个胖子，有时候又换成个瘦的。李大妈说得神神秘秘，同时又特别气愤："您说说，现在的年轻人怎么这样啊！"

在当时，其实这样的事情已经不足为奇。据我所知，这样的"年轻人"大都来自乡下——正因为他们来自乡下，一旦摆脱原有的封闭环境和家人监管，他们的传统观念很快就会发生变化。这与其说是一个城市对他们的影响，倒不如说他们比城里的年轻人更大胆，更开放。不说他们发型怪异，穿着暴露，敢在众目睽睽之下的公交车上笨拙地接吻，单说有的小青年，他们甚至把男女关系上的随随便便，看成是进入都市生活的标志之一。在我们餐馆，就是因为随便跟人睡觉，先是我妻子辞退了两个服务员，接着我又辞退了一个厨师。

说起来，那个厨师还是个非常不错的小伙子。工作好，炒菜好，但是有一点不太好：他总是领着对面餐馆里的胖丫，到他租的那间小房里去睡觉。胖丫是个河北女孩儿，个子不大，圆脸，圆眼睛，长得像个"招财猫"。但是性格上却挺泼辣的，她和本店的一个小伙子在胡同里打羽毛球，对方把球打偏了，她敢骂："操你大爷！"开始听说两个人到出租屋去睡觉的时候，我和妻子谁都没在意，还以为是谈恋爱呢。后来听别的伙计说，那个厨师在老家里有老婆，儿子都三岁了。有老婆还这么闹腾啥？太不像话了！我妻子一听就气得不行的样子。她说这要是个服务员，没说的，她找个理由就把他打发了。可面对那个有老婆的厨师，她却觉得有点开不了口。于是她竟把这件挠头的事推给了我："你狠狠训他一顿！"

　　如果是现在——也就是2008年之后，我妻子绝不会说出这样的话。现在的情况变了。在城里，虽说找不到工作的大学生，甚至是研究生都多的是，像餐饮业这类低等行业的从业者却越来越少，在所有餐馆都缺员的情况下，好不容易招聘到一个伙计，你得哄着干。即使哪些地方做得不对，你也不能训——岂止是不能训呀，只要你摆出个冷脸来，说不定人家就给你来个"此处不养爷，自有养爷处"——撂下挑子就走人。特别脆弱，特有尊严。90年代则恰恰相反。那时候拥入城市的打工者成群结队，找不到工作的人在城里到处流浪，甚至露宿街头的都有。因此逮住个工作的机会便格外珍惜。一旦弄出点什么差错，挨了训，哪怕是训错了，受了委屈，他也会一边流着泪水，一边给你干活，也不愿意失去工作的机会。

但即使这样，当时我觉得那个厨师的事还是有点棘手。俗话说"劝赌不劝嫖"。况且我知道厨师的脾气不太好，平时厨房里的伙计有什么事做得不对，他二话不说，上去就是一勺子！专往脑袋上敲。总之，我觉得不好训。当时我只是想点到为止，说说他，让他注意点影响就算了。没想到，我一说，那个胖得像糟牛似的家伙立刻就烦了，他理直气壮地说："我不是没耽误炒菜吗？"

　　这是什么话？不耽误炒菜你就什么事都可以干吗？我本来也是个脾气不太好的人，并且大小也算个老板，一气之下，我便来了个忍痛割爱，二话没说，结了工钱，让他立刻走人！当时我真是觉得自己很正直，很仗义，很悲壮地干了一回"挥泪斩马谡"的事。可从后来的实际情况看，我发现这种做法效果并不是太好。说白了，这种事儿，就像捉不尽的虱子拿不尽的贼一样，你刚开除了前一个，下一个又来了。你总不能因为这件事不停地换伙计吧？无奈之下，还是我妻子让步了，默认了。她说只要把工作干好，爱咋着咋着吧，不管了。

　　李大妈却看不惯这样的事。同时也是为了维护这个院子里的纯洁，她想管一管那几个不是夫妻的"狗男女"。结果，还没等她给房主打电话呢，赵公安就把这事给拦下了。

　　他冷静地说道："算了吧，只要不吵不闹，安安静静的，愿意跟谁睡就跟谁睡吧。那是人家个人的隐私，国家都不管，咱管那事干吗，您说是不是？再说了，现在的社会就时兴这个，您有辙吗？没辙！"

没有了赵公安的支持，李大妈也就没再说啥。后来，大约过了半年，住在那间小屋里的人便退了房子，毫无声息地搬走了。

接着住进来的是个画家。女的，二十五六岁，江苏人，长得眉清目秀，是那种看上去沉静而又很有气质的女孩子。画儿画得极好。她叫李黎。据说她在中央美院上学期间，通过写生喜欢上了北京胡同，甚至到了心醉神迷的程度。因为她父母是生意人，家庭条件比较好，李黎毕业后，没回老家，没找工作，而是背着画夹，走街串巷，分区分片地画起了北京胡同。我们就是在她画我餐馆旁边的那个大门洞的时候认识的。当时，她坐在一个用几条绷带撑开的简易小马扎上，前面放一个木架支起的画板，一连画了两个上午。她不仅把那个门洞画得特别逼真，而且，把坐在门洞手里玩着核桃的老杨头儿也画得栩栩如生。在她画画儿的过程中，通过简短的聊天，我知道了她的一些情况。据她讲，为了画画儿方便，她每画完一片区域，就换个地方居住。那天她问老杨头儿附近有没有出租的房子。老杨头儿想了半天，摇头说没有。后来，这个叫李黎的女孩儿，便根据我提供的信息，住进了甲32号院。

李黎非常喜欢这个小院。她说有味道，有感觉。她甚至感慨地把它称作"一处可以住进来的历史"。她搬进来之后，似乎把整个小院都照亮了。她不但给这个古老的院子带来了女性的青春，同时也带来了一种艺术的气息。开始的那些天，她就坐在胡同里，画甲32号院的门楼；画胡同里那棵老槐树；接着她把我们小院里的天井也画下来了。据李黎讲，在此之前一年多的时间里，她已经画了五十多幅老北京胡同的画儿。她曾给我展示过她的部分作品。画得真好！其中，有烟袋斜街的老店铺；有燕京小八景之一的银锭桥；有帽儿胡同的婉容故居；有国子监的牌楼和孔庙；还有东交民巷里那座哥特式的天主小教堂等等。除了这些历史性建筑，更多的，则是一些很有特点的北京胡同和普通民宅。我不懂绘画，只是觉得李黎的画儿笔法细腻，很真实，全是用铅笔画成的。李黎说，她本来是学油画儿的，她之所以用铅笔来画北京胡同，是因为铅笔画儿的色彩，正好暗合了北京胡同的灰色基调，看上去会给人一种更加逼真的效果，同时还有一种老照片的味道。

我问李黎，时间久了，这铅笔画儿会不会褪色。

她说不会。

李黎告诉我，每幅作品画完之后，她都首先用"定画液"进行处理，这是一种比较专业的办法。此外，还有一种民间方法，就是用毛笔刷上一层薄薄的鸡蛋清，晾干之后，同样可以达到不褪色的效果。

李黎很勤奋。住进这个小院之后，她每天背着画夹早出晚归，在院子里很难见到她。有时候，她会到我的餐馆里吃一顿简单的晚餐。碰上了，我们就聊上几句。说到她的"勤奋"，李黎告诉我，她不是一个喜欢和自己较劲的人，她完全可以用一生的时间，慢悠悠地去画那些她喜欢的北京胡同。可是，时代不等人啊。现在的北京到处都在拆迁，眼看着那些老胡同一天比一天减少，她必须得抓紧时间，去和挖掘机赛跑，尽可能把那些即将消失的老胡同留在她的画册里。

"为啥不利用一下相机？"我问她。

"您是说……先用相机拍下来，然后去画照片吧？"

我点点头："就是这个意思。"

她说："当然也行，不过效果不一样。"

李黎讲，在现场写生，可以看到很多细节。而细节又决定作品的好坏。照片就不行了，它给人提供的都是一些表面化的东西，缺少细节。在现场写生，还会遇到许多变化，比如光线的变化啦，物体的变化啦，等等，你随时都可以进行调整和处理。

我在想，难怪她的画儿明暗自然，气韵生动，虽说是"写生"，看上去却是那么熟练，就像以前她已经画过了很多遍，连每一片瓦缝中的阴影都画得那么精细，无论从哪个角度去欣赏，都觉得是那么的真实可信。

作为一种铅灰色的记忆——我曾有过李黎两幅铅笔画儿的照片：一幅是甲32号院的门楼；另一幅是甲32号院里的天井。那是李黎搬家之前送给我的纪念。遗憾的是，后来不知道是弄丢了，还是夹在我的哪一本书里——直到今天，我始终没有找到那两幅珍贵的照片。

拆迁公告贴出来之后，最先从院子里搬走的就是李黎。事实上，即使不拆迁，李黎也要从这里搬走了。在差不多半年的时间里，她已经按计划画完了附近所有的胡同（又一次抢在了挖掘机的前边)。她的下一个目标是前门。像每次画完一个地方一样,为了方便,她已经在一个叫"西河沿儿"的地方租好了住房。

李黎搬家很简单。这个为了艺术而像苦行僧一样的女孩儿,她没有家庭,不交男朋友,甚至没有多少衣物和女孩子应有的那些零零碎碎的化妆品。在偌大的北京城里,作为一个孤身的漂泊者,她简单到只有一个画夹,一个马扎儿,一个带轱辘的黑色行李箱——手提肩挎,拖起来便走——无异于住一次旅馆,是真正的人走家也搬。

李黎搬走后,我们在附近的另一条胡同里,很快找到了一间出租房,也是带有隔断的两小间。租金比原来的高了点。但房子比原来的宽绰一些,而且是正房,一进屋便给人一种阳光灿烂的感觉。我和妻子都觉得挺好,当时便交了订金。

搬家之前,我首先通知了方悦。但是方悦没有来。她在电话里说她最近很忙,房子要拆了,也用不着什么交接了。她让我把房子里能用的东西,统统搬走,没用的,就扔在那里甭管了。

搬家那天,我和妻子跟院里所有的邻居都打了招呼,说了一些"谢谢关照"之类的话。尽管是告别,我和妻子都没觉得有什么伤感。对于这小院而言,我们本来就是个匆匆过客。虽说我们在这里住了两年零七个月,但每一天我们都能意识到搬出这个小院是迟早的事。因此,当这一天真正来临的时候,我们把接受这个事实看成了一种理所当然的事情——这里毕竟不是我们的家。

也许，过去的美好总是来自于回忆。作为进入北京的最初落脚点，多年以后，我才开始怀念起这个小院，并对这个地方有了一种特殊的情感。如今每次去王府井办事或者购物，我都会沿着一条宽阔的大街，走到我当年居住过的地方去转上一转。这时候我就会想起当年那个小院；想起我们和另一部分人的朝夕相处；想起那间为我们遮风避雨的小屋——它曾吸纳了我们多少喜怒哀乐和生命的气息！两年多的吉光片羽，夏日蝉鸣，冬天飞雪，天井里的月光，屋檐上的雨滴……晚上海师傅提醒邻居关大门的一声声询问，胡同里不时传来的"磨菜刀——"和"麻豆腐——"的吆喝声……这随风而逝的一切，都让我觉得失之可惜。每当这时候，我心里就会生出一种沉甸甸的伤感。

可当时搬离甲32号院的时候，我的感觉却不是这样。我最大的感受是折腾，是麻烦。不过，既然我们没有任何理由可以赖在这里不走，倒不如早搬早利索。

只是，刚刚搬出这个小院的那几天，我对那个"新家"总是不太习惯。有那么几回，我从餐馆里往家走，竟毫无意识地走到甲32号院门口才突然一顿：这里已经不是我们的家了。

哦，再见了，小屋！
再见了，甲32号院里的邻居！

18

我们腾出房子之后不久，方悦来了。她问我们为啥这么着急搬出来。我告诉她，正好碰到了一个合适的房子，因为那条胡同拆迁，许多人面临着重新找房，租房如果不先下手，附近的房子恐怕就不好找了。

方悦通情达理地说道："倒也是。既然这样，我还得退给你们一个月的房租呢。"

我说："退什么退！不要了。"

这是我和妻子事先达成的共识。按着我和方长贵最初签订的协议，租房合同要一年一签，租金也要根据周边的行情适当增加。可方悦收回"管理权"之后，她不但没再签订什么合同，房租也是一分没加。特别是在小玉上学的事上，方悦曾帮过那么大的忙，现在少住一个月的房子，能叫人家退回一个月的租金吗？我妻子早就告诉我，不管方悦提与不提，那六百块钱都不能要，绝对不要！

但方悦却不肯。

"那不行，该怎么着就怎么着。"

她从包里拿出了钱夹，抽出六张一百元的票子，放在了桌子上，说道："公事公办！"

我说："这也不是公事儿呀。"

“母事儿也得这么着！”方悦开了个玩笑。

我妻子撕撕巴巴的，把钱塞回她包里两次，都被方悦掏了出来。至此也就只好作罢。在两年多的交往中，我们已经知道方悦的脾气了，并学会了服从。对于方悦而言，服从也是一种尊重吧？

“把钥匙给我，房子的事儿，咱们就算清了。”方悦完事大吉地说。

我把钥匙交给了方悦，一共四把。

方悦怔了一下：“咋这么多？”

我解释说：“小钥匙是我们家每人一把，大钥匙是你家的。”

方悦不看我，而是把脸转向了我妻子：“怎么着呀大姐？不住我的房子了，朋友也不处了呗？”

一句话，问得我妻子诚惶诚恐。

她说：“处处处，方悦这么好的人，别人想攀还攀不上呢，哪能不处啊！”

方悦释然一笑。她从钥匙环上把她家的那把钥匙摘下来，往我面前一放。说道：“我的花儿还得去给我浇，你们餐馆的饭，我还得过来吃，大姐，你就说怎么着吧！”

“就这么说定了，你不来可不行！”

“成，就这么说定了！”

方悦伸起一只手掌，我妻子迟钝了一下，立刻回应，两个人像孩子似的，快乐地击掌。

正如胡冬所说，他舅舅的公司在这次拆迁招标中如愿以偿。某一天，胡冬来了，他带着一些工人和机器，开始虎视眈眈地端详着那些即将被拆掉的老屋。据说，他们的施工方案依然是搬走一户拆一户，各个击破。这么做，倒也不完全是为了提高工程速度。有的房子即使住户已经搬走了，空了，有时候也不完全拆掉。而是用挖掘机叨上一爪子——在墙上掏出个窟窿，就不动它了。老屋配上个黑窟窿，像个怪兽似的，让它白天黑夜在那里吓人。说穿了，就是要制造出一种氛围，对属于拆迁范围内那些居民原有的生活秩序，不断地进行干扰与破坏，给那些尚未搬迁的居民，在心理上造成一种恐慌感和紧迫感，让他们早一点搬离，越快越好！

　　进入工地之后，胡冬没有食言，他除了每天中午在我的餐馆给工人订盒饭，到了晚上，他还经常带着拆迁队的人过来，让工友们轮流请客，喝点酒，解解乏。

　　拆迁工作是个又脏又累的活。但胡冬却毫无怨言。他始终保持着一种踌躇满志的样子，对生活是真正充满了激情。在他的眼里，好像整个世界都是新的，而且日新月异。我在想，毕竟是他舅舅的公司，他得卖力。除此之外，那种职业的本身也让人来劲吧？胡冬干的是拆迁，不是建筑。虽说两者都是与钢筋水泥、砖瓦沙石打交道，其性质却不尽相同。建，如燕子筑巢，百年大计，讲究精益求精；拆，则可以随意而为，其目的就是摧枯拉朽。而且，从人的某种基因上说，拆房子要比盖房子有快感——面对一堵老墙或一座旧宅的轰然倒塌，即使被扑起的烟尘造得灰头土脸，跟小鬼儿似的，却能让人体验到一种历险般的刺激与亢奋。尤其是这一次拆迁，让胡冬觉得很有意思，很可笑，甚至有一种近似于复仇般的快感。他曾不无小人得志地对我说："大哥，你说是不是可悲惨？你们院里的人，可能做梦都没想到，当年被他们撵出去的人，有一天会来拆他们的房子！"

话是这么讲，据胡冬说——其实不用他说——全国人民都知道，拆迁也不是个好干的活儿。开发商要速度，要效益，快点快点，一个劲地催，恨不得整天用鞭子抽着你拆！而搬迁户则要利益，要补偿，一旦不到位，不合理，或者碰上那些狮子大开口的钉子户，誓死不搬，拆迁队就成了风匣里的老鼠——两头受气。但即使这样，胡冬却仍然干得欢天喜地。

这次拆迁，据说方悦是最先在协议书上签的字。事后她到我们餐馆坐了一会儿。说到拆迁的事，方悦一脸的平静与乐观。她说那么个小破屋，前几年她就想把它卖掉了，当时十万块钱愣是没人要。"现在可好，给了五十多万，还想怎么着呀，行了。人啊，该知足就知足吧。再说了，多少是多呀？不是有句话吗？钱是王八蛋，没有咱再赚！"

那座老房子里有过方悦往日的生活，有过她父辈生活的种种痕迹，有过她童年、少年和青春的影子。但方悦说这话的时候，我看不出她对于要拆掉的老屋有什么伤感——倒像是有一种甩掉包袱似的轻松。

知道胳膊拧不过大腿，同时也是为了在规定期限内搬迁的五万元奖励——紧接着，胡同里的其他住户，也几乎没做什么太多的抵抗，便陆陆续续地在合同上签字画押了。原来那些看上去似乎永恒不变的老宅子，很快就被推土机推得人仰马翻，四散崩塌。在不到两个月的时间里，整条胡同就剩下两座老房子，残缺不全地立在周围一片废墟之中。其中一座是赵公安的，另一座是冯老太太的。据说两个人的口径完全一致，用赵公安的话说："甭跟我提钱的事儿，不回迁，我他妈就是不搬！"

不用说，回迁是不可能的事。开发商的目的是建一座商务大楼，而不是像老城区改造那样，给你修建房子，来改善你的居住条件。想回迁，你往哪儿迁？还想住到每天五块钱一平方米的商务大楼上去呀？明说吧，这种事儿，想都不用想，谁也回迁不了！而且，这种情况会越来越多，这是城市发展的需要知道吗？是大势所趋知道吗？现在城里的拆迁户这么多，把郊区的房价都越抬越高了，赶紧找个窝儿去吧。别在这里老是挺着，瞪着两只眼睛做梦了。

这期间，开发商和拆迁办双管齐下，动用了许许多多的办法，好说歹说，甚至磕头作揖，软硬兼施，却一点效果没有。面对这么顽固的两个人，连胡冬都越看越来气了。他埋怨在北京干啥都要讲究个文明，要是放在别的地方，遇到这样的钉子户，有的是办法治他。

我问他有什么办法。

"很简单。花上两万，找个吃生小米的，拎一把菜刀去跟他谈。搬不搬？不搬啊是不？啪一刀下去，把自己的手指头剁掉一截，吓死他!"

"要是他不怕呢?"我问他。

"还有个法儿,"胡冬说,"雇一帮地痞,趁着夜深人静的时候,闯进屋里,用被子把人一捂,往外一抬,就 O 了!"

我问他:"什么叫 O 了?"

胡冬说:"就是 OK 的意思。"

其实,这种变态的想象力,并非出自胡冬一个人的智慧。近年来,各地的开发商、拆迁办,甚至还有一部分政府,对付拆迁户的办法可谓文招武式,软硬兼施,而且愈演愈烈。情急之下,甚至不惜动刀动枪、动用地痞流氓的都有,而且啥招儿都使,乱象丛生,为此逼出人命的事都屡见不鲜——报纸上常登,这里就不说了。通常情况下,即使碍于国家的有关政策不敢野蛮强拆,也往往会在背地里搞一些小动作,做各种手脚,什么切水啦,断电啦,五花八门,无所不用其极。甚至,就连往住户家门上泼尿、抹屎这样猥琐、阴损、下作的事体都能做得出来。不仅让人愤怒,同时也令人恶心。

我想了想,认真地说:"让我看,你这两个办法都不行。"

"咋不行?"

"这里毕竟是北京,是首都。这么干还了得?"

胡冬说:"说的就是嘛。要是在别的地方,不管用什么办法,早就解决了。在这儿就不行了,闹出点事儿来影响太大。所以谁也不敢轻易乱出幺蛾子。没办法,只能这么挺着。"

其实办法还是有的。据说,后来的办法主要是"冷"一阵子，攻一阵子，如是反复。而且间隔时间越来越长。以此消磨和瓦解对峙者的斗志。除此之外就是用钱说话。结果，又过了两个多月，冯老太太搬走了。搬家的时候，老人哭得撕心裂肺。听周围一些看热闹的邻居说，本来冯老太太不想搬，是她那个抱养的儿子妥协了，动员她搬。自从拆迁通知下达之后，冯老太太的儿子就几乎没有离开过甲32号这个小院，而且出出进进，前蹿后跳，好像被什么事情鼓舞着，很兴奋，又是很急躁的样子。搬家那天，冯老太太犯病了，又哭又骂，死活不走，头发都乱了。冯老太太有个特点，她一犯病两条小辫子就披散开了，像是刚刚和谁经过了一场撕打似的。她一手把着门框，一手捂着胸口，哭得差点背过气去。像往常一样，又是儿媳妇把着脖子，给老太太喂了小药丸。最后，那个瘦猴似的儿子用出了吃奶的劲，把老太太抱上了一辆出租车，在众目睽睽之下，把老人拉走了。据说是直接送到门头沟山上的一家养老院，养老去了。

这之后，整条胡同就剩下赵公安一家了。他原来的房子两边，还有两间空房没拆，现在也拆掉了。赵公安的房子兀然显得有些高大起来，倔强地孤立在周围一片空旷之中。同时被孤立起来的还有赵公安。除了那座苟延残喘般的老宅，当时他似乎失去了任何可以依靠的背景。他没有亲戚，没有朋友，多年的邻里也四散而去了。不知道是因为孤独，还是为了以壮声威，他竟在房子的一角插上了一面五星红旗——远远看去，十分鲜艳！

有趣的是，虽说孤军抵抗，赵公安却显得既平静又从容，可谓气定神闲。院门口的那块上马石没有了，不知道被渣土车拉到什么地方去了。在一片瓦砾之中，他在自家门前很小的一块空地上放了一张小木桌，桌上放着一个小收音机，他坐在小马扎上，守着个玻璃茶罐子，喝着茶，东张西望。有天中午，我骑着三轮车往拆迁工地上送盒饭，离老远他便发现了我，声音响亮地喊道："嘿！那不刘老板嘛，吗去呀？"

我凑过去，和他聊起来。说到搬迁的事，当时赵公安已经有点妥协的意思了。

他说："挺，是不可能永远挺下去，丫得给足这个（他用三个手指做着点钱的动作），知道吗？冯老太太搬走的时候，多给了她这个数……"

说着，他伸出一只手掌。

"五万啊？"

他把手掌又翻了一下。同时冲我诡秘地一笑："十万！我挺了这么长时间了，他甭想再用那个数来打发我！您说是不是？"

聊了一会儿，我便告辞了。

刚走出几步，就听他在身后喊了起来："兄弟，啥时候再喝一壶啊？"

他把那个"喝"字拉得很长。

我转过身去说："行呀，走吧。现在就去？"

赵公安立刻绷起面孔，像是怕我马上去拉他似的，连忙用手一挡："别！我他妈喝完酒，回来一看，好，保不齐我的房子都没啦，叫那帮孙子给拆了。谢谢兄弟，去忙您的吧。"

说完，他像是真的粉碎了一场阴谋似的，哈哈大笑。

有天晚上，我接到了胡冬的电话。他问我在不在餐馆，让我给他备一桌五个人的饭菜，而且要安排得好一点。此前随着其他人家都陆续搬走，腾出来的房子被一一拆掉，胡冬也早就带着工人去了别的工地，我已经有很长时间没见到他了。

我问他在什么地方。

他说就在我附近那个工地。

我说："胡汉三又回来了？"

胡冬在电话里乐了。

不一会儿，胡冬便带着几个人过来了。一进门，我发现他脑袋上缠着一圈白色的绷带。自从去了他舅舅的拆迁公司，胡冬又剃起了光头，因此那绷带便格外显眼。我以为是扒房子受伤了。一问，胡冬却愤然骂了一句脏话，说道："让狗咬了！"

我惊异地看着他："多大的狗啊，能咬到你的脑袋？"

一句话，把胡冬问得龇牙一笑。然后他才道出实情，说是被赵公安咬的。

赵公安在一片废墟中又坚守了三个多月，当时已经是冬天了。经过多方面不断地劝说、协调，补偿款一加再加，最后比冯老太太还多追加了五万，赵公安这才勉强妥协，表示可以在协议上签字。就在这时，唯恐赵公安再次反悔（已经反悔过一次了），胡冬抓准时机，对着开挖掘机的伙计使了个眼色，一只像螃蟹一样的大爪子一伸一落，就在那座房子的屋角上抓了个窟窿，连房檩都露出来了。北京的老房子有个特点，全是用圆木做檩子，而且全都是上好的松木。它们不知道什么年代被压在了屋顶之下，这时竟像掘坟露骨般地暴露在光天化日之下。开挖掘机的小伙子并没有就此住手，他操纵着那个大爪子又狠狠地砸了一家伙，那根已被蛀虫噬空的房檩"咔"的一声，便折露出了一种惨白的断茬儿。赵公安愣愣地看着眼前的情景，无异于心窝儿上被人捣了一拳，立刻气炸了。他先是指着胡冬的鼻子质问："你算他妈什么玩意儿？"紧接着，又被胡冬的一个动作激得火上浇油——他看着赵公安一声不吭，只是微笑，其实也不只是微笑，同时他还紧紧地握着拳头。你可以想象：一个人攥紧拳头微笑是一种什么样的表情。结果，这种暗含杀意般的俏皮游戏，如同当年他用目光威慑赵公安的情形一样，把赵公安再次激怒了。他二话没说，上前揪住胡冬的衣领子，撕撕巴巴，生要跟胡冬拼命。更富有幽默感的是，在被旁边的人拉扯开之后，赵公安余怒未消，再次发起进攻——他冷不防搂住了胡冬的脖子，而且不顾常理，对着他的光头就是一口！

据胡冬描述，当时一点不疼，就觉得冰凉的，用手一摸才知道流血了。

"不看他是个北京人，我削死他！"胡冬愤愤地说。

我说："那你得注意点，别受了风。"

"没事儿。我去医院做了消毒处理，我问过大夫，用不用打狂犬疫苗，把那个大夫都问乐了。"

我也乐了。

我问赵公安赔他钱了没有。

"赔啥呀赔。"胡冬一脸无奈地说,"倒是让他又多讹去了一万块钱,最后才签了字。"

不管怎么说,赵公安的房子很快被夷为平地了。再去那条胡同的时候,我发现所有的碎砖烂瓦都已清理完毕。两台打桩机正在一片空地上咣当咣当地忙着。这里已经没有胡冬什么事了。随着又一个新的拆迁项目批下来,胡冬便转移到磁器口去了。

胡同拆迁之后,也拆散了那里的邻居,他们四散而去。北京很大,不知道搬到何处,落脚到了哪里。有一天,李大妈陪她老伴儿去协和医院拍什么胸片,中午曾到我的餐馆里吃过一次饭。问到院里的邻居,李大妈告诉我,他们老两口搬到了他们空了几年的楼房去了。其余的邻居,光靠那点拆迁补偿根本买不起城里的房子,差不多全都搬到城外去了。海师傅是北京以东的河北燕郊;宝堂去了大兴;而赵公安则在城里租房住了一段时间之后,搬到京西南的房山乡下去了。

李大妈说:"那条胡同里的人,有一多半都去了城外!"

李大妈说得没错。不久之后,我曾在报纸上看过一篇文章,说随着老城区的改造,已经有几十万北京人搬到了远郊区。现在,又有了另外一种说法:如果你想要听正宗的北京话,就得到六环以外去听了。大概说的也是这个意思吧。

19

事实上，留在城里的人也并没有安宁。其中也包括我。还不到一年的时间，我住的那条胡同又被拆了——拆得鸡飞狗跳，蟑螂四处搬家，残垣断壁中，老鼠和黄鼠狼蹿来蹿去。光天化日之下，甚至有人在胡同里还差点踩上蛇——吓得一个高儿蹦出老远，然后又禁不住回过头来，跺着脚、岔了声似的喊：蛇！

至此我才知道，北京不仅藏龙卧虎，同时还寄生着一些城市里不应该有的小动物。真是奇了！为此，老杨头儿的解释是："都是上百年的老宅子了，啥没有呀。"

像上次一样，我们只好再找房子，再搬家。讨厌的是，不到半年，我们居住的胡同里又传来了要拆迁的消息。感觉上，我们总是在找房子和搬家这两件事情上不断地折腾，让你不胜其烦。

"半辈子人了，连个固定的窝都没有，老这么被人撵来撵去的，也不是个事儿呀。"有一天，我跟妻子磨叨。

她说："那有什么办法。"

我咬牙切齿地说："买房子！"

她像吓着似的盯着我："你做梦呢吧？"

然而几次之后，我的梦还真的做成了。那是位于南城一个新开的楼盘，介于三环和四环之间。几座拔地而起的高楼，鹤立鸡群般地站在周围一片低矮的民房中。楼的外观、品质，都不错。置身楼上，透过宽大的玻璃窗子，凌空望去，豁然开朗。恍惚之间，给人一种不知道自己是谁的感觉。此外，室内的结构设计也好，厨房呀，双卫呀，落地式外飘窗呀，都非常合理，看得我心里怦怦直跳，突然生出一种从没有过的兴奋。

　　接待我们的售楼小姐，是个像模特一般的女孩儿，高个儿，漂亮。她不断地给我们讲解这个楼盘的各种优点，从地理位置，说到工程质量，说到周边环境，说到发展前景……不停地煽动，偶尔，她还偷偷地向我抛一个让人想入非非的媚眼儿，好像我一旦买下这个房子就和她建立了某种联系似的。在她的热情引导下，我们看了三四种户型。最后在十层楼的一个南北通透的三居室里，我和妻子站在那里不动了。

　　我告诉那个售楼女孩儿说："就是它了！"

　　2003 年秋天，我们正式去办理购房手续那一天，北京细雨蒙蒙，雾气很浓（现在才知道那是一种雾霾天）。在一种不太真实的情境中，我和妻子签订买卖合同，交付购房款，办理销售登记……感觉像是一场梦游。直到办完所有手续，重新回到那间十多平方米的出租屋时，才如梦初醒。

　　我妻子捏着那本差不多归了零的存折，眼圈儿一红，竟然流下了泪水。我还以为她是因为有了自己的房子激动了呢。她却喃喃地说道："我心疼了。"

　　我说："你心脏不是没毛病吗？"

她说："这和心脏有什么关系，我是心疼那钱。一想到辛辛苦苦这么多年，一分一分攒起来的钱，一下子就没了，不是白干了吗？"

当时我都愣了："这话说得！三室一厅的楼房都买了，咋还白干了呢？"

她幽幽地说："就为了有个窝住？"

没钱人就是这么简单，连苦恼都是实用型的。没房子的时候苦恼，有了房子，又为花掉了钱而心疼……以此类推，岂不意味着人永远都摆脱不了痛苦吗？

我说："那你为了啥？人活着，总少不了吃穿住行。无论做什么事，你总要问个为什么，非把自己问死不可！"

时间验证了我当时的决定没错。多年以后，曾有一条短信在手机上飞传——说是：有一对北京的夫妻，在90年代卖掉了自己的住房，拿着六十万元的房款，到美国去镀金创业。经过十年时间的摸爬滚打，不断拼搏，终于挣到了一百万美金。于是这对疲惫的夫妻放弃苦力，拿着一百万美金回到北京，准备安度晚年的时候，他们才发现，自己当年卖掉的房子已经价值六百多万……毫无疑问，这个残酷的幽默，把那一对夫妻十年的含辛茹苦，于谈笑之间就贬成了一场白玩儿。这虽然是个段子，但谁保证这个段子说的就不是真事儿呢？

实事求是地讲，现实情况还就是这样。在中国，除了股市是喋喋（跌跌）不休，还有什么东西不是一涨再涨呢？别的不讲，单说这个房价吧——自从我买了房子之后，北京的房价就一路飙升，一涨再涨。如今都翻了几番了，还在涨。用老百姓的说法，已经涨到天上去了，谁他妈买得起呀！我有个老乡，大学毕业后在一个广告公司里搞策划，也算是个文化人儿。而且点子很多，业绩不错，五年之后便有了三十万的存款。我买房的时候，这个老乡还跟着我考察过几个楼盘。后来我买了房子，他没买。原因是他觉得当时的房价太贵了，想等一等。这一等可好，北京的房价就像一只充足了气的气球，一把没抓住，眼瞅着它越升越高，这才傻眼了。当时的三十万，本可以在三环外买一套六十平方米的房子，几年之后，连个卫生间也买不下来了。现在那个老乡早已娶妻生子，至今还在一套三十平方米的出租房里"蜗居"着呢。这么一比，无疑我是幸运的。但同时也后悔。早知如此，当初哪怕是去借高利贷，管他是"驴打滚"还是"马打滚"——买上几套房子往那儿一放，理都不用理它。现在转手一卖——我还开什么餐馆呀！

人生就是这样：在现实中你总认为自己是按着一种"对的"逻辑生活着。直到回过头去一看，你就会发现总有那么一两件事情让你后悔得直想撞墙！可是你能去撞吗？

还是海师傅有句话说得好："啥都别说了，活着吧。"

不过，既然提到了房子，我就不得不说说第一个开导我买房子的人——胡冬。

怎么说呢，尽管在买房的意识上胡冬比我要超前得多，可事实上他并没有自己买房，而是另辟蹊径，坐享其成。原来，胡冬住在郊区的时候，他认识了一个当地的姑娘，两个人彼此欣赏，成了要好的朋友。在两年多的时间里，通过各个方面的不断磨合，最终成功地步入了婚姻的殿堂，成了一对合法的夫妻。

坦诚地说，像胡冬这种层次的外地闯入者，能娶个北京城里的姑娘做老婆，我觉得真是个奇迹，简直有点不可思议。

胡冬似乎猜出了我心里在想什么。

他说："大哥，你知道她为啥要和我结婚吗？"

我想用我妻子常说的一句话回答他："王八瞅绿豆——对上眼珠了呗。"但是我没那么说。我摇了摇头说："不知道。"

胡冬隔着桌子，把身子往前探了探。他看着我，像是对我透露一个什么秘密似的，小声说："她想换个种儿，知道吧？"

我迷惑地看着他："换什么种儿？"

"你小点声！"

胡冬往周围看了看，开始给我解释。他说他老婆这个人很有个性，也很有思想。别看她自己是北京人，但她就是瞧不起当地那些小伙子，说他们在生活里得过且过，没有进取心，没有创造力，也没有男人味儿，却整天说大话，吹牛皮，谁也瞧不起，自己却什么也做不来，还特别好吃懒做。前两年，她曾找过好几个对象，一个比一个差，都是没处几天就吹了，散个球子的了。为此她很绝望，都不想结婚了。她说如果和这样的人生活一辈子，日子能过到啥样不说，就是有了孩子也不行。

"我他妈一想也是，种的就是秕子，还想能长出好苗来？"

接着，胡冬自我表白说，别看他文化程度不高，但是能吃苦，能一个人跑到北京来打拼，不说事业做得大小，就冲这种敢闯敢干的精神，许多当地人就比不了。说到底，当初她老婆看重的就是他骨子里的这种血性。

这次我听明白了。

"这么说，你老婆还真是个有点思想的人。"

胡冬自豪地说："那当然！你兄弟的眼光不差吧？"

我说："不差不差。"

然后我又补充了一句："你小子呀，眼睫毛都是空心儿的。"

胡冬很受用地笑了。

不过据胡冬后来讲，他这个婚结得并不容易。

"主要是我那个岳父大人老脑筋，他嫌我是个外地人，没户口，死活不同意。我第一次去他们家里的时候，是被老爷子指着鼻子骂出来的。当时我觉得很没面子，也特别生气。我跟我老婆说，要不，咱俩的事儿算了吧。我老婆当时就急了，她说你玩我呀是不是？我就实话实说地告诉她，我开始是那么想的。但现在不是了，我是真心实意地想娶你为妻，知道不？我要是骗你天打五雷轰，拆房子让檩子砸死，走路让卡车碾死，死后下油锅行不？我老婆一下就把我的嘴捂上了，她用拳头吭吭地捶我。我说捶吧捶吧，再使点劲儿我才好受呢。我这么一说，她反倒不捶了。我扭头一看，她哭了！大哥，我让你说，这样的女人，咱能玩完了人家就拉倒吗？那也缺德了是不是？"

我点点头。

"当时我就问我老婆，你爹不同意咋办？她说我爸不同意，我妈不是同意吗？我岳母是个非常开面儿的老太太。老头骂了我之后，她和老头还干了一架，她说外地人怎么了？我看小伙子是真不错！你以为咱姑娘还是一朵花呀？三十岁的人了，你还让她老到家里？你个老糊涂，你怎么不死呀！"

　　我说："骂老实了吧？"

　　胡冬说："没老实。老爷子还是不同意。他不但不同意，有一次，他还找了我一个表小舅子，去找我谈，让我就此放手。我那个表小舅子是个痞子，无事不干，好耍钱儿。他根本没和我谈，一见面就指着鼻子警告我小心点。我问他：我要是不小心点呢？怎么着？他说就这样，啪嚓！就扇了我一个大嘴巴子！当时我啥也没说。我还笑着问他：你还想打不？他说这次就这样了。说完就走了。他走了之后，我去找我老婆，我说：为了你我都挨打了，你看这事儿咋办吧。她说你要是个男人你就自己去处理。她这么一说，我明白了。他妈拉个巴子的，我回去拎了一把菜刀，就赶到了我那个表小舅子家去了。我表小舅子家住的是三间平房，有个小院，种了一些花和菜什么的，老好了。我进屋的时候，他们一家三口正在吃饭呢。我那个表小舅子看见我手里的菜刀，脸上唰地一下，都白了知道不？他说干什么干什么？"

　　我注意到，现在的胡冬没有了压抑感，他的外向性格已经彻底坦露出来了，言谈举止，显得轻松，活泼，又不失东北人的幽默与俏皮。说这番话的时候，他一直咬着半边儿的槽牙，目光并不看我而是望着虚空，加上他那口东北话，绘声绘色，听起来有一种单口相声的效果。同时，说到关键时刻他往往会停顿一下，像是留个悬念，又像等着我接茬儿。我只能搭讪一句，过渡一下，让他把话说下去。

我笑着说："你不会剁自己的手指头吧？"

说着，我还下意识地看了看他的手。

胡冬笑了一下说："没有没有。我没那么傻，说实话，我也不敢。我是装出一种敢玩命的样子去的，也就是去吓唬吓唬他。他那么一问，我本来想说：我剁了你！一看他老婆孩子都在，我就愣住了。我主要是怕吓着孩子知道不？小丫头才五六岁，吓坏了我不就摊上事儿了吗？"

他又望着虚空停住了。

"骑虎难下，卡住了吧？"

"我说大哥，那还是你兄弟吗？当时我是张口就来，我说：我想找一块磨石，磨磨刀。我表小舅子心里明白是怎么回事儿，他说家里没磨石，没那玩意儿！我说真没有啊？他说没有。我说那你出来一下，我跟你说个事儿。当时他都吓傻了知道不？他看着我，愣在那里不动弹，用眼睛的余光往我的菜刀上瞟。我又说了一遍，他还是不动弹。这时候他老婆说话了，她说大哥不是叫你吗？你没听见呀？他这才壮着胆儿跟我出来了。但刚走到门口他就站住了，这时候我发现他腿就哆嗦上了。他说啥事儿，说吧。我说：我跟你表姐要结婚了，你得去喝喜酒知道不？如果你不去，我就把你的秃脑瓜蛋子当磨石，在上边磨刀,听见了没?说完,我还举着菜刀冲着他的脑袋晃了两下,然后我转身就走了,头也没回。个犊子玩意儿,想跟我来这个,我玩死你!"

我看着他:"后来他又找你麻烦了吗?"

"没有。"

"你们结婚他去了吗?"

"他敢不去吗?打那之后,见了面,他一口一个姐夫地叫着,特别尊重我。现在隔一段时间他就请我喝顿酒,实话实说,挺认亲的。"

"你岳父也是那次之后同意的?"

"没有。他还是不同意,整天骂我老婆。我老婆又孝敬她父亲,又舍不得我,她常在我面前哭。她说既然摊上个这么死脑筋的爹,怎么着啊,好事多磨,慢慢来吧。结果又多磨了半年。直到临死之前,老爷子才同意了。"

我很意外:"你岳父没了?"

他说:"没了。"

我问"怎么死的?"

他说:"癌症。"

我说:"是肝癌吧?肯定是!"

"不是不是,是胰腺上出了问题。胰腺癌。这种癌最疼了知道不?疼厉害的时候,老头像牛似的,生往墙上撞,摁都摁不住,把人折腾屁了。一连两个多月,我白天上班,晚上去陪护。开始老爷子不理我,我给他擦屎接尿他都不用。后来他越来越疼，啥止疼药都不管事儿。我突然想起个招儿来。我给我的一个小哥们儿打电话（他把一只手举起来，在耳边模仿着打电话的样子）。我说：锤子？他外号叫锤子，我给他起的，因为他不管去哪儿，干啥，腰上都别着一把小锤子。我说锤子？你啥时候回来？他说：我老婆让我再待两天，我凑个整儿，十天，就十天！行不？我说：你刚结婚，十天就行了？他说不行咋整？你又不让我多待。我说：你把老婆带到北京来，我给她安排个活儿行不？让她给工人做饭，你们可以天天度蜜月，有你够的时候！他说：大哥真的吗？我说能跟你开玩笑吗？他说：那太好了，我明天就回去！我说别！他说咋了大哥？刚说完就变卦呀，不算数了？我说：谁他妈说我变卦了？我是让你给我办个事儿再回来。他说：啥事儿大哥，你咳嗽一声，兄弟去办！我说你给我整一疙瘩大烟带回来。那边没动静了，老半天不说话。我说锤子，你死了？大烟就是鸦片，知道不？他说知道是知道，那不是毒品吗？你让我上哪儿整去？我说你少废话行不？整不着，你就别滚回来！"

胡冬把那手放下来，意思是打完了电话。但他又骂了一句："个犊子玩意儿！""整到了没有？"我问他。

"你听我说呀。两天后他就给我带回来了，像手指肚那么大一疙瘩，老贵了！我还头一回见到那玩意儿，黑的，像烟袋油子似的。你说咋的？那玩意儿止疼可忒好使了。我岳父一疼急了，我就给他喝上一点儿，一疼急了，我就给他喝上一点儿……就这么着，老爷子才觉得我是个好人了。有两天晚上我有事儿，没去陪护，他还找，问我老婆：小胡怎么没来？我再去的时候，他一把抓住了我的手，吓我一跳！我还以为他要揍我哪。没有，他握住我的手说：小胡啊，我跟你说一件事情。我说啥事儿？说吧。他说我感觉你这个小伙子还真是不赖，等我的病好了——他不知道自己得的是癌症，还以为能好呢，说你们赶紧把婚事儿办了吧。"

我说："这回想通了。"

"也不一定是想通了。不是有句话吗？人死言……鸟什么亡……怎么说来着？"

"人之将死，其言也善；鸟之将亡，其鸣也哀。"

他说："对对对，就这么说的！"

"老爷子挺了多长时间没的？"

"查出癌症的时候就是晚期了，还不到三个月，就医治无效，死了。"

"多大年纪？"

"别说了，老头儿活着的时候，我觉得他已经挺老啦。可他一死，又觉得他挺年轻的，终年才六十五岁。"

说完连胡冬自己都乐了。

老人去世后，他们很快就结婚了。终究是好事多磨吧。

在胡冬看来，他的这次婚姻是他人生中最大的成功。他沾沾自喜地对我说，虽说他这个老婆长得不怎么好看，走路稍稍有点跛脚，但人家毕竟是北京人，而且因为开发商拆迁占地，刚结婚就分到了一户八十平方米的回迁楼房。作为一个外地人，还想怎么着呀，是不是？

　　说到他的原配——那个乡下老婆（这是我一直不好意思向他提起的话题），胡冬用一种轻描淡写的口吻叙述了一些情况，说她也不亏，家里的三间房子和所有的东西，他一样没要，全都给了她。胡冬的这个老婆我见过一次，长得还行，娃娃脸，白白胖胖的，一笑俩酒窝儿，像个小荷包蛋。他们结婚三年了，还没孩子。根据胡冬的说法，不是胡冬不想要，是她不想生。他过年回家的时候，她总是偷着吃药。有一年春节之后，胡冬把她带到了北京。本想夫妻俩一起做生意，卖烧饼。可一看吃不像吃的，住不像住的，根本受不下去，没过几天她就草鸡了。她本想让胡冬撤了摊子一块回东北。可胡冬却不想走，结果她一甩袖子走人了。以后再也没来过。

　　我问胡冬，跟他前妻在感情方面是不是原来就不太好。

　　胡冬说："也不是。我们是自由恋爱，感情上没问题，人也挺好的。她就是人太懒，懒得连孩子都不愿意生，还吃不了苦。不过话说回来了，两个人长期不在一起，确实有点儿操蛋。"

　　"她又结婚了没有？"

　　"早结了。"

　　胡冬告诉我，离婚后，她在东北嫁给了省城里的一个出租车司机，也是城里人，说到这里，胡冬突然有些不快了："听说那人都五十多岁了。我这边一离，反倒让他捡了个便宜，个孙子！"

一年后，胡冬喜得"贵子"。取名"胡北"。"胡"是胡冬的胡，"北"是北京的北。意思是胡家的后人生在了北京。

胡冬告诉我，他儿子是随着他老婆上的户口，算是地地道道的北京人。将来再用不着跟他一样，当什么狗屁农民工了。

这就是胡冬。这个被城里人不屑一顾的乡巴佬，自从进入他所向往的城市之后，很快就找到了感觉。他不仅观念超前，还学会了用现实生活中的新思想，不断地修改和调整自己的价值取向。他的精神世界是如此复杂，又是如此单纯。他在这个本来不属于自己的城市中往来穿梭，给人的感觉已经游刃有余，甚至如鱼得水。当然，在这个一千八百多万人的城市里，你尽可以说他充其量也不过是一条泥鳅，可泥鳅也是鱼啊！

相比之下，我的观念却有些落后。像大多数进入这城市的外地人一样，我是那种比较传统与中庸的人，在这个充满机遇、生机勃勃的城市里，我始终缺乏一种强烈的占有欲和想象力，或者说，总是力求在现实和想象之间保持平衡。不过，凭借我们夫妻的同舟共济、多年打拼，最终的效果也可以，至少我们已经混上了一套房子，有了一个真正属于自己的窝。

这让我感到安慰。

20

搬入新居之后，在一种全新感的反差中，我常常会想起过去。想起以前居无定所寄人篱下的日子。毫无疑问，有时候也会想起那时候的邻居。

先说方悦。终止了房东与房客的关系之后，我们和方悦仍然保持着原来的交往。这期间，她偶尔会到我的餐馆吃一次小炒牛蛙；在她带团出国的时候，我还像原来一样，去给她的两盆胡姬花浇一次水。

有天傍晚，方悦打来电话，她说想请我和妻子吃个饭。这之前，方悦已经请过我们两次了。一次是她家附近新开张了一家餐馆，她说有几道菜做得特棒，让我们去品尝品尝，借鉴一下。"餐馆老板，不经常去品尝一下别人的菜哪成啊。"还有一次，是她亲自做了几个菜，让我们到她家里去聚一聚，祝福她三十八岁生日快乐。而这一次，则是她"特想找个人喝点酒"又不愿意动弹，便邀请我们去她家附近的餐馆去喝点酒，聊聊天，同时也让我们换换口味。

方悦是个喜欢热闹的人。离异后，她没有新的家庭，一直过着孤单寂寞的生活。她请我们吃饭，无非是想请我们去说说话，热闹一下。不巧的是，当时正是暑假，我妻子带着小玉回老家去看我的岳父岳母，还没回来。我便实话实说，告诉方悦算了，下次再说吧。

"什么叫下次再说呀，有一个算一个，大姐不来，你自己过来还怕我吃了你呀？"方悦的口气咄咄逼人，甚至有点淘气。

我无法拒绝。如果坚持不去，一来让方悦失望，二来也有点不识抬举了。与此同时，和一位漂亮的女人单独对饮，可能也是一种不错的体验吧。

那天晚上，方悦可谓盛装出席。平时在许多场合里，我只关注女性的整体形象，很少去注意她在穿着上的细节。以至于事后总是回忆不出她当时穿的是什么款式的服装，甚至想不起那服装是什么颜色。但这一次例外。我特地打量了一下方悦的穿着。她上身穿一件紫色短款风衣，下身是一条黑色红白碎花长裙。她化了淡妆，连发型都是新做的，她甚至穿了一双高跟鞋，站在那里显得风姿秀逸，亭亭玉立。尽管方悦天生丽质，哪怕素面朝天都毫不妨碍她的漂亮，但当时她给我的感觉是，作为女性，打扮和不打扮还是不太一样。

在地坛西门的一家餐馆里，我和她面对面坐下。熟悉的场面，不太一样的感觉。点完了菜，方悦把一件宽松的外衣脱掉，搭放在椅背上，里边是一件黑色无袖衬衫，两只胳膊裸露无遗，洁白如玉。我说过，我对方悦的印象绝对不坏。而眼前的方悦，在柔和的灯光下，整个人显得优雅华贵，比平时更富有女性的魅力。一时间，我觉得眼前的一切恍若梦境，让人同时泛起一种缱绻的心绪和一种类似于怀旧般的温馨。

不过，我却暗暗调整情绪，努力寻找平时和方悦吃饭时的状态。我平静地看着她，问她为什么今天"特想喝点酒"。

方悦迟疑了一下："说出来，你肯定会笑……"

我说："说说看。"

"今天是我捉奸两周年的日子。"

方悦的声音疲倦，像是在内心里已经沉吟了很久。

一句话，让我琢磨了半天才回过神来。当时我的确是想笑，但我没有笑出来。的确，人生中有许多特殊的日子，可以让人念念不忘，比如生日，结婚纪念日，已故亲人与朋友的忌日，各种各样的传统节日……但我怎么也没想到，方悦居然会把这样一个日子记得这么清楚。捉奸的日子也值得纪念吗？因为这件事，后来我还特意在百度上搜索过这两个字。

在网上，有一个词条是这么描述的：

捉奸基本上算是一件损人不利己的事，它等于是主动把对方造成的伤害和侮辱最大限度地固定在自己的脸面和心灵上，也等于是把自己和配偶的尊严同时折杀殆尽，并把彼此推到了无可挽回的绝境上。

对于这件事，我不知道方悦是怎么想的，也不知道她对自己的捉奸行为是不是产生过后悔。我单是知道，离婚后，方悦一直不忌讳关于前夫的话题。有一次，说到张弈胜如何干净，又如何会做菜的时候，她的眼睛还能发亮。事后我和妻子推断，两个人复婚的可能性非常大。为此，我妻子在后来的见面中还劝过方悦，说事儿都过去了，抻上一段时间，让他知道知道锅是铁打的就行了，别老是这么拖下去了，该复婚就复婚吧。当时方悦的态度似乎不是很积极，她笑了笑，眼睛黯淡下去，含糊其词地说了一句："顺其自然吧。"

我们沉默了半天。然后，我问她和张弈胜还有没有联系。

方悦摇头说："他结婚之后就没联系了。"

我诧异地问道："他结婚了？什么时候结的？"

方悦用一根手指拨弄着桌上的打火机，平静地说："半年多了。"

"是和那个新疆的女孩儿吗？"

"不是。北京的，也是二十几岁。我真是纳闷啦，现在的女孩儿咋都这么犯贱……"

我遗憾地说："我还以为你们能复婚呢。"

"开始我也这么想过。他不说就是想玩玩嘛，我给了他足够的时间，让他去玩。本以为他玩腻了，总有掉过头来找我的那一天。我等着。哪知道根本不是那么回事儿。让作家说说，我这人是善良啊还是傻呀？"

我想起"十个美女九个傻"这句话，但是我没说。

我说："既然这样，那你也该早做打算才是。"

方悦凄然一笑："这不是早打算就能解决了的事儿。"

又说："我还不至于马上就甩货吧？"

方悦用潮湿的眼睛看着我。

我说："不会不会，这说到哪儿去了。"

沉默了一会儿，她若有所思地说道："人这玩意儿，怎么说呢，我觉得真是不可思议。"

我不知道她要表达什么，便附和着说："是啊，高级动物嘛。"

"还记得我哥吧？"

"你说方大哥啊？我当然记得。"

"知道吗？当我知道他找了个傍家儿的时候，我只担心他把自己身体作坏了。别的，我还真没有多想。比方说，如果因为这事儿我嫂子和他纠缠起来，我肯定会替我哥说话，去开导我嫂子……可是，事情突然落到我自己头上的时候，我咋就接受不了呢？"

我想了想说："人可能都是这样吧。"

方悦依然困惑着表情："说实话，结婚之后，张弈胜对我一直不错，平时我要什么他给什么，即使我要个星星，他也会有办法不让我失望的。我就不明白，他这么宠着我，为啥还去找别的女孩儿睡觉呢？"

我好像在哪本书里看到过一句话，说性是一种充满了无理性的东西。

我想了想说道："也许是一时冲动，或者说是意志薄弱，也许是为了寻找刺激，有时候还是一种凑巧而来的机会吧。"

"和爱情没有关系？"

"有时候有，有时候没有。或者说，那只是一种情绪，而不是一种情感。"

她说："比如。"

我说："比如……张弈胜和那个女孩不是没结婚吗？"

方悦说："他可是想结，是那个女孩儿不干。"

"这样啊……"

"你以为呢。她不但把张弈胜玩了个直眉瞪眼，把我的生活也搅了个一塌糊涂。"

我沉吟着说："在小说里，一般都是城里的男人玩够了乡下的女孩子，然后再把她们甩掉。"

"生活比你们作家的小说复杂多了。"

"那肯定是。"

沉默了一会儿，方悦又是凄然一笑："啥也甭说了，人就是个命吧。真是有什么样的开头，就有什么样的结局。哎，对了，我好像跟你们说过吧？我和张弈胜是在大学里恋爱的。说实话，是我主动追的他。当时他被一个女孩儿甩了，结婚后，我的感觉特别好，也很满足。我唯一的愿望就是好好地去爱这个人，并且整天围着他转。我吃他喜欢吃的东西，穿他喜欢的衣服。为了他，我尽心地呵护自己的容貌……可到头来，这一切都是白费。记得我有个同学，他说女人不要去追求男人，那是一件痛苦的事，即使追到了，对方也不会有太多的幸福感。当时我听到这话的时候还觉得他瞎掰，心想，别利用你那套心理学胡说八道了，狗屁！现在想想，也许他的话还真是有点道理……别人咋样我不知道，这个像魔咒一样的预言，反正在我身上是应验了。"

不知为什么，在悲剧面前，人常常会认命。在方悦看来，她的婚姻好像不是一个悲剧，而是一个命定的结局。

以前的方悦总是嘻嘻哈哈，迄今为止，这是我听到的她最严肃也是最沉重的一段话。也许离过婚的女人，多多少少都会变得深刻一些吧。

方悦重重地叹了一口气，沉默了一会儿，恢复常态。

她突然想起似的说："我说作家，你不会把我的事儿写到小说里去吧？"

我笑着说："不会，至少现在我还没想过。"

方悦表情一松，索性般地说道："算啦，写就写吧。我都这样啦还怕啥呀，跟你说吧，我啥都不在乎了！来，喝酒！"

那天我们喝的是方悦带的一瓶洋酒。啥酒不知道。只记得那是个大肚子酒瓶，容量七百毫升。价钱不菲，但口感一般。尽管方悦在我们的杯子里分别加了冰块，感觉还是不习惯，味道很怪，还有一点点苦。

我们边喝边聊。说新加坡的夜间野生动物园，说日本的人体盛宴，说美国大片，说伊朗的《小鞋子》。她还说了一会儿足球。我没想到方悦会喜欢足球。她甚至能叫出许多球星的名字：什么皮克呀，阿尔法呀，纳斯里和扎戈拉基斯呀，一说一大串。坦率地说，我对足球这项运动不是很喜欢。一个球被踢来踢去，磨磨叽叽，好不容易盼到临门一脚——就像是要踢在你的心上似的——可是"嘭"一家伙，不是偏了，就是飞了，抑或是被对方，甚至是被队友一种鲁莽的因素破坏掉了。太可惜了。前

252

期所有的铺垫呀，运作呀，全都是白玩！于是只能从头再来。再来的结果却还是那样，磨磨叽叽，有高潮，没快感，总也达不到目的。看着特费劲，特着急，有时都恨不得对着电视机来上一脚才解气！这是何苦呢，快去个屁的吧！我真不知道世界上为啥有那么多人喜欢这种运动，还把它称为"世界第一运动"。而且，不知从什么时候起，这项运动也越来越吸引中国人的眼球了，据说喜欢看足球的人越来越多，但是我不行，甚至连一点从众的虚荣心都没有。换句话说，我总不能因为越来越多的人喜欢我就喜欢。

对此方悦竟然十分诧异。

她说："你不喜欢看足球？"

我说："不喜欢。"

她说："你是不是男人啊？"

我说："有那么严重吗？"

她说："当然了。"

我说："我喜欢斗牛。"

方悦这才不吱声了。

后来，不知怎么的，我们的话题又回到了原点：讨论了半天世界上有没有真正的爱情。其实，这是一个既简单又复杂的问题。也许只有那些纯情的少女和在婚姻上失败的女人，才会对这样的话题感兴趣。这一次，我倒是来了个直言不讳，反正涉及不到自己的灵魂，瞎说呗。所谓有没有真正的爱情，十有八九的人肯定都会说有。泛泛而谈，甚至可以古今中外，引经据典，旁征博引。可在我看来，那毕竟都是别人的事——用别人的事例来说明有没有真正的爱情，就像讨论这个世界有没有鬼一样，与自己到底有多大的关系？说到底，爱情不过是一种自我感觉而已。记得当时我是这么说的："你认为有，那肯定是有；你认为没有，即使真有，对你又有什么用？"

方悦眯着眼睛，出神地想了一会儿我的话。然后，她隔着桌子把胳膊伸过来，神经质似的和我握了握手，半天才松开。

然后，她将胳膊支在桌上，十指交叉，仿佛陷入了一种困惑与思考。半天说道："也许，人就是这么回事吧。有些事情，想不明白的时候头疼，想明白了又心疼……唉，算啦，现在我是啥也不想了。顺其自然，愿怎么着就怎么着吧，能咋的呀是不是！"

我附和地说："有时候，人是得放松自己。"

"就是！"

我们又继续喝酒。

开始的时候，我觉得那瓶洋酒口感很淡，没什么劲，当我们把那瓶差不多要喝完的时候，才觉得这酒后劲挺大，有点上头。我发现方悦的眼神儿发飘，神思恍惚（以前我从没见她喝到这样），便建议她不要再喝了。方悦不肯，非要把瓶里的酒喝完。结果我们又喝了一小杯，她便捂着嘴，摇摇晃晃地去了洗手间。我赶紧跟过去，却无奈被一个女性的标志挡在了门外。我爱莫能助地站在那里，听见方悦在里边不停地呕吐起来，好像吐得搜肠刮肚……我暗想，吐吧，再吐一次！吐出来就好了。

可是没好。回到座位上，方悦用双手撑着额头，长时间一动不动。过了一会儿，我问她能不能走。她舌头都软了："哥啊，不行，我头晕，你先走吧，我待一会儿……"

我能先走吗？又坐了一会儿，我问她怎么样，要不要我送她回家。

她摇了摇头，嘴里说着"不好意思"，却绵软无力地站起来，同时把一只手递给了我。也就是在那一瞬间，我感觉到了一种被需要。

说实话，在方悦面前，我喜欢这样的需要。

时值秋末，天空善解人意般地下起了毛毛细雨。纤细的雨丝在路灯下闪闪发光，落到脸上一点不凉，反而给人一种麻酥酥的快意。城里晚高峰时间已经过去，路上的车流却仍然很多，红黄两色的车灯如同两条交错而过的河流，发出潮水般呜呜的响声。

方悦的家距离餐馆很近，过了马路天桥，走进一条小街，不到两百米就是她居住的小区。一路上，方悦走得绵软无力，我挽着她的胳膊，和她并肩而行。我的手能感觉到她的体温，同时能闻到她头发上洗发香波的味道。一路上，我们谁也没有说话。在进入电梯的一刹那，方悦松软地向后一靠，我右臂本能地一揽，我的右手碰到了她的乳房。也许是酒精放大了人性，也许是顺手捞一把的思想在潜意识里作怪，我做了一件让我自己都感到惊诧的事，竟在那高耸柔软的部位上轻轻地握了一下，一种血流加快的感觉立刻涌遍全身。方悦低着头，她一把抓住我的手……我心里一紧，以为她会把我的手立刻抢开。但是没有。她死死抓住我的手背，令我的手一动不动。

电梯准确地停在了十层。

到了家门口，方悦用肩膀抵在门上，在包里翻了半天才找到钥匙。进屋后，我们没像当代影视剧里的激情男女那样"一阵狂吻"。屋子里弥漫着一种我熟悉的兰花淡雅的清香。我把方悦扶到沙发上，突然有一种想去卫生间的欲望。

这是一个单身女人的卫生间：透明的玻璃淋浴房，零零碎碎的各种化妆品，女人的全部隐私用品差不多都陈列在这里：小小的红色三角裤，高筒袜，黑色的乳罩四周绣着精美的锯齿花边……我的目光在每件物品上停留了五秒钟……

回到客厅，我看见方悦在沙发上换了个姿势。我问她："怎么样，没事儿吧？"

她苦笑一下，面颊绯红，然后目光迷蒙地一笑："今天可出丑了。"

"我比你严重的时候多了，这算啥。"

此后我们谁也不开口。方悦靠在沙发上，疲惫地闭上眼睛。那种神态，就像坐在候车室里，无奈地等待着一趟晚点的火车。

过了一会儿，我才想起来，问她要不要喝水。

"不喝，你喝请自己倒吧。"

我说："我也不喝。"

不知道为什么，先前在餐馆里我们还滔滔不绝，现在却突然找不到什么话可说了。我很迷惑。显然，方悦也有同感。我注意到她的目光几次瞟到我的脸上，但她却欲言又止，什么也没说。奇怪的沉默笼罩了房间。我觉得有一种什么东西在我们之间横亘着。彼此都像是在倾听着自己的心跳。我担心这么坐下去方悦可能会睡着——即使睡不着，这么待下去也不是个事儿呀！于是我心照不宣地问了一句："你是不是挺难受呀，要不到床上去休息吧。"

在方悦的脸上，我第一次看到了作为女性的羞涩。说实话，那很是迷人。她似乎想了一下，便微微地点了点头，却没有行动的意思。我只好走过去，把她搀扶起来。方悦柔软着身体，一连说了好几句"不好意思"。我把她送到卧室。当我在墙壁上找到开关，按亮了灯时，方悦却用一只手罩在了脸上。

"太刺眼了……"

我只好把灯关掉。其实，卧室的门是开着的，客厅的灯光照进来，屋子里的光线还是挺够用的。

我把方悦扶到了床边。她稍稍犹豫了一下，坐到床上，然后便侧着身体躺在了床头的靠枕上。

床太大啦。蜷缩在床上的方悦，显得既弱小又孤单。

我迟疑地站在床边，不知道该怎么安排自己。我还从来没遇到过类似的情况，我没有这方面的经验。就在这时，我的手机突然奏起了音乐。

我来到客厅，在沙发上的外衣口袋里找出手机。是我妻子从老家打来的电话。她问我怎么没在餐馆。完全是鬼使神差，我竟然脱口而出地告诉她，说我正在去餐馆的路上。至此我突然意识到，在某种特定情形下，说谎几乎就是人的一种本能。可话一出口，我就懊悔得直想给自己一个耳光。我妻子似乎识破了我的谎言，她说："行了，一会儿我往餐馆里打吧。"

还没等我说啥，她就把电话挂了。

我一下子呆立在那里。心想这就是撒谎的代价。你说了一句谎言，就得再用十句谎话去掩盖它。总之，就是这么一个电话，把我当时的情绪一下子搞得面目全非。

我回到卧室的时候，方悦懒懒地倚靠在床上，显得十分舒适和惬意。她微笑地看着我，用一种亲密而又带点讥笑的口吻说道："大姐在查你的岗。"

我说："不是……你感觉好点了吗？"

方悦点点头，心照不宣地笑了笑。

"……那你休息吧。"我说。

说完，为了有一个过渡，其实也是在特定环境下一种普普通通的姿态：我给方悦拉上了窗帘，还去客厅里倒了一杯水，放在她旁边的床头柜上。（事后，每当想起这事儿的时候，我都觉得自己特别猥琐，像个小丑。）

然后，我关切地问了一句："你没事吧？"

方悦安静地侧卧在床上，一声不响地看着我。她的眼神里没有掩饰，也没有任何邪意。

这时候，我又听见我自己在说："那……你休息吧……我走了。"

我真的走了。

出来的时候，我想起衣兜里还有方悦家的一把钥匙，在门外，我给方悦锁上了门。我了解这种门锁的属性，明天早晨，方悦自然会在里边用她的钥匙把门打开。

雨停了。却刮起了风。风把城里潮水般的喧嚣声已经刮到了远处，周围只有树叶在哗哗地响动，同时一片片飞扬起来，刚落到地上，就被风哗啦啦地刮走了。路上几乎没什么行人。我本来是想坐公交车的，可等了半天不见踪影。正好有一辆出租车开过来，我索性招了招手，上车。在平时，如果没有特殊情况，我很少打车，对于我这种身份的人来说，这是一种奢侈。

"您去哪儿？"

"王府井。"

"王府井儿什么地儿？"

我告诉了他。

"嗳，这就对了。想去什么地儿，您得说清楚了。跟您说，那王府井儿地儿可大了，北边儿是教堂，南口儿是长安街，您要是去北京饭店，我就得从东四北大街奔南走；您去贵宾楼，我就顺皇城根儿，走到南河沿儿，顶到南头就齐了。好，您就说个去王府井儿，我怎么走呀，是不是？您本来是去华龙街，我要是把你放在教堂那儿，您肯定不乐意，说嘿，丫怎么把我搁这儿啦？可不嘛，还有两站多地呢，您得奔步行街走过去。这倒是省钱了，可省钱还不如坐公交呢，谁还打车干吗呀，您说是不是?"

这个司机四十多岁,他和老杨头儿有个相同的爱好,喜欢玩儿核桃。他一只手把着方向盘,另一只手在不停地揉着两个核桃。同时还得换挡位,打转向,脚下给油,刹车,踩离合……总之手和脚已经够忙乎的了,嘴上还喋喋不休。他可真有两下子!我有一搭没一搭地应付上一两句,心里却一直为我妻子的那个电话纠结着,想着应该编织什么样的理由进行自救。

回到餐馆,我问了一下伙计,奇怪的是,我妻子并没有把电话打到餐馆来。我这才放下心来,同时还禁不住自嘲地想:无须自救了,妻子已经救了我。

回到家里的时候,我听见隔壁的两口子正在吵架。声音大得出奇。男的半天吼一句,女的一直在吼,而且是边哭边吼,语速极快。

在如今的北京,已经很少有人打架了,不像前几年,人来人往的马路上动不动就会聚起一个疙瘩,不用看,就知道是人与人之间发生了龃龉。争吵,对骂,甚至拳脚相加,白刀子进去红刀子出来的情况都有。在我的餐馆里就发生过这样的事。有一次,有两拨儿客人相继来到餐馆吃饭。开始还都挺儒雅,分宾主坐下,点菜,喝酒。喝着喝着,就起了事端,就因为其中一伙人声音太大,另一伙人往那边看了几眼,被看的人就不高兴了。"瞅什么瞅,不认识你爹啊?"结果两伙人就打起来了。一直叫着号着打到了餐馆门外,打到了胡同,还打。我眼看着其中的一伙招架不住了,有两个人已经撤了,还有一个人顽强地搏斗了一会儿，直到在对方的脑袋上狠狠地擂了一拳，才像够本似的转身而逃。可没跑出几步远便觉得屁股上不太对劲，用手一摸，一把小刀子还在屁股上插着呢！

这是我五年前的记忆。现在几乎没有这样的事了。即使有，也是少而又少，甚至是耸人听闻了。随着人的素质和社会文明程度的不断提高，人与人之间的矛盾不是没有，而是换成了别的方式解决或者去较量了。那种传统的吵架方式似乎只留给了家庭，留给了夫妻。

我倾听了一会儿。隔壁的这对夫妻吼的什么，我一句也听不懂。我们小区里有十几栋高层楼房，多数住户都是在附近的大红门一带做服装生意的南方人。因此，对于我来说，这样的居住环境既不同于我的老家煤矿，也不同于我们曾居住过的北京胡同。虽说我住到这里已经一年多了，但小区里的人我一个都不认识，即使住在隔壁的邻居，在电梯或走廊里碰到一起（这种情况很少），也从来没说过话。甚至连个微笑也不愿意赠给对方，只是彼此常识性地点点头。点头成了一种没有内容的形式，也似乎是人与人之间的一种限度。其实这也不单单是我和邻居的相处方式。电梯里站满了人，你听不到说话声；早晨小区的公园里总是有那么多的人在遛弯，你也听不到说话声。偶尔遇到个别人在交谈，你会发现，他们的目光总是看着对方手里牵着的狗。他们只是聊一点狗的话题：狗的品种，狗的性别，狗的年龄，乖与不乖之类。而陌生的彼此之间，却连一句"您贵姓"这样简单的话都懒得去问。也许，现代的城市生活就是这样：你对周围的环境会越来越熟悉，你可以熟悉它的每一条街道，每一座建筑，甚至于某一棵树，但人永远都是陌生的。

隔壁的吵闹声，由强到弱，由急到缓，终于平息下去了。躺在床上，我却很久都睡不着觉。我开始回忆整个晚上和方悦独处时的情景，甚至想到每一个细节。她的脸庞，她的神情，她的目光，时而清晰，时而恍惚，虚空如梦。我从臆想中回到现实。突然有了一种说不分明的歉疚。我不知道人为什么会这样：一旦发现刚刚逃离的"危险"不过是一场虚惊，又往往会生出一种重回现场的欲望与冲动。有那么一会儿，我突然抑制不住地想给方悦打个电话——无论她怎么想，怎么说，关心一下她是不是醒酒了，这总不失为一种策略，也是一种说得过去的理由吧？

我拿起手机，发现上面有一条短信，打开一看，正是方悦发来的：

我以为世界上只有两种男人：一种是好色的，一种是非常好色的。现在我才发现，还有另外一种男人……

我体味良久。明知道我自己就是那个谜底，但还是不太甘心地给方悦回了一条短信：

愿闻其详。

方悦没有回复。

　　那次之后，我就再没见过方悦，也没有过任何联系。北京很大，主要是各自都生活得很忙。应该说，在每个人的交际圈子里，一年两年不见面、不通话的朋友多得是，很正常。更主要的是，那天喝酒的事儿我一直记着，我总担心见了面，被方悦直接捅出来，或者一不小心说漏了嘴，让我妻子知道我曾单独把方悦送回过她的家里，事情就复杂了。因此，有好几次我妻子念叨起方悦的时候，我都没怎么吱声。

　　时间很快到了农历年底。

　　有天早晨吃饭，我妻子突然问我："你说我做梦梦到谁了？"

　　"我哪知道你梦见谁了？"

　　她告诉我，说她梦见方悦了。

　　"好像是夏天。方悦穿着一身白色的衣裙，在我们餐馆门前走了过去。我跑出去，叫了她好几声，她都没回头，我又一喊，突然把自己喊醒了。"她用一种非常纳闷的口气说，"这扯不扯，跟真事儿似的，咋还做了这么个梦呢。"

　　我说："做梦还有个谱儿。"

　　我妻子不再纠缠她的梦了。但话题仍然没有离开方悦。她唠唠叨叨地说："方悦这么长时间不来，是不是我们在什么地方做得不对，她挑眼了，生气了？"

　　我说："不可能，方悦是个大大咧咧的人，她生什么气呀。"

　　她说："那可不一定。离了婚的女人，肯定都会变得有点心娇。"

我说："得了吧，再心娇也不可能跟谁都撒呀。"

尽管如此，我妻子还是让我给方悦打个电话，说问问她最近在忙什么，关心一下。快过春节了，再顺便打个招呼，年三十儿那天让她到餐馆来过年。

春节是一年中最重要的节日，也是家人团聚的日子。在城里工作的外地人，无论远近，大多数人都要回到老家去过年。特别是，近年来随着中国人口的大流动、大迁徙，每到春节前夕，返乡大军浩浩荡荡，已经在中国大地上形成了一道独特壮丽的人文景观。与此同时，"春运"成了一个国家的焦点，成了所有新闻媒体共同关注的话题。不过，自从到了北京之后，一连六个春节，我们都在北京过的，餐馆也是照常营业。我妻子的意思是，多挣一点是一点，否则的话，岂不是干背着房租？

去年春节，也就是2003年春节，考虑到方悦一个人在家里过没意思，我妻子告诉方悦，让她到餐馆来一起过年。方悦愉快地接受了邀请，并带来了一大堆水果和一箱海产品。由于方悦的加入，那个春节我们过得比往年热闹。拿到节日红包的伙计们个个欢天喜地，他们挨着个地给我们敬酒。为了给节日增添气氛，一个平时喜欢唱歌的小伙子，还自告奋勇地唱了好几首歌曲，竟然唱得不错，特别是那首《大中国》，把方悦感动得差点落泪。当时她就跟我妻子说："大姐，说好了，明年春节我还到你们餐馆来过！"

妻子的提醒，也唤起了我的记忆。我在手机里查找到方悦的号码，按下呼叫键，然后把手机递给我妻子：

"你跟她说吧。"

我妻子接过手机，放在耳朵上听了半天……她说："怎么说是停机了。"

我接来一听，确实是停机了。我又打了一次她家的座机，这一次却说的是空号。

我有些纳闷了："这是咋回事啊。"

我妻子说："也许是搬家啦？"

我说："搬家也不至于把手机号也换了呀。"

这时候，我妻子突然想起了方悦的哥哥。她说："你给方长贵打电话，问问他不就知道了？"

我是在第二天上午才联系上方长贵的，此前他家里的电话一直无人接听。这一次，只呼叫了两声，方长贵就接听了。话筒里还是那种喉咙很粗的京腔京韵："怎么啦，您说！"

我和方长贵先是聊了几句家常。互问了一些对方的情况，都是礼节性的。各自的生活也都是那种常态化的生活，没什么可让彼此感兴趣的信息，用方长贵的话说："就这个德行吧，马马虎虎。"彼此之间没有了交谈的欲望，我才切入正题，打听起了方悦。一问，才知道方悦已经远渡东洋，移居日本。

"您找她有事儿？"

我告诉他也没事儿，就是很长时间没联系了，随便问问。

我没想到会问出这么个结果。

放下电话，我坐在那里若有所失地愣了半天。怅然地想：看来，人们无论是在生活里忙忙碌碌，还是在大地上行色匆匆，其实都是在不断地寻找着属于自己的归宿。当乡下人不断涌入城市的时候，许多城里人已经开始把国外当作他们人生的大舞台了。

21

　　生活杂乱纷繁，剥去层层外表，你就会发现，人只是活在时间里。当然，随着时间的不断推移，人也在不断地变化。有些人在时间里变老，有些人在时间里死去。远的不说，两年多来，仅在我餐馆的那条胡同里就走了三个人。一个是坐轮椅的老太太；一个是掀起眼皮说话的那个大胖子；紧接着就是老杨头儿了。

　　老杨头儿叫杨基业。在他死前不久，有一次他曾跟我聊起过他的身世。他十六岁进入一家弓箭铺当学徒。那家弓箭铺的前身属于皇家特设兵工厂。清朝末期，弓箭被洋枪洋炮所取代，弓箭场也就成了一家民间作坊。由于经营不善，不到一年，他便离开弓箭场，跟随哥哥一起参军，加入了国民党部队。然而，一个能制造弓箭的人却未必是一个好的射手。换句话说，他可以制造武器，让一个人去攻击另一个人，而他自己却下不了手。据老杨头儿自己讲，抗日战争爆发后不久，在一次开赴前线的急行军中，他竟在当了连长的哥哥手下，借着尿道儿开了小差儿，做了逃兵。之后他曾在外边悠悠荡荡地躲了一年，最后才回到北平。

我笑着问他，为啥要开小差儿。

我以为老人会拿出我想象不到的什么理由来为他的行为开脱，或者说是遮羞。但是没有。

老杨头儿回答得很简单，也很坦然。

他说："还能为啥，就是怕脑袋上中枪子儿呗。"

"文革"期间，就因为那段历史，老杨头儿没少挨过批斗（"拨乱反正"之后，又因为他哥哥在台湾，算是有海外关系，他成了统战对象）。最后在一家织布厂里安然退休。

老杨头儿一生平平。但他死的时候却充满了一种悲壮的诗意。根据邻居们的说法，老杨头儿患的是心肌梗塞。那是夏天。有天晚上，他像往常一样，坐在竹椅上，享受着门洞里的过堂小风，十分惬意。据说，当时有个邻居还听了一段他闭着眼睛哼唱的《四郎探母》，而且唱得有板有眼：

杨延辉坐官院自思自叹

想起了当年事好不惨然

我好比笼中鸟有翅难展

我好比虎离山受了孤单

我好比南来雁失群飞散

我好比浅水龙困在沙滩

想当年双龙会一场血战

只杀得血成河尸骨堆山

只杀得杨家将东逃西散

只杀得众儿郎滚下马鞍

……

　　一个年轻时就做了逃兵的人，不知为什么他总喜欢这种打打杀杀的唱段。

　　只是这一次的情况很意外。唱着唱着，他突然打了一个嗝，脑袋一歪，两个油光锃亮的核桃同时滚到了地上。后来被救护车拉到医院已经奄奄一息，再也没说出一句话。在家人的守候下，他闭着眼睛躺在床上，一动不动。据说，人在弥留之际，会让人在同一时间段里，面对不同的事件。此时，老杨头儿的身上插满了各种急救的软管，但他的灵魂却已经离开了躯体，在这个城市的上空飘来荡去，飘向了一种虚幻之境。他看到了故宫——这座近在咫尺，却从未进去过的皇家大院；看到了长安街像大河一样奔涌不息的两条车流；看到了成千上万的高楼大厦；不知过了多久，在数不清的满城灯火中，他终于找到了属于自己的那一盏——它居然亮着。他在窗外向屋里看去，亮着灯光的小屋里空空荡荡，似乎正等待着他的归来。但是屋门紧锁，他却怎么也找不到开门的钥匙——他本来就没有钥匙。他又来到旁边的一个窗子前，屋子里同样是空无一人，也不知道儿子一家人去了哪里。冥冥中，他似乎听到了有人呼唤——

是女儿和儿子们在大喊着："爸爸!"一回头，他看见自己躺在一个陌生的地方。他想睁开眼睛，但是没有成功。挣扎之间，他觉得自己又一次飞翔起来。这次的感觉不再是那种飘来荡去，在他的身躯之下，他看见整座城市里繁星一样的灯火以闪电般的速度——极为快意地倏然一缩——与此同时，一种从未体验过的安详和愉悦感将他包围——属于他生命的时间与心律便戛然而止。

老杨头儿走得很突然，也很静美。他像一坨冰块儿似的融化掉了。我记得老杨头儿活着的时候曾说过一段关于"死"的话："人啊，到了要死的时候，千万不要卧床不起，叫儿女们一年两年地侍候你，烦人。说个死，嘎巴就死，自己不受罪，儿女们还多哭你几声。"

如此说来，老杨头儿对于死亡方式的隐含期待，也算是天遂人意，如愿以偿了。至于他的儿女们是不是像他设想的那样"多哭几声"，我不知道。反正在胡同里我没有听到过任何人的哭声。听胡同里的邻居说，老杨头儿一辈子结过三次婚。他的前两任妻子是一死一离。最后一任是半路夫妻，只和老杨头儿生活了五年便去世了。前窝后继加在一起，老杨头儿一生共有两儿两女，都是平头百姓。虽说老爷子已是四世同堂，却遗憾没有那么大的宅院居住在一起，因此，他只能跟着小儿子一起生活。小儿子是个交通协管员，也是个五十多岁的人了，他比较冷静地接受了这个事实。老杨头儿遗体被火化之后的第二天，我看见他便戴着红袖标、夹着个小旗子上班去了。

死的已经死了，活着的，还得活着啊。

　　总之，老杨头儿的死似乎没有影响到任何人的生活。说句不太尊重的话，他的死和不死几乎没有什么区别——至少在我的感觉里是这样。他活着的时候，我常常会忘记他的存在，他死了之后，我反倒总觉得他还活着，以至在很长一段时间里，每当路过那座门洞时，我总以为老杨头儿还坐在那里，他一边看着胡同里的行人，一边漫不经心地把玩着手里的两枚核桃。扭头一看，才发现那座没有大门的破落门洞空空如也——那个满腹经纶，如活化石一般的老爷子已经走了，不在了。

　　这期间，最让我震惊的是李黎。那个专画北京胡同的南方女孩，在她搬出甲 32 号院后的第二年，竟然查出了胃癌。事实上，自从李黎搬出甲 32 号院之后，我很快就把这个女孩儿忘了。这没什么，很正常。从佛学的角度上说，宇宙万物的生命现象，都是因缘集合而生，缘生而起，缘尽而散。在生活中，人与人的关系同样如此。我们都是行走在同一时间、同一地点里的匆匆过客，即便真的是"前世五百年的回眸，才换来今生的一次擦肩而过"，我们也不可能把每个相逢过的人都记住。不能说我们不知道珍惜，而是我们实在没有那样的能力。更何况我是个开餐馆的人，每天面对那么多来来往往的顾客——不但记不住谁是张三，谁是李四，有时候，我甚至会把常到我餐馆吃饭的顾客，与在别的场合交往过的人相互弄混。比如，我再次见到李黎时的情景就是这样。

那时候，李黎已经在协和医院做了胃切除手术。出院之前的一天晚上，她在父母的陪护下到我餐馆来吃过一次饭。当时的李黎已经瘦得不成样子了。那个给我留下过深刻印象、健康美丽的年轻画家，仿佛变成了另一个人。如果不是她主动跟我打招呼，并提醒说我们曾在一个院里住过，我还以为她是以前来过餐馆的顾客呢。

　　说起话来，我才知道李黎正在协和医院住院。我问她得了什么病，她直言不讳地告诉我，说是胃癌。我听后大吃一惊。倒是李黎和她的父母，似乎早已经从最初的打击中平静下来，他们告诉我说，是真的。据李黎讲，半年以前她就觉得胃里不舒服，经常有一种饱胀和烧灼感，她一直没当回事。在后来的日子里，她觉得上腹部开始隐痛，吃过各种药也不起作用，同时消瘦乏力，恶心，反酸，并开始呕吐。到医院做了个胃镜才知道胃里有肿瘤，而且是恶性的。

　　对于李黎患上这样的重病，我和妻子非常同情。根据李黎的饮食要求，我妻子特意吩咐厨师做了适合她的饭菜。那顿饭，我们一直坐在那一家三口的旁边，一边看着李黎一小口一小口地喝粥，一边跟他们一家三口说话。李黎给人的感觉依然很乐观。她平静地向我们介绍了她的整个治疗过程，介绍了她父母的焦急心情。后来，她还抛开自己的病，说到了她的铅笔画儿。

　　李黎告诉我，如果不是得了病，她的一百幅老北京胡同的铅笔画儿，差不多已经完成了。接下来，她要为每幅画儿配上它的沿革和历史变迁之类的文字。她想出一本书，一本图文并茂的关于北京胡同的书。然后，她会找一份固定的工作，考在职研究生，在专业上继续深造。没想到，突然而来的一场大病，把她的计划彻底打乱了。说到这里，李黎消瘦而苍白的脸上掠过一丝黯淡的神情。

李黎的父母，是一对做茶叶生意的中年夫妇，斯文，和蔼，说话细声慢语。他们一致认为，就是因为画画儿，李黎才坐下了病。她一个人在北京奔来奔去，吃饭不及时，而且冷一口热一口，结果把胃搞坏了。他们为对李黎没尽到责任感到痛心，并表露出了无法挽回的懊悔和自责。特别是李黎的母亲，说着说着，就会拿起纸巾去擦眼里的泪水。

那顿饭，我们没让李黎的父亲结账。开始他们说啥也不肯。在我和妻子的执意坚持下，他们一家三口用我们一句也听不懂的南方话交流了几句什么，然后，才向我们道谢。李黎瘦瘦地看着我，又看着我妻子，满眼感激。她父母也是特别感动，他们一再表示，等到李黎下次来复查的时候，一定把最好的茶叶带来。

这对做生意的夫妇没有食言。此后，他们陪护术后的李黎每隔半年时间复查一次。每次来北京，他们都会给我带来几种上等的茶叶：西湖龙井，大红袍，野生太平猴魁。可惜我对茶叶一窍不通，这么名贵的茶叶，全没有喝出个特别的好来。

李黎最后一次复查，是在2006年春天。那次我没有见到李黎。有天晚上，她父亲来到餐馆，说要给李黎煮一点米粥。这个老实巴交的茶叶商告诉我和妻子，这次李黎复查的情况很不好，胃里的肿瘤复发，并且转移到了肝脏。这一次，需要住院做几天时间的放疗，然后再转到中医医院做辅助治疗。

离开餐馆的时候，那位五十多岁的父亲眼里噙着泪水对我说，如果李黎的病情能得到有效控制，三个月之后，他们会按时到北京来复查。

"如果不来的话，情况就不妙了……"

说到这里，泪水已经流下了他的脸颊。

后来的情况是，三个月过去了，一年过去了，直到我们的餐馆拆迁，我再也没有得到李黎的任何消息。

也就是那次之后，我开始翻找李黎送给我的那两幅铅笔画儿的照片。遗憾的是，却始终没有找到。后来很长一段时间，我曾不止一次地在百度上输入过："李黎北京胡同铅笔画"这样一些关键性的文字，但搜索出来的所有词条和信息，都与我要找的那个南方女孩儿无关。

现在，尽管我没有获得过任何信息，但我可以毫不情愿地断定：那个美丽的南方女孩儿已经离开了人世。她的理想，她的才华，她那些没有完成的画作，以及她生命的惊鸿一瞥，是她留给这个城市永远的悲伤。

22

2007年夏天，我们的餐馆遇到了拆迁。在此之前，我没有一点思想准备。自从我们接过这家餐馆之后，就一直嚷嚷着这条胡同要拆，但一直没拆，从思想上就麻木了。因此，当拆迁的消息再次传来的时候，我仍然怀有一种侥幸的心理，总觉得我的餐馆不会被拆掉。试想，那毕竟是"伦贝子府"的一部分，是溥侗故居之一角。溥侗是谁？他是道光皇帝的曾孙，是历史上有名的"红豆馆主"，是民国时期"四公子"之一，是张作霖时期的"乐津研究所所长"，是汪伪政权的国民党"中央执行委员""国民政府委员""文物保管委员会委员"——这么一个人的老宅子，无论怎么说，也算有点儿文物价值了吧？怎么会说拆就拆呢，他们疯了吗？

没想到，还真是拆了。

在不到几个月的时间里，整条胡同连同那座所谓的"伦贝子府"，就被一些称为"民工"的人夷为平地了。如今，你在王府井大街沿着大甜水井胡同东口往西走，在宽阔的马路北侧，你会发现有一座古代建筑孤零零地立在那里，那就是"伦贝子府"的三间府门（其中西侧的那一间，当年就是我餐馆的库房）。院里的其他建筑已经荡然无存，全都拆了，没了。记得当年拆迁的时候，开发商和拆迁办把胡同里的居民和生意人，叫到一起，像催命似的恫吓着：快搬快搬，早搬有奖励，再不搬，到了期限，就采取强制性措施了！

几年的时间过去了。令人惊讶的是，被拆掉的"伦贝子府"，如今竟然成了一处临时停车场！有一次，我曾特意绕过很长一道围墙，走进了这个停车场。场子很大，停靠的车辆寥寥无几。只见"伦贝子府"的三间府门，经过风吹雨打，显得越发破旧，在秋阳下投下了幽灵一般怪异的影子。它的西侧不到十米远的地方，就是我当年的餐馆。作为一种被删除的记忆，其遗址上，如今长出了一人多高的蔓生杂草，在城市的秋风中枯黄，抖动。一片空旷中，向东北看去，著名的王府井百货大楼和新东安市场，近在咫尺。置身在这样一片"寸土寸金"的废墟上，我突然产生了一种非常怪异的感觉——确切地说，是我的时间感和空间感全都错乱了。从自然法则上说，人的基本属性就是改变物体的形状，并指使同类也这么做。我想不明白的是，既然这么一块"宝地"至今还在这里"晾粥"，当年拆迁的时候为什么那么急？据说"伦贝子府"还要复建——我那时候不知道，现在是想不明白：既然要复建，当初为什么要拆掉呢？用现在一句流行的网络用语问一下：到底要闹哪样？真是令人费解！

好在"伦贝子府"的主人早已作古。如果活着，那个曾经的"文物保管委员会委员"，说不定会成为拆迁办最头痛的钉子户也未可知。死了就不同了。死人管不了活人的事。爱怎么折腾就怎么折腾吧。在此，我只想说一句：

"我最早的老房东，愿你的灵魂在天国里安息！"

在被开发商和拆迁办撵来撵去的经历中，我对当今的城市法则渐渐有了认识。因此，像每次遇到拆迁的时候一样，公告一贴出来，我就立刻寻找下一个落脚点。不同的是，这次我找的不是住房，而是我们赖以维持生计的餐馆。

其实，像北京这样一个生机勃勃的伟大城市，有着数不清的赚钱方式与机会。在短短的几年时间里，就在我的周围，一些闯入北京的谋生者，已经不仅仅是谋生，他们发家了。比如，有人开起了更大的店铺，甚至创建了连锁店；有人改弦易辙，经营起了房地产公司，成了真正意义上的商人。开歌厅的老板成了影视公司的制片人；倒卖服装的柜台商办起了小额贷款。刚到北京的时候，我认识一个推着小车卖"麻辣鸭脖"的东北人（他常到我餐馆里躲城管）。后来，不知什么时候他像蒸发了似的不见了。几年之后，我们在王府井大街不期而遇。没想到，这个当年一见到城管就吓得屁滚尿流的小摊贩，如今西装革履，已经成了一家"中外文化艺术交流公司"的"张秘书长"！据说生意做得相当不错。他把国内的三流书画卖到了法国、英国、俄罗斯……而且"我他妈刚从意大利回来"。一句漫不经心的感叹，听起来很疲惫，甚至很无奈，其实却透出了一种非常牛逼的意思。

这就是一个城市对一个人的培养。

换句话说，这种"跳跃式"的发展，也只能是在大都市的背景下，才有可能成为现实。

但我却不行。实事求是地说，我既搞不了小额贷款，也当不了中外文化艺术交流公司的秘书长。这是没办法的事。北京再伟大，对一个总是生长不出野心的人来说也无济于事，没用。我只能开餐馆。民以食为天嘛。为了填饱自己的肚子，我愿意先让别人吃好喝好——就这么简单。现在，一个地方的生活结束了，我得找一个另外的地方，用同样的方式把生活继续下去。

这一次还算顺利。根据各种报纸上铺天盖地的餐馆转让信息，不到一个月，我们就在不远的一条小街上找到了一家比较合适的餐馆。

当时，那家餐馆还在正常营业。店主是一对老夫少妻，男的是安徽人，五十岁出头，有点水蛇腰；女的东北口音，看上去也就是二十五六岁，高个儿，面相呀，身材呀，都蛮好。她还有一个引人注目的地方，就是牙不太好，一说话便露出一颗长歪了的门齿。我心里想，其实她完全可以把那颗歪牙拔掉，再植上一颗就好了。从年龄上看，我断定这两口子肯定不是原配。如果两人真的是夫妻，说不定就是男老板把女服务员提拔成了老板娘——这种情况不是没有。后来，那位老板告诉我说，他在北京已经开了十年餐馆，生意一直不错。这就更加验证了我的判断。

说到他们要把这个餐馆兑出去的理由，男老板告诉我们，他们想出国。从经验上说，我觉得这是一个不太高明的谎言。打开各类报纸的广告版你会发现，那些转让的店铺，差不多有五分之一都会标出"因出国，急于转让"的字样。虽说现在的中国人已经不拿出国当回事了，也不至于开个小吃部或理发店的人说出国就出国吧？用一句城里人的话说："猪鼻子里插大葱——装什么大象呀！"

出乎意料，这个老板的话却是真的。

他们要去的地方是南非的开普敦。

后来我曾到过那座城市。它是南非的立法首都。一个很有历史感的城市。市内保留着许多的古老建筑，以爱德华式的和维多利亚式的房屋居多，并且大都出于欧洲殖民者之手，最早的建筑已经有四百多年的历史。据说，这些建筑至今没被拆掉，是由于它们的美，并且因为它们是历史遗物，是一种文化元素，是这座城市的根。同时，开普敦的自然景观也非常漂亮。它位于印度洋与大西洋交汇点的好望角北端，背山面海，迤逦展开。印象最深的，是城市中耸立着一座长方形的山峰。山壁陡峭，近于直立。但山顶上却十分平展，就像一个巨大的桌面，得名桌山。且山上终年云雾缭绕，神奇莫测，因此被誉为"上帝之餐桌"。站在山顶之上，开普敦全城和波光粼粼的大西洋海湾尽收眼底，极为壮观。

那个安徽的老板告诉我们，他已经去过一次了，还想再去。但再去就不是去旅游了，而是去开餐馆。他有一个亲戚是北京一家国际旅行社的副总，经常往非洲发团，并和南非的一家旅行社建立了长期的合作关系。他们到那里开餐馆，就是让那家旅行社作为指定的就餐地点，把国内的旅游团源源不断地带到他们的餐馆去用餐。说白了，就是到国外去挣中国人的钱。

"你知道一瓶北京二锅头在南非卖多少钱?"

然后不容我回答，他便抢话似的说："八十!"

说完，他瞪着眼睛，用一种震惊的表情盯了我半天。显然，他已经被一瓶酒高出国内十倍的利润深深地诱惑着了。怕我们不信，他又把他们夫妻二人的护照拿出来给我们看，说只要把餐馆转出去，他们马上就去办签证，立刻飞往南非的开普敦。

"早出去一天就多赚一天钱。我们没必要为了多赚个仨瓜俩枣的，总在这里耗时间。"

男老板说得非常诚恳。五十多岁的人了，那种远走他乡的气魄与胆识，真是令人佩服。看来人与人就是不一样。同样是外来人，同样是在北京开了十年餐馆，现在人家准备去非洲发展了，我们还在原地里打磨悠。事后，我还不止一次地说起过这个前老板。我羡慕他那种说走就走的冒险精神、我行我素的人生态度，并称他是一个"创造力极强的人"。

我妻子却不那么看，甚至认为："他创造个屁!"

"你记住，他挣得再多，也是给别人扛活。"

我没有回应。

她又说："王耀武就是最好的例子。"

王耀武是个煤老板，是我们老家的一个大款。他拥有两座小煤矿，钱多得用麻袋装。像所有大款一样，王耀武也是个讲究面子的人。据说，他家有一座小洋楼，院里有保安，楼里有保姆。名车就更不用说了，什么奔驰、宝马、凯迪拉克……全有。此外他还有个特点，就是喜欢换老婆。快六十岁的人了，还在结婚、离婚这种事情上反复地折腾。可是换到第四任的时候不行了——结婚不到一年，有一天他和几个地方官员正叫着号地干杯呢，人突然倒在了地上，两腿一蹬，两眼翻白，死了。结果，没过多久，他那个二十多岁的老婆就带着一大堆财富嫁给了他的司机。不用说，司机是捡了个大便宜。他曾得意扬扬地跟别人说，过去他总认为自己是给王耀武打工的，现在才知道，原来是王耀武在给他打工。

我觉得这件事有值得商榷的地方。王耀武死了是真的，年轻的老婆嫁给了他的司机也是不争的事实。但那个司机的话却未必出于他本人之口。在我看来，十有八九，是那些喜欢琢磨事儿的人给加上去的。这太像个段子了。不管怎么说，这件事不仅在我们老家已经传得家喻户晓，前不久，还被一个亲戚带到了北京——现在又被我妻子当成一个"例子"用上了。但是作为个案，我认为这件事不具备普遍意义。确切地说，那个安徽的老板和王耀武之间根本就没有什么可比性。这是常识。

但我妻子却固执己见，她坚定地说："不用比。过去的人早就说了：老夫少妻，早晚都是别人的。"

我觉得这完全是一种别有用心的阐释。

我说："那不一定。"

她说："不信你瞅着。"

"上哪儿瞅去？上非洲啊？"

我妻子看出我的脸色不太对劲。

280

她盯着我说："这是什么话？我让你上非洲了吗？你怎么还抬杠呢？"

　　坦率地说，不是我抬杠，而是我对她"逮住个机会就敲一下锣边儿"的做法，非常反感。

　　反过来，她却因为我的反感而生气。我已经沉默了，不吱声了，她还小声地嘟哝了一句："你可是想去，还得有那个能耐。"

　　在她看来，去一次非洲似乎是比登天还难的事情。

　　其实她错了。

　　记得几年前我曾在一篇小说里说过："现代人的活动空间越来越大，地球便显得越来越小。且不说在国内，你到了犄角旮旯儿都有可能遇上熟人，就是走在纽约的街头上，被人猛不丁地拍上一巴掌，大概也算不上什么天方夜谭了，说不定，拍你的人就是你们村里那个惯于偷鸡摸狗的王二也未可知呢。"

　　后来——正如我前边所说，仅仅是过了一年，也就是2008年，我头一次出国，恰恰就去了南非！记得在开普敦一家中餐馆吃饭的时候，我还曾突然想到了那对老夫少妻。如果这个餐馆真的是他们开的，该是一件多么有趣的事！可一问服务生，这里的老板却是一个操着一口闽南话的台湾人。非常遗憾！

　　不管如何，那个安徽人在北京的餐馆我们是盘过来了。而且，那对老夫少妻没有说谎。我们接手之后，发现这个餐馆的确不是个"死店"。人员没动，菜谱没换，只是按部就班地运转，我们就把生意做起来了。话说回来，它即便是个"死店"，我们也有足够的经验把它做活。毕竟，在同一件事儿上，我们已经日复一日地做了十年。

23

时间，在按着它自己的方式不停地运转。

四季轮回，又是秋天。

2008年，北京的秋天格外美丽。一场世界性的体育盛会刚刚结束。在此之前，为了开好这次奥运会，整个北京上下动员，万众努力。不仅物质方面精益求精，尽善尽美，投入了大量的人力物力，在精神文明建设上也是深入肌理，不断细化、再细化。举一个具体例子：我曾在报纸上看过一则消息：《北京新规严禁售货员用轻蔑审视眼光扫视顾客》。文章说，六朝古都滋养了皇城根下北京人的大气与平和，但也滋养了北京人的自负和孤傲。商业服务业受传统"爷"文化因袭，有的售货员动不动就训斥顾客："别嚷嚷！嚷什么！"因此，为筹办奥运改善商业环境，有关部门特意制定并公布了《北京市商业零售企业员工行为礼仪规范（试行）》，就是禁止商业服务人员乱发"爷"脾气。总而言之，正是如此无微不至的精心筹备，才使得一场世人瞩目的奥林匹克运动会取得了圆满成功。送走了一拨儿又一拨儿国际友人和各国的体育健儿之后，整个城市绷紧的神经渐渐松弛下来，露出了亲切自然的笑容。在一种小阳春的天气里，满城的鲜花绿草，处处洋溢着一种吉祥而又平和的气氛。特别是，由于奥运会之前的加大治理，这个秋天的北京，可谓秋高气爽，天空总是那么晴朗，甚至在很长一段时间里，几乎没有那种令人讨厌的"可吸入颗粒物"。无论做点什么，都十分舒适。

有一天，我去王府井给煤矿的朋友修一块瑞士手表。（现在的煤矿已今非昔比，煤炭不断涨价，工资不断提高，许多当年的黑哥们儿都抖起来了。）从表店出来，当我沿着一条街往停车场走去的时候，没想到，竟然碰上了我的老邻居赵公安！当时他正坐在对面的马路牙子上抽烟。一眼扫过去，我觉得这个人挺面熟，却一时想不起是谁。彼此对视了半天，我才怯怯地问了一句："是赵大哥吧？"

赵公安困惑着表情，看了我好一会儿，然后才"嘿"了一声，说道："这不是刘老板吗？"

老邻见故旧。赵公安站起身来，他一把抓住我的手，用双手捧着，老友重逢似的握了半天。

我说："赵大哥来逛王府井呀？"

他说："不是！这儿有什么逛头？路过。"

我问他现在住在什么地方。

他说："窦店。"

我问："窦店在哪儿？"

他看着我："嘿！窦店不知道啊？在房山啊！"

我说："噢，没去过……"

他说："周口店知道吗?"

我说："知道啊，那不是北京猿人遗址吗?"

他说："没错! 窦店就离那儿不远，十多公里。"

我"噢噢"地答应着。其实周口店我也没去过。一是没时间去，同时我对猿人也没什么兴趣。

说起话来，我才知道赵公安的老伴儿已经退休。那个喜欢足球的儿子在城里一家建筑公司工作，挺出息的，现在给一个设计工程师做助理，忙得搞个对象的时间都没有。平时住在市里，单位很忙，离家又太远，很少回去。他这次进城，就是给儿子送几件换季的衣服，顺路过来，瞧一下过去住的地方变成啥样了。

赵公安的心情我理解。如今的北京，从某种意义上说，已经是一个被打碎而重新组合的城市，或者说是一个由拆掉再重建而完成的梦想。近年来，随着现代化建设逐渐加快，特别是随着老城区的改造与开发，当重重叠叠的高楼大厦不断兴起的时候，城里的原住民——尤其是世代生长在这里的老北京，他们会对过去居住过的胡同和大杂院，有一种特别的眷恋之情。大约一年前吧，李大妈和她的老伴，也是为了看看这地方变成啥样了，特意从潘家园来到了王府井。那天中午，老两口照例到我餐馆里吃了一顿饭。当时李大妈告诉我，她和许多邻居仍然保持着电话联系。过段时间，她想在我的餐馆搞一次老邻居聚会，见个面儿，聊聊天儿。我觉得李大妈这个主意非常不错。

当时我还慷慨承诺：邻居们会餐的费用，由我全部承担！遗憾的是，我的这个承诺没能兑现。后来，李大妈一直没有动静。想必那些邻居住得太分散了，东一个西一个，而且大部分都在五十多公里以外的郊区，年龄也大了，进趟城并不是一件很容易的事吧。

我感慨地说："这变化可太大啦。"

赵公安说："可不嘛！该变的不变，不该变的他妈瞎变，这什么事儿呀！"

其实，我们所处的这个世界就是这样，它总是存在着一些该变的不变，和许多不该变的改变。这样的变与不变，都令人不爽，甚至于生气。

现在，我发现赵公安也变了，逝去的岁月在他脸上留下了细密的皱纹，两鬓斑白，眼角也耷拉了。

我们并排坐在马路牙子上，一边吸着烟，一边说话。对面儿就是甲32号院的大概位置。眼前的一座商务大楼和周围高低错落的仿古式商业建筑，它们属于一条消失了的胡同。当时我和赵公安都沉浸在一种共同的回忆里。有一会儿，赵公安还指指点点，他说哪儿是甲32号院的大门口，哪儿是他的家，哪儿是冯老太太的小卖店……如数家珍。我注意到，这时候的赵公安已经完全沉浸在一种对往昔岁月的回忆中，他眯着那双小眼睛，脸上的表情竟温柔得像个孩子。只是，眼前的一切已非实物，那个真实的时间与空间都已不复存在，我们只能靠想象还原它在记忆里的样子。

当说到哪个地方是我住过的房子时，赵公安像突然想起似的，他问我现在住什么地方，还开不开餐馆。

我告诉了他。

赵公安没有显出意外，而是很真诚地竖了竖大拇指。然后，他感叹地说道："行啊，你们这些外地人，都闹得不赖！"

说这话的时候，他的眼睛没有看我，而是一直望着前边的什么地方。

我问他住在郊区的感觉是不是挺好。在我看来，至少是空气好，肃静。

"可不嘛，比坟地还肃静呢，蛐蛐儿都能钻到床底下去叫。"

说到这里，赵公安的语气好像又回到了几年以前。他愤愤不平地告诉我，搬到城外以后才知道，北京的那点粉儿全都擦到脸蛋上了。别看这城里头到处是高楼大厦，连街上的厕所都弄得溜光水滑，可在乡下，啥都不行。

"甭说了，就俩字儿，别扭！"

其实，我对赵公安描述的情况并不陌生。几年前买房子的时候，我和妻子曾跑过北京的南部郊区。总体印象是，那里的房价的确是便宜，最好的房子每平方米还不到两千，但是有一点不理想，就是周边的环境不行，太落后了。

我们去过一个小镇。

按理说，北京的乡镇是全国最大的乡镇，虽然名称叫"乡"，叫"镇"，但论级别却是县处级。根据这一逻辑，我本以为镇的所在地就是个县城呢，至少也不会低于一座贫困县城的水平吧？可到了地方一看，却大为诧异。让我吃惊的不是陌生，而是一种久违了的熟悉。怎么说呢，那个小镇上除了有两个较大的低层商品楼小区，从镇容镇貌上看，和我们老家的乡镇几乎没什么区别。镇上只有一条主要街道，马路上没有红绿灯，找不到一个公厕。但是有鸡，有羊，还能隐隐约约闻到一种牛的气味。以前，我以为那些五湖四海闯北京的人都挤在城里。来到郊区我才发现，什么样人找什么样地方，不同的人有不同的生活轨迹。在这个小镇上，仍然有许多的外地人。而且，我们所考察的那个楼盘就是一个外地人开发的。据一位售楼小姐讲，他们老总是东北人，他原先在镇上的一个砖瓦厂打工，烧砖，后来承包了一个小砖瓦厂。两年前，听说镇上要卖地，招商引资，搞商品楼开发，他把砖瓦厂转包给别人，买了一辆奥迪车，开到老家去装门面，跑贷款。然后，回到镇上搞起了房地产。结果是越干越大发。第一期的二十多栋楼房，当年就已经全部售罄，而且有百分之八十的业主都入住了。现在销售的是二期，卖得非常好，刚开盘不到两个月，也差不多要清盘了。

我问她，买房的都是哪里人。

售楼小姐说："哪儿的人都有。"

我们在小区里转了一下，竟然碰到了一个同籍的老乡！他在小区物业里当电工，去年在这里买了房子。那个老乡告诉我，他们一个单元共计十户人家，住了六个省市的人，另外四户是北京人——据说，他们大都是从城里迁出来的老北京。后来在小区里，我们果然听到了一段正宗的京腔京韵："哎，我说老孙，昨儿打牌，怎么没见您露面儿呀，吗去了？"

"甭提了，我他妈去了一趟市里。您说怎么着？办个事儿不到二十分钟，这一去一回，好，在车上就待了四个钟头！这还不说，我半年没往市里去，以前那公交车上根本没什么人，现在一看，哎哟喂，人那个多呀！我回来的时候，头趟车都没挤上去。我琢磨着，下一趟人还不少点哇？嘿，没他妈挤死！连个座儿都没有，我愣是站回来的。哪是他妈一站两站呀，一百多里地！今儿个我这腰还疼哪，您说这叫什么事儿呀！"

在另一个小镇上，我和妻子曾吃过一次午饭。那个镇上的餐馆不多，除了几个快餐小吃部，只有一家门面比较大一点的"家常菜"。老板是个当地人，五十岁开外的样子，五短身材，人挺和善。当时餐馆里没有几个吃饭的客人。他侧着身子坐在靠近吧台的一张桌子旁，手里拿着一个苍蝇拍儿，冷不防地消灭掉一只落在他近前的苍蝇。餐馆里的卫生不怎么样。正是秋天，有几只腻腻歪歪的苍蝇老是往脸上撞，地上扔着一团一团的餐巾纸和用过的一次性筷子，不知道为啥不及时清理一下。不仅如此，我眼瞅着那个老板还亲自往地上吐了一口痰。总之，整个餐馆给人的感觉都不是很舒服。

因为都是开餐馆的，是同行——虽说同行是冤家，但毕竟隔得这么远，没有直接的利益冲突，便觉得亲近起来。于是我们便聊起了一些开餐馆的感受。那个老板告诉我们，他的餐馆已经开了两年。原来好干，吃饭的都是当地人，口味一样，偏重，喜欢吃咸，讲究咸中有味。

"您刚才不说这菜有点咸了吗?"

我笑着说:"不是一般的咸。"

"您瞧，这当地人还说口薄哪。"

"口薄是啥意思?"

"就是不够咸，太淡了。"

我点了点头。看来北京真的是太大了，我开了这么多年餐馆，还是头一次听说"口薄"这个词。

据那个老板说，自从镇上来了一些外地人，这餐馆就不好干了，众口难调了，别的不说，咸淡都不好掌握了。他说最不好侍候的客人，就是那些从城里迁过来的老北京。他们最喜欢挑事儿啦，老拿城里的餐馆要求你，不仅挑你的饭菜，挑你的卫生，甚至连当地人说话口音不对味儿，也常常受到他们的质问:"你他妈的是北京人吗?"

说到这里，那个老板都被气乐了。

事实上，那些土生土长的坐地户，本来也没把自己当成北京人。同样是在一个小镇，在公交车站等车时，我发现一个有趣的现象:几个当地人在那里等车，他们不时地和路上过往的熟人打着招呼——他们不说去市里，也不说进城，而是说"上北京"!

当时，我们只考察了几个这样开出新楼盘的小镇，我妻子便作出决定，她说即使贷款也要在城里买房子。

这已经是五年前的事了。

现在，听赵公安那么一牢骚，我的眼前又浮现出那些郊区小镇的某些画面来，便对赵公安的所谓"别扭"，有了一种感同身受的理解。

　　赵公安毫不忌讳地告诉我，他老伴儿退休之后，他们在镇上也开了个小店儿，但不是餐馆，是往餐馆里批发饮料和烟酒，生意还凑合。

　　我附和着说："反正没什么事儿，干点儿也行。"

　　"什么叫也行呀，兄弟，是不干不行了！"

　　赵公安一脸庄重地告诉我，他必须得趁着还能动弹，挣点钱，怎么着也得给儿子在城里弄个窝住。即使他这辈子没什么指望了，也得让儿子重新杀回北京城！

　　我点了点头。其实我很想说点什么，只是不知道说什么好。

　　这时，赵公安的衣兜里很时髦地响起了王菲和那英合唱的《相约九八》。他哆哆嗦嗦地从裤兜里掏出来一个小手机。我注意到，那手机是用一根细绳儿拴在腰带上的，绳儿有点短，结果接听手机的时候，把赵公安的上半个身子都拽斜了。电话是他老伴儿打来的，她用很大的声音问他回去了没有，到哪儿了。赵公安没好气地回了一句："我他妈还没坐车呢！"

　　说完，他按掉手机，装进兜里。

　　意识到我们的聊天该结束了，我邀请赵公安到我的餐馆去吃了饭再走。他问我的餐馆在哪儿。

　　我说："不远，就在故宫西门附近。"

　　他说："行呀，那可是中心呀。什么风味？"

我说:"还是家常菜。"

他赞赏地说:"你的家常菜做得不赖!"

接着,他却婉言谢绝了我:"老伴儿刚催了不是?我得回去了,还有两个多小时的路哪。我他妈容易嘛。"听起来,口气如此无奈而忧伤。说着,他从地上站起来,看着我:"老弟,您怎么着?"

我没说我去停车场取车,我说的是我还得等一个朋友。

他说:"那我可颠儿啦,坐车去啦。"

我说:"好,赵大哥,您慢点儿,那就再见了。"

"再见!"

他招了招手,转身而去。

赵公安老了,驼背了。他本来个子就不大,现在看上去更小。我站在那里,久久地凝视着他的背影——在人流中,渐行渐远……

24

在这部小说即将结束的时候,我不得不提到方悦。自从她去了日本,一晃五年过去了。这期间——大约是两年前吧,就在我差不多已经把方悦忘了的时候,她曾在日本给我打来过一个电话。

当时我非常惊讶。

方悦也是。

她说:"哎,大作家,你真的不换号码呀?"

记得我以前跟方悦说过,我一生有"两不换",其中之一,就是我的手机号码。当我把几年前的这句话重复给她的时候,电话里传来一种久违的、银铃似的笑声:"什么人这是。"

收住笑声。然后她告诉我,在一家中文书店里,她发现了我的一本小说集,现在就拿在她手上。

"真棒!哎,你知道吗?我特激动!"

我说:"没什么意思,写得不好。"

对方"喊"了一声:"别谦虚了,不好怎么能出书?还卖到了日本!"

像很久没有联系的朋友一样,我们聊了半天家常。然后她问道:"大姐和女儿还好吧?"

我告诉她还好。

"我想跟大姐说两句话,她在吗?"

不巧的是,我妻子前几天回了老家。那年秋天,我的女儿小玉已经上高中。当时北京所有公立学校的高中,一律不收没有本市户口的学生。(我在想,当外地人不断涌入都市的时候,户口已经成了北京的最后一块挡箭牌了。)当然,如果肯掏很高学费,倒是可以进入民办学校。但闹心的是,读完了高中,必须得回户口所在地去参加高考,而各地的教材又不一样,能考出好成绩嘛!没办法,我们只好把小玉转回到老家去上高中。糟糕的是,女儿在北京学习一向很好,回到老家的学校反而有些不太适应，第一次考试，就被同学远远地落在了后边。为此她的心理压力很大，情绪上也很脆弱，拨过电话来，常常是半天不吱声，压抑着哭。这怎么行！为了稳定女儿的情绪，我和妻子又像原来一样，隔段时间就得有个人回一趟老家。孩子是大事。他们不仅是父母的希望，套用一种习惯的说法，他们也是祖国的未来啊。

我问起方悦在日本的情况，她说开始不行。别的不说，走路都不习惯。在国内是右侧通行，在日本却是左侧通行，很长时间都调整不过来，特别扭！说到她的婚姻，方悦告诉我，她已经有了新的家庭。她的先生是个华裔日本人，也是二婚。他们同在一个旅行社做事儿。她老公带团，她不带，她做的是文案。老公带团出国后，她一个人在家，没事儿就胡乱看书。有时候还老是想写点什么东西，又怕自己不是那块料，愣是不敢写。

"哎，我问你，你们作家是不是对人和人的一些事儿特有感觉呀？"

我想了想说："是啊，你说得特别对！"

方悦的声音亮丽起来："真的啊?! 我跟你说，在北京的时候，我对什么都是马马虎虎，到了日本，我怎么对啥都特有感觉呢？最奇怪的是，有时候待着待着就想哭，那叫一个脆弱！说真的，我都有点够了。好好的北京不待，我干吗跑到这儿来呀。"

当时，我对方悦的话很不理解。我想，抛开历史上的家仇国恨不讲，日本毕竟是个发达国家，是亚洲的"四小龙"，在生活的各个方面都应该是不错的。不然，怎么会有那么多的中国人趋之若鹜呢。后来，沾了"作家"这一身份的光，我先后去了几个国家。通过和当地一些华人的接触与交流，重新联想到方悦当时所说的话，我才知道那是她内心里的真实感受，而不是有意装出来的矫情。

肯尼亚一家中餐馆的老板，是来自于广州的一对夫妇。当年，他们随从一位开餐馆的亲戚来到内罗毕的时候，一个是厨师，一个是服务员。那位亲戚开了三年餐馆之后，在一场车祸中失去了一条腿，只好回国。于是他们接下了那家餐馆，一干就是十年。在那个黑皮肤的国家里，他们累了，也倦了，曾几次尝试着回广州，可回来一看，国内高速发展下的生活快节奏，让他们望而生畏，完全无法适应了，权衡之下，只好回到那个黑色的非洲，去继续他们厌倦的生活。

在德国的斯图加特，一种同胞的亲近感，促使一位陌生的中年女性亲切地拥抱了我。十几年前，她在海德堡大学毕业后留在了德国，并且和一个华人校友结了婚。如今，她已经是两个孩子的妈妈。她告诉我，她想念中国，想念四川，想念老家的毛肚火锅和近年来兴起的麻辣烫！看到国内不断增长的经济实力和发展势头，她和丈夫很想回到国内创业，却无奈两个孩子正上中学，中文很差，会话可以，但读写不行，就像国内的文盲差不多，无法适应国内的读书环境。她告诉我，只要孩子上了大学，回国将是他们迟早的选择。

土耳其是个美丽的国家。那里有蓝色清真寺，有蓝色的地中海和爱琴海，有蓝色的瓷砖拼成的古老建筑。在伊斯坦布尔，我们遇上过一位北京姑娘——准确地说，她已经不是姑娘了——两年前，她与一个在北京语言大学留学的土耳其小伙子一见钟情。后来，她不顾家人和朋友的反对，毅然与小伙子结婚，并加入了土耳其国籍。可仅仅过了一年，由于文化上的差异，和其他方面一些不便于说出来的差异，彼此互不适应，只好离婚。她本想回国，又觉得面子上过不去，便留在那里，给国内一家跨国公司代理销售中国大理石。那天晚上，在伊斯坦布尔的一家酒吧里，她用略带沙哑的嗓音，唱了一首非常忧伤的歌曲《蓝色土耳其》。歌曲算不上特别好听，但女孩唱得情真意切，很感人。回国后我特意在网上找到了这首歌。歌词似乎长了点儿，但是那种缠绵忧伤的意境还是不错的：

还贪恋着你的风情
诱惑着你的神秘
埋葬我的爱情
忧郁蓝色土耳其
紧跟随着我的稚气
逃避着我的宿命
徘徊在　你的淡淡哀愁灰色眼眸里
我愿相信　爱有奇迹

没有伴奏的旋律陪我独自旅行

部分的爱情记忆 已失去

旅途中只有孤单的风沙陪我前进

睡梦中渴望一场完美相遇

当伤心列车一站一站开往无爱边境

任寂寞一次一次来到过去点点滴滴

没想过一个眼神会是忧伤过后的消息

遇见你 阳光盛开的夏季

还贪恋着你的风情

诱惑着你的神秘

埋葬了我的爱情

忧郁蓝色土耳其

紧跟随着我的稚气

逃避着我的宿命

徘徊在 你的淡淡哀愁灰色眼眸里

我愿相信 爱有奇迹

　　当时，我不知道方悦在日本的生活究竟怎样。她只是在电话里告诉我，她天天写日记。我在想，一个对生活没有感觉的人，肯定不会天天写日记的吧。当然还有另一种情况，写日记可以冲淡孤独。

　　方悦孤独？

那次，她还要去了我的电子信箱，她笑着说，她不会把她的日记发给我看，那都是流水账，是她个人的隐私。如果能写出点别的什么，她会发给我，让我这个"作家"给她指导指导。

此后，我没收到方悦一个字。

时间过得很快，似乎"嗖"地一下就过去了两年。

两年又两年。

现在是 2008 年的冬天。说起来难以置信——其实只要仔细想想，世界上的事情都是在该发生的时候发生，并且是在"对的时间"里发生。只是有些时候，所发生的事情，给人的感觉却总像是一种有意的"凑巧而来"。

有一天，我竟然梦见了方悦。梦见我们一起在我的餐馆里吃饭，一起聊天。场景非常清晰，但十分短暂——转瞬之间，就转到风马牛不相及的事情上去了。

以前，我总认为做梦是一种没谱儿的事。无论做了什么稀奇古怪的梦，我甚至都不愿意说出来。一个大男人，老是唠唠叨叨地说自己做了什么梦，似乎是一件不太体面的事。可后来我发现，梦这个东西还是有一些说道的。所谓"日有所思，夜有所梦"，这不过是一种通常的解释。我的体验不是这样。试想，假如一个人天天都在思念另一个人，而夜里又梦见他（她）——这有什么好说的呢？

我的体验是这样的：曾经有过比较密切接触的人，长时间没有任何联系，一旦我在夜里梦见他（她），这通常会预示着，用不了三天，即使我见不到这个人，也可能会接到这个人的电话或信息。最神奇的是，有时候我刚刚想到了这个人，他（她）打来的电话便会突然响起！有一本书，把这种现象称为"第六感的神秘"，据称，人体除了有视觉、听觉、嗅觉、味觉和触觉等五个基本感觉外，还具有对机体未来的预感，生理学家把这种感觉称为"机体觉""机体模糊知觉"，也叫作人体的"第六感觉"。国外把人的意念力或精神感应称为人的第六感觉，又称ESP。还有一本书里，解释说这是一种可以远距离传送或接收的"次声波"——其表述起来相当复杂，不再赘述。不管怎么说，在我梦见方悦的第二天，我就接到了她的短信。

那天早晨，我本来想和妻子一块儿到餐馆里去。

她没让我去。

"一个作家，不在家里坐着，天天到餐馆去干啥。"

在煤矿的时候，我妻子一直反对我写东西，理由很简单：

"写了也没人给你登，你费那个脑细胞干啥！"

我说："不登我也写，我写给自己看。"

她如同相面一样地端详了我半天："我觉得你确实是病了，而且病得不轻。"

现在不同了。自从我的小说写出一点小名堂之后，我妻子从各个方面都给予了我许多宽容与支持。特别是餐馆里的事情，她已经不再用我插手了。餐馆这个行当看起来麻烦，千头万绪，干长了才发现，只要把各个环节都理顺了，也就是那么点事。现在，我妻子一个人就能把所有的事处理得利利索索，我去了也是待着。而且现在家又远了，过了饭口也不能回家休息，一耗就是一天。用她的话说："还不如在家里写点东西呢。"

除此之外，还有一个原因。她刚刚拿到驾照不久，正是开车上瘾的时候。如果我和她一块去餐馆，自然是我开车，她坐车。说起来奇怪，以前我坐谁的车都无所谓，没感觉，可自从我自己学会开车之后，坐谁的车都有点担心、害怕。特别是我妻子，她是新手上路，我不仅担心，还忍不住老是说她。越说她还越慌。一慌她就恼了："磨叽啥！我不按喇叭撞着人咋办？给你！我不开啦！"

就因为这事儿，我们已经生了好几次气了。几次之后我一赌气，心想，让她自己开！但我说的是："反正店里没什么事儿，你自己开车去得了。"

"行。"说完之后，她又像是突然识破了我的阴谋：

"我知道你为啥不去了。"

"为啥？"

"你想在家里写小说，对不对？"

接着，她还鼓励我说："写吧，好好写，写来了稿费，好给我买衣服。"

好像我不写小说她就穿不上衣服似的。

不管怎么说，从那天开始，她就有了独立驾车的主权。说起来还真是不错。一连几天过去了，啥事儿没有。我这才觉得，以前在车上一个劲儿地指挥她，真的没什么必要——不仅是多余，对于驾车的人而言，其实也是一种忌讳。

那天早晨，我妻子开车走后，我没写小说，而是在读书。其实，人的一生读书比写作更重要。我看的是法国女作家安娜·科西尼的小说《永恒的父亲》。这是一本很薄的小书。编者在序言里称它是"在生活细节中流淌的史诗"。我觉得的确是不错。我从上午读到中午，吃过饭，睡了一小会儿，下午又接着读。当我读到"希望，不需要土地便能够埋葬"这句话时，桌上的手机"突"地一振，我拿起来一看，是一条短信：

大作家，你的手机号码没换吧？我是方悦，还记得吗？我已回到北京。今晚如有时间，能否赏光一块儿吃个饭？

我坐在那里长时间不动。盯着手机屏上的这行小字，反复看了三遍。我注意到，方悦是用北京的手机号码发来的短信，她是什么时间回来的？是回国探亲，还是因为工作？是独自回国，还是夫妻二人同行？是暂时停留，还是她人生中的一段插曲结束了——不再离开？这些问题在我脑子里一一闪过，往坏处想，我甚至想到方悦在国外是不是发生了婚变——从某种意义上说，方悦之所以出国，原本不就是一种爱情短暂的标志吗？但是，为了让我们的见面有点神秘的期待，我把想到的一切都作为暂时的悬念，不去碰它。

我只用短信的方式问了她见面的时间和地点。

方悦很快回复道：

300

6 点钟，地坛西门，老地方。

想到方悦是从日本回来的人，我突然想跟她开个小小的玩笑：

北京时间？

方悦似乎心领神会。她马上回了一句：

傻样儿！

我在心里笑了笑，默记下方悦指定的时间和地点。说到地点，我又禁不住产生了一个疑问，记得方悦那次在日本给我打电话时说过，出国前她就把安定门的房子卖了。不知道她为什么把这次见面的地点定在了"老地方"——是她住在了附近？还是特意去怀旧呢？

怀旧，也是一种人之常情吧。

怀旧，能把逝去的一切重新联系在一起！

我们常说，过去的已经过去了……其实，在这个世界上，总有许多过去的事情让我们念念不忘。在现实生活中不同的场景，不同的情绪，乃至于不同的天气，都会唤起我们不同的记忆。让你想起曾经认识的某个人，想起过去的某件事，甚至想起人与一个地方的缘分。几年前，就因为我和方悦有过单独的一餐之缘，有一次我去和平里办事，在路过那家餐馆时，还曾特意进去吃过一次午饭。只是，那里的一切都已物是人非，老板，服务员，甚至餐馆的名称，门脸，餐桌，以及店里所经营的菜系，全都变了。是的，时间在不断地向前推移。在这个不断变化和重新组合的世界上，似乎没有什么是不可以改变的，有的被更新了，有的被删除了。从这种意义上说，方悦所说的"老地方"，已经消失了，不复存在了。更进一步说，作为活在时间里的人——我已经不是原来的我了，方悦还是原来的方悦吗？

从家里出发的时候，我已经想好，这次和方悦吃饭一定由我做东。同时，有一样东西我要物归原主——尽管我早知道它可以扔掉了，没用了，但在一种有意与无意的情形之下，作为一个特殊的物件，这么多年，我一直把它保存在我书桌的抽屉里。

——那是方悦家的钥匙。

当我将那把贴有标签的钥匙找出来，拿在手里的时候，我默然良久，竟渐渐地产生了许多联想——我在想：有了这把能打开"时间之门"的钥匙，在这个不平凡的晚上，无论方悦给我带来什么样的信息，或者将会发生什么样的故事，都已经不再重要了。于是，坐在南城通往北城的公交车上，望着窗外不断移动的城市风景，往事扑面而来，我开始思绪万千地构思我的这部小说：《北京时间》。

图书在版编目（CIP）数据

北京时间／荆永鸣著. — 北京：北京十月文艺出
版社，2014.5
ISBN 978 - 7 - 5302 - 1386 - 5

Ⅰ．①北… Ⅱ．①荆… Ⅲ．①长篇小说—中国—当代
Ⅳ．①I247.5

中国版本图书馆 CIP 数据核字（2014）第 057252 号

北京时间
BEIJING SHIJIAN

荆永鸣 著

*

北 京 出 版 集 团 公 司
北 京 十 月 文 艺 出 版 社　出版
（北京北三环中路 6 号）
邮政编码：100120
网　　址：www . bph . com . cn
新 经 典 文 化 有 限 公 司 发 行
新 华 书 店 经 销
三河市三佳印刷装订有限公司印刷

*

880 毫米×1230 毫米　　32 开本　　9.625 印张　　187 千字
2014 年 5 月第 1 版　　2014 年 5 月第 1 次印刷
ISBN 978 - 7 - 5302 - 1386 - 5
定价：28.00 元
质量监督电话：010 - 58572393